Aiqing
Zhu Zai
Wo Gebi

爱情住在
我隔壁

苏意然 著

LOVE

HOME

广西人民出版社

图书在版编目（ＣＩＰ）数据

爱情住在我隔壁 / 苏意然著.—南宁：广西人民出版社，2015.3

ISBN 978-7-219-09209-5

Ⅰ.①爱… Ⅱ.①苏… Ⅲ.①长篇小说－中国－当代 Ⅳ.①I247.5

中国版本图书馆CIP数据核字（2014）第276025号

监 制	白竹林	
策划编辑	田 珅	
责任编辑	唐柳娜	
责任校对	覃结玲	
印前制作	麦林书装	

出版发行 广西人民出版社

社 址 广西南宁市桂春路6号

邮 编 530028

印 刷 广西大一迪美印刷有限公司

开 本 875mm×1230mm 1/32

印 张 9

字 数 210千字

版 次 2015年3月 第1版

印 次 2015年3月 第1次印刷

书 号 ISBN 978-7-219-09209-5/I·1778

定 价 28.00元

目 录
CONTENTS

如果要数我这半生做过最愚蠢的事，那就是爱他。

　　爱情，像圣诞树上天真的小礼物，童话般地装点过我在上海读博的岁月。

　　回忆起二三事，感觉是在看一场马戏。似是而非的缘分，温柔而冷峻的男人，快乐与苦闷编织成的幻觉，是心灵最直接的艺术，虽不会让人顿悟到生的本意，却是我始终勇敢寻找灵魂坐标的驱动力。

　　我承认，爱情既不是人生的另一种形式，也不是论证成败的镜子。

　　爱情往往无用，让人乐此不疲。曾经的我，就像裙摆热烈的西班牙女郎，用生命中最奔放的感情追寻他——那个被自己魔幻化的太阳神。

——题记

第一章　女不相怜就是敌

　　墙壁满是淡淡牵藤花纹的小客厅，里面整洁地摆放着咖啡色布艺沙发、玻璃茶几、原木饭桌、电视柜，全是房东留下的。仿制的凡·高的《星夜》悬挂在收纳柜的上方，陶质水罐里正盛放着娇艳的水仙，龙胆花开出了绚丽的紫色花蕾，日本歌姬木偶摆在隔断酒柜格子里。这是我在上海读博时与陈佩琪合租的房子。

　　客厅以北是厨房、洗手间，以南是两间卧室。我住的小房间里挤满了小木床、独门衣橱、简易书架以及我的蓝花布收藏。窗台上种有两盆茶梅，春天一到就会开出绛红色碗口大的花朵。透过茂盛的枝丫能窥见陈佩琪的阳台上，一个男人正伏在铁艺栏杆上，对着黎明前的幽暗夜空长久沉默，他的侧脸线条俊美得让人醉心。

　　我和陆竞城的故事就由此开始。

　　认识他，缘于从阳台传来的时起时伏的男声。起初，我对那个声音饶有兴致，觉得好听，就像灵璧石敲出的悦耳音符，深沉，温情，总是携带了过多的叹息。也不知是怎样的男子才会发出这么美妙的声音。

当这个男声反复出现第五次时，我愤愤不平。陈佩琪太过分了，她竟然在房中私藏男人。我们可是签了《住宿律法》的，上面明明规定不能私自带外人回来过夜，倘若长住，必须是本人的直系亲属，并且要告知另一个合租人，以方便重新划分当月的公共费用。可从这个月初至今，我夜夜听到她的卧室传来男人的声音，却始终未收到她的半点解释。

在上海，与陌生人合租是再平常不过的事。当初道听途说，未觉有何不妥，上海自来就有文人住亭子间的传说。亲身体验后才恍悟，这合租真是比到海外产子还麻烦，何况对方是陈佩琪这种吝啬鬼。我日渐有了周本斋在《文人与穷》里说的，想写牢骚文学的欲望。

步入这套公寓之初，陈佩琪就要求签订《住宿律法》。她说这是为大家好。征求林泽兰的意见，她也站在陈佩琪这边，还安慰我说："越是熟人就越要定规矩，免得今后连朋友都做不成。"

我才不会和陈佩琪产生友情，只能将她的作态藐视成"上海特色"。

实在想不通，林泽兰是如何与这样的女人成为朋友，还相安无事地同居了那么久。

林泽兰是我的学姐，博导的得意门徒，她一毕业就去英国。我在导师的家庭聚会上认识她，因她与几个男人讨论当下中国的性工作者现象，我就以《布鲁纳瑟非斯丁》里巴西第一名妓飞上枝头的剧情来说事。她也对这部巴西电影很赞，于是就与我火热地聊起电影来。后来，熟悉后，我们交流得更多的是生活上的琐碎，她对我言传身教不少在上海生活的技巧，包括如何换乘地铁更省钱、什么地方购买什么东西更划算等等。

我是格外需要这样的指导的。上海太大，太过拥挤繁盛了。上海因鸦片战争强迫开埠后，这一百多年来就像发酵的面包，开始有了一场花事陨落前的荼蘼，其中塞满了密不透风的规则和天罗地网般的陷阱，初到之人若无人指点，随时都有一脚踩空之险。

况且，我一直是被母亲锁在首饰盒里的希望，她恨不得将我当钻石咽进腹中，用生命去保护，也不愿让我在人生的道路上有丝毫磨损。

一个恐惧年老色衰的女人，将女儿当成了今生最宝贵的财富，她是错的，但我纵容她。父亲离世那年，我二十一岁，依旧是住在家里的孩子。就在那一年，深受丧夫之痛的母亲突然对我强加了很多的寄望，并加倍呵护我。就这样，我在母亲的注视下，逆来顺受地考学位，工作，恋爱，失恋……转眼快二十九岁了，我仍旧还在她的庇护里消耗年华，极为缺乏生活技能，对世事的了解多源于无依据的想象。

不离家的孩子，永远都不会长大。母亲的爱护成了一种禁锢，我越大，就越想逃。自从罗涛咏背弃我娶了别人后，我就努力考博，目的就是想离开母亲和家。认定唯有读博这个理由，才能让母亲哑口无言地放我远行。

　　刚到上海时，我还乖乖地听母亲的话，选择住校。有一天，在导师的办公室门外，林泽兰的声音从身后传来，她叫我等一等。然后我们俩同行，走出大厦，一如往常地说着生活上的琐事。林泽兰说英国的签证已办妥，这些天都在处理上海这边的事。我刚友好地给出祝贺，她就心直口快地问我是否有在外面租房的打算，她住的房间还剩半年的租金。"我不想转给信不过的人，以免合租人不高兴，"林泽兰说，"毕竟我和她是朋友。"见我犹豫不决，她又急着补充，"如果是你住，不收中介费，租金续我的价位，每月打到我的账户也行。"

　　我顾虑的不是金钱，而是不知如何说服母亲。她可是再三叮嘱，只许住校舍。

　　在林泽兰的极力推荐之下，我决定实地考察那间小屋。公寓坐落于浦东一座不算新的小区里，屋里家具完整干净，充满生活气息。林泽兰说，住隔壁的陈佩琪就在陆家嘴上班，从这里坐地铁上班十分便利。

　　是"上班"两字打动了我，在校园里生活那么多年，真的很渴望感受一下真正的职场。想起罗涛咏说我："你们这些一直在学校里混的，就像是春卷里的肉馅儿，被包裹得严严实实的，哪里体会得到外面的煎炸烹炒？"这种话听起来不像是羡慕嫉妒，而是嘲讽讥笑。

　　最终，我还是违反了母亲的条规，签下了这间小屋，打算半工半读。从十七岁读本科、考研，再加上大学任教的两年时间，我的校舍生活长达十年，而今有更好的选择，就恨不得换个口味刺激味蕾。

搬家那天，陈佩琪没在。林泽兰提议先通过电话打声招呼。我照办了。陈佩琪在一家港资公司当主管，岁数要比我小两岁，温州人，在上海读本科后就出去工作了。电话里，她说话语速轻快，用词简明扼要，雷厉风行的感觉很快就与你拉开感情距离。我们的对话还算愉快。我觉得声音这么甜美的女人应该是心慈面善的。她说正在香港培训，过几天才回来。

陈佩琪显得很忙，生活丰富多彩，是我完全不了解的那一类。

入住后的第三天中午，客厅的房门有人用钥匙开启。我披了件外套推开卧室门，看到一个身穿T恤、牛仔裤的瘦弱女孩正在门口换鞋，身边立着一只小号拉杆箱。发现我时，她直起腰，微笑着说："是刘舒？你好。"

"你好，佩琪。"我站在原地，有些局促，看她浑身无力似的将行李箱拖进卧室。

陈佩琪的长相完全不是我曾想象的。她娇小干瘦，眼圈发乌，嘴唇干燥，披一头精美柔顺的栗色微卷长发，秀气的五官里若隐若现一种樱花草的清丽感，那似乎是她的本质，但已被某种刻板的神情和傲慢磨损得所剩无几。

十分钟后她再从卧室里出来，已换上了白衬衫，黑窄裙，脚下一双细矮小跟皮鞋，佩戴名贵的手表和铂金首饰，手挎奢侈品牌新款皮包。她又要去上班，精美妆容并不能掩盖旅行的劳累，整张脸暗淡无华，唯独声音神采奕奕。"今天晚上你有空吧，"她说，"下班我早点回来，和你把一些东西给交接了。"

我有些不明白，难道林泽兰还落下什么东西没交接？她走后，"交接"一词在我的思维模式中被无限扩大，衍射出无数种含义和可能性，由起初的忧虑，渐渐变成了某种好事降临之前的期待，以为她会交给我什么新奇的好东西。

陈佩琪所谓的"早点回来"还是拖到子夜时段。在此之前，我已不自觉地睡过一觉，然后打着哈欠卧在沙发上阅读尤金·奥尼尔的《进入黑夜的漫长旅程》，感觉自己又要进入梦境了，才传来她用钥匙开门的声响。

这时的陈佩琪和白天看到的不同。她换了浓艳的妆面，身穿无袖一字领暗紫色蕾丝裙，头发松松垮垮地绾起，佩戴亮得刺眼的铂金耳坠。她在门口换鞋，左手扶住门槛，一朵玫瑰绢花装饰的指环卡在无名指上，实在抓人眼球。屋子里很快就被香水和酒精混合的气味填满。

"回来啦？"我拘束地坐起来，忍不住打哈欠。我早已被母亲调教出十点钟入睡的习惯，此刻，只感到那些定时在生物钟里的疲倦感，随时都要把脑细胞堵死。

陈佩琪看上去可是活力不减，虽然脸上已泛出病态的憔悴，皮肤干皱，眼袋臃肿。她优雅地坐到我身边，从手袋里拿出一沓打印稿递过来。"没异议就在上面签字，然后执行。"她说，"这是我与泽兰之前订的那份。"

我接过一看，是一份《住宿律法》，开头非常庄严而开诚布公地写道：

"甲、乙双方本着自愿、平等、公平、诚实、信用的原则，根据合租时常见的问题，结合房东的要求，经友好协商签订本协议……"

这是一份格式规范，条款严谨，用词精准，毫无漏洞可钻的协议书。不难看出，她对这种事情操办得多么娴熟老道。

"你和她还签过这个？"我难以置信。也不知是谁先提出的，她们不是好朋友吗？竟然还拿协议来划清责任界限，连半点信任和包容都没有。

"大家的意思。"陈佩琪眯着眼睛说。

"我不明白。"我说什么也无法接受。

陈佩琪说："我一向不喜欢与别人拎不清，还有就是我有洁癖。"

洁癖从她口中说出，好似一个褒义词，与高贵同义。

陈佩琪没洗漱，直接进卧室睡觉，她实在困极了。

进去一小会儿，她又开门出来对我说："每间屋子里都有电表，客厅里的电费要平摊，水费也是这样。"然后瞟了一眼天花板上的电灯。

我心领神会地点点头，起身去关灯，摸黑回到自己的房间里，心里有种莫名的恨意。

这个魅力无敌的女孩，竟然能为一分两分钱的利益与我计算得这么清楚。假如我签了这份协议，那么只有一个可能，我不会与她交朋友，最多是认识而已。

整整一天的时间，我除了吃饭、喝水、上厕所，其余时间都用于研究那份长达十六页的协议书。《住宿律法》总共四百九十六条，内容包含公共物资的保护、维修、添置，这部分内容对生活的可能性提出了很多我意想不到的假设。如：水龙头坏了该怎么处置，产生的成本如何合理分担，由谁来主持这场维修，如何评定最终责任人，非责任人该履行哪些义务，等等。

公共资源的分配办法也有详细的时间规定，比如厨房的开放时间，晚上洗澡时段的规划，客厅的使用规则，电视机的开放时间，空调的使用时间，朋友的访客时间……并规定非直系亲属不能留宿，若是有人住宿，需提前向对方打招呼，并双方协商做好当月的资源费用分配修改。费用的分摊办法无比详细，水电费和物业费就不用说了，还有我想都没想过的壁钩、毛刷、蟑螂药、卫生丸的费用分摊。公共卫生的责任制度更是让人大开眼界，其详细标准胜过国家法规。从卫生标准、卫生职责、清扫时间，到所需的洗涤剂品牌，各种节日、时段、突发事件处理，如打翻一碗汤，呕吐、咳嗽、吐痰、感冒期间或流行疾病的卫生标准等，都一项不落地包括在内。

读完这些规定，我感到浑身酸痛，好像刚爬过雪山草地。我忍无可忍地做出这样的评价：“这简直是撒旦制定的，一本完美、无懈可击的地狱法典。”

我无法接受，在这样严格的规章制度下生活，比关在铁笼里的动物还没自由。可是，想要立刻退出，看似却一点办法都没有。我与林泽兰也是签订协议的，三个月的租金已打进她的账户里，现在她应该到英国了，正用那笔钱去兑换英镑。

可是我也不愿就此忍受，将日子过成一寸寸的极刑。

挣扎了很久，想了无数的办法，最终我认定，解决之道应该在陈佩琪身上。

拨通她的电话，一串声音甜美、声调高昂的问候传来："您好，我是佩琪！有什么事请说。"然后就是一阵警惕的寂静。她在等待对方说话，以便不失礼节地做出正确的反应。

我战战兢兢，"你好佩琪，我是刘舒，"语气偷偷摸摸，"我有一些问题，是……"我深呼吸，然后才说："协议上有些质疑，我还需请教你。"

"哦，没关系，"她轻快地答，"只是今晚不行，明天吧，你把问题都标出来，修改办法也一同记在纸上，我们尽可能用半个小时的时间解决这件事。"

"半个小时？"我茫然地瞥了一眼那份协议，繁密如星的文字，庞大如宙的数目，原来她这么讲究效率。

这个世界有多如牛毛的潜规则，我清楚。只要自然界的某一种物质出现偶数以上，就会产生规则，用于彼此和平共处。而这时的我，非常悲观，发现自己正站在锥形舞台的塔尖，前后左右寸步难移，比 B-612 号小行星的小王子还拘束。而那个势必要与我共处的同类，大家都是黄种人兼女性，竟然罗列出这么多的规则，并且还占据上风地手握执行官的女王权杖。

没办法，我只能听她摆布，像士气全无的战败国，乖乖地在《住宿律法》上做修改笔记。

陈佩琪如期出现。那天傍晚，她回到公寓时已七点半，一身工作装，还没吃饭。刚坐下，就把笔、纸从文件袋里抽出来，快速进入谈判状态，好像有什么事正急着要走。

"开始吧，"她说，"一条条地对。"并习惯性地看了一眼腕表。

我紧张起来，清了一下嗓子。平生初次面对这种事，主要对方不是敌人，而是我朋友的朋友——原以为我和她也是可以成为朋友的。

见我一直低头看手中的笔记，久久无言，陈佩琪抢先说话："我们一个部分、一个部分地从头过一遍吧，首先是前言，你有什么异议吗？"我摇头，表示无反对意见。

她又继续说："公共物资这一块呢？"我不知该如何回答，只感到情绪突变，想骂脏话。可她却将我的沉默当成了赞成，便说："那好，这一块跳过，下一个。公共资源的分配办法你有何要求和建议？"

我烦躁起来，觉得头疼欲裂，用手捏额头，凝眉闭眼深深叹息，陈佩琪看了我一眼，不解地问："你不舒服吗？"

"还好，就是感到有点累。"我说，内心怒火已烧到喉咙了，抑郁得难受。

这时，一串手机铃声从她的蛇皮手袋发出，陈佩琪动作迅速地拿出手机，转身背对着我接电话，"办得差不多了，"她迅速换了一副嘴脸，笑眯眯地说，低头看了一眼手表，"不会超过八点半，你开车来接我吧。"

她果真要外出，给我的时间仅剩十分钟。

收线后，陈佩琪立即接起刚才的谈话，盯着手里的协议，"费用分摊方面呢，有什么意见吗?"完全是警察逼供的口吻。

"没有。"我干脆这样说，愤怒到极点。

她听出口气不好，特意看了我一眼。"如果你有反对意见，或者其他想法，我希望你能直接提出，"她严厉地说，"大家坦诚，有话好说，这才能确保在今后不产生矛盾。假如我们就稀里糊涂地住一起，彼此不了解对方的生活习惯，可想而知，结果会怎样。"

"你认为会怎么样?"我尽量忍住随时会迸发的怒火，"你以为我就会跟你斤斤计较，会为占你一点小便宜而欢喜，会为一秒钟的灯光所损耗的电费与你争论不休?"

陈佩琪的脸绷得难看，完全没了妩媚之色。

我悲哀地冷笑道："协议上提到更多的是钱，但是，我想告诉你，今后你可以用我买的抹布和毛刷，并不需与我平分费用，如果我做了饼干小点心，你可以免费品尝，并不需对我提前打招呼。"

她那发黑的脸露出一丝假惺惺的笑，"谢谢了，我不会亏欠属于你的那部分。"

"其实，我们完全可以换另一种方式相处。"

"这份协议要怎么修改，你才肯签字?"她又把话题绕回原地，可见内心是多么顽固坚决。

我当时的神情，就像电影《我的1919》中的顾维钧，失望而悲愤。三言两语又怎能改变一个训练有素的成年人呢?或许，她就是在这种条条框框的规则下成长与生活，并且在这种状态中找到了值得信奉的安全感。可我说什么也不想在这"凡尔赛和约"上签字。

我们俩沉默地对峙数秒，陈佩琪举起腕表看时间，已经没了耐心，她语气冷酷地说："你自己考虑吧，但我不希望此事了无结果。想好了就尽快告知我。"

她说这番话绝非是妥协，而是更进一步的逼迫。

我在心里思考：假如我蛮横不签字，她会怎么样？

这时，又有电话打进，陈佩琪抓起手机就接，气势汹汹的样子，应该是被我激怒了。听了一会儿电话，她的面部表情骤然大变，眼眉带笑，声音香甜软糯像一只小猫，"不好意思，是李总啊！真抱歉，劳你打电话过来催，我这里还有点事……好好，我半小时后到。"

通话结束后，她对着手机长长呼气，脸色变得有些难看。她已没心情理我，将手机砸进手袋里，用力拉上链子，拎着东西跑进卧室，似乎每个动作里都饱含着怨气。

五分钟后，陈佩琪再走出来，穿着酒红色连衣裙，彩妆浓艳，还用了荧光眼影，整个人焕然一新。她说："我有急事先走了，协议的事，我希望你能认真对待，这么做都是为大家好。"然后跑出门。她的背影婀娜摇曳，穿十二厘米的高跟鞋跑步难免艰难而费劲，就像她走在社会上的一条歧途。

她肯定又出去应酬了，大概又和昨夜一样，带着浑身酒气回来。

我说不清是该羡慕，还是同情她，也说不清她的内心是快乐还是痛苦，生活于她是富足还是贫困。她的身上总有奢侈品牌缠绕，她涂抹昂贵的护肤品，使用高端品牌的智能手机，说一口流利的英式英语，而她却非要我签订一份机关算尽的《住宿律法》。

　　陈佩琪走后，我跑了出去，像躲避一场瘟疫那样惊慌，不愿待在屋子里。这套房子，原本是我指望安放灵魂和躯体的地方，如今却被陈佩琪的《住宿律法》污染成糜烂醒醒的赌场，她硬逼我用赌徒的心理去赢取生活的优越性。

　　在不适合逛街的时间段，我闲游于灯火通明的大街上，不怕迷失方向，沿着大路一直向有光的深处走去。路过形形色色的小店，穿过跳舞的老妇人群，在广场边缘的林荫道里，有家苏州绣房很吸引人，于是进去观看。

　　母亲的电话在这个时候打来，有些突然。以往这个时段，她应该在睡美容觉。

　　我躲进小店的角落里接听电话，还用手掩在嘴边说话，以免被母亲听到广场外的喧嚣声，又开始神经过敏地对我盘问不休。

　　可她还是察觉到了异样，警觉地问："你在哪里？"

　　"我……"我环视周围，心里在拼命地找借口，忐忑地说，"我还在外面，很快就回去了。"

　　"在学校周围？"她担心地问，"都快十二点了，现在赶回去还能进宿舍门吗？"

　　"应该还行吧。"我很没把握地说，感觉谎言就要遮不住了。

　　"你现在距离校门口多远？"

　　"这个……"撒谎太难受，我决定放弃，"我不知道。"

　　"你到底在哪里?"她的声音强烈起来。

　　"我不知道怎么跟您解释,"我小声说,"我不在学校周围,也不必再回那个被老男人看门的校舍。我搬出来了。"心里有些慌。

　　"我的老天爷,你到底住在哪里!"我的母亲激动地吼起来,"几天没与你联系,竟然连住所都换了,也不告知我一声。"看样子她已担忧得恨不得立马飞来上海,亲眼见证被我偷偷更改的生活。

　　她的强烈反应真让我心烦,"妈——,我想住哪里,该住哪里,生活该如何组织,应该可以自己决定。你不要这样大惊小怪的,我有智商,懂生活。我是成年人!"感觉她简直是我人生路上的十万大山。

　　"你住哪里?问了半天都不回答我。"她很委屈地埋怨道。

　　"浦东。"我的心头又是一阵崩溃。

　　"地址呢?"

　　"够了妈妈!"我吼道,只觉心头冒火。

　　母亲愣住了,很无辜地喃喃道:"够了?什么是够了?"声音凄凄的。我因此心疼了,有些后悔,换了温和的语气安抚她:"首先我现在很好,不需要你来看我,或者快递东西。我会照顾好自己,麻烦你能给点私人空间,好吗?"

　　母亲对私人空间一说不服,忙与我辩论,真是让人头疼。我忙打断她,"拜托,我是个成年人,有判断力,什么更适合自己,我比谁都有发言权。好了好了,你再唠叨下去,我就不给你写电邮了。晚安妈妈,今晚的谈话就到此,你不要再来电话了。"

我迅速地挂断通话，像躲过了一场灾难，放松地呼呼喘气。

绣品店的营业员闻声站起来，用一种奇怪的眼神打量我。我尴尬地对她笑，"你的小店办得很好，我正打电话告诉我妈妈，我非常喜欢。"然后装作若无其事地走了。

回到房间里，打开电脑查看邮件，果真又有母亲几分钟之前的来信。一种强烈的崩溃感直冲脑门。真不知该如何让母亲认识到一个真理：每个人都是独立个体，相互依存，却不会相互依附。虽然我是从她的子宫分离出的，却不是她的全部，我确实获得了她的养育和恩惠，但，灵魂和未来，却是我自己的。

有时我也想，假如她早在三十年前意识到这些，是否还愿意生养孩子。

这个世上，最难理解的就是自己和孩子的关系。尽管几千年来，贤哲大师们都在探讨这个问题。

多少次，我想告诉母亲，我不是她的财产，可她却对我投资了一生的物质和光阴。我需要独立，她却整天围着我转，总为我的问题和父亲吵架。父亲病逝，她就抱住我哭着说："今后就我们母女俩了，你不能不要妈妈。"

她将我当成今生的唯一，而我，却时刻想逃离。

尽管极度厌烦，母亲的邮件还是要回复的，否则，次日早上天没亮肯定被她悲愤的来电惊扰，或者用不了几天，就会接到她来沪的消息。父亲走后，她变得极其敏感、脆弱、悲观，她将一切快乐和忧伤都架在我的身上。

我曾动员母亲再找新伴侣，而不是整天指望与我做伴。母亲不愿意，还责骂我没良心。她说的话不无道理，因为一旦有新人进门，我的父亲肯定会被挤掉了，不仅他的女人和财产被霸占，连遗像和名字都要被藏起来，直到我们自然而然地把他淡忘。

这是一种卑鄙的抢夺，比死亡更残忍。当我意识到这些时，就尽可能地陪母亲，安抚她，排解她的寂寞，关键时刻，我还是会牺牲自己，讨她安心。在回信中，我做出"我肯定会平安快乐"的保证，并虚构出在这里居住的诸多好处，比如毗邻商圈购物多元化，枢纽地段交通方便，邻居是外企白领，热情大方有素质讲道理……

发完邮件，我悲哀地哧哧发笑，生活真是一出讽刺的悲喜剧啊。

由于母亲对我的生活进行了严格的监控与审核，我必须在这间屋子里将日子过下去，用于证明我成人式的智商和判断力。频繁搬迁原本就不是什么好事，思考了一夜，我决定妥协于现实，签下《住宿律法》的协议。

等到中午十二点，我给陈佩琪打电话，问她何时有空签协议。

她有些吃惊，问我想如何修改。

我说："没什么异议了，就按你定的去签。"

"那好，"她的声音瞬间变得亲昵了许多，"我这几天很忙，指不定何时回去，你把签好的协议从门缝下塞进我的卧室就行。"

我按她说的办。从签下协议的那一刻起，今后我在这套公寓里的行为规范，都将以她的标准为主，为求安生，我必须符合她的要求。

两天后，大概是晚上十二点后，我在黑暗中被窸窸窣窣的声音惊醒，急忙伸手拉亮电灯。只见门缝下方，正有一份打印稿从门缝里被缓缓地递进来，像传真机吐出的来自远方的不平等合约。

第二章　隐形的白色乌鸦

　　大概住了半个月的时间，我就逐渐感觉，这套小公寓里不只住有两个女人，还有一个隐形人。

　　这个隐形人神出鬼没，总在午夜后出现，天亮时消失。我留心了许久，仅能收集到些许他发出的动静，撞见过一次脱在门口鞋柜外的男士皮鞋，听到从主卧阳台上传来的朦朦胧胧的说话声。

　　他的声音低沉，质感清澈，有些像我喜欢的英国歌手Chris De Burgh的嗓音，低吟时轰鸣，高喊时飘逸，有着中音提琴一般丰富的变化。贴在窗户边偷听隔壁阳台飘来的声音，我猜测他一定是个有阅历的男人，语速不紧不慢，语调平和，尽管他要说的是一句感情色彩非常浓重的心语。

　　我不知道他是谁。据我所见的，送陈佩琪回家的车辆换了又换，有时是一对情侣共同送醉酒的她进门，偶尔是一个男人，多半是女人。有时她自己扶墙回来。

　　陈佩琪的世界很复杂。她常常午夜回归，直接进卧室关上门，早晨洗澡洗头。有时她在傍晚六点就出现，晚九点后又被电话催出门。或者一连几天都不见她的踪影，然后在某天早上拖着旅行箱出现，匆匆地梳洗化妆，穿上工作装上班。

有一次，我从学校回来已是晚十一点，远远看到楼道口被一辆黑色轿车堵住。陈佩琪从车里下来，绕到车尾，往外跑。驾驶室的车门也跟着开了，下来一个身穿西装的高个子男人，他追上，把她扯住，两人挣扎了一番，大家都定住了。男人对她说话，我听不清在说什么，好像发生了什么不愉快。他拉她的手，想求和，却被狠狠地甩开，两人对抗了几分钟，陈佩琪自己跑进楼里，他在门禁前站了片刻，才灰溜溜地回到车里。

夜色太浓，我看不清他的脸，只觉得他们的关系非一般。

两天后，我在卧室里又听到陈佩琪进门时正与人吵架，她的声音非常尖厉："够了，我不想再和你争这个问题，你爱怎么样就怎么样！"接着客厅大门重重地关闭，大概她又出去了。

次日早上，我发现有隐形人昨夜活动的痕迹——男人用的须后水遗忘在洗手池的镜子前。

须后水的商品标签上全是法文，气味是淡淡的枫树香和岩兰草香。可以想象，每天早上剃须完毕，再用这样的须后水轻拍皮肤，是一场多么浪漫的仪式。

我不清楚怎么样的男人，才会用这种须后水。在网络上问了许多人，看过无数帖子，从此判断，他也许是个射手座男子，沉默的，冷酷的，睿智的，即使落寞，也仿佛古堡建筑里走出来的爵士，带着浪漫的贵族气息，有着驾驭一切的征服欲。

仔细想了想，又觉得这样的男人不可能与陈佩琪这种女人相爱。她那么市侩、俗气、吝啬、虚伪、堕落，人类所有的坏毛病都能在她身上找到，人格分裂当属她最典型。总之一句话，她简直糟糕透了。

我在星座里找了又找，认为水瓶座的男人才能与她恋爱并维持感情。她这种分裂的人格，需要一个时而简单、时而复杂的男人去对应，他应该用其独特的逻辑观念去战胜她的庸俗气，偶尔说出一些出人意料的话提醒她的虚伪。只要有男人在身边，女人一般都会在酒精面前保持理智。

可是我又发觉，水瓶座男人并不喜欢这样质感硬朗、尾香略微优雅的香水味。或许，他是狮子座的，相当有汉子气场与架势，才足够镇压住陈佩琪这样的妖孽。

一个月过去了，陈佩琪不曾提过自己有人来频繁寄宿的事。她以为自己掩盖得很好，未露出蛛丝马迹，在月底核算账务时，她依旧还按二人份去平摊公共资源费用，并不禁抱怨："我这个月的费用你是不是算错了？"

她都忘了自己还有个隐形人，他也是需要洗澡刷牙的。

于是我很坦然地说："抱歉，现在已不能二人平分了，有几天是三个人。"

我有离开陈佩琪的打算，等工作定下来后就换房。搬家需要一笔不小的开支，我不愿再靠母亲资助生活，经济独立是证明个人成长的重要部分，势必要找到一份工作断掉对她的依赖。

在网络上撒简历，只要觉得还行的公司都投，实践证明，应者寥寥。然而，我好像淡水鱼进了汪洋大海一般，兴奋地关注那些花花绿绿的行业和公司，觉得哪个行业都能去，什么都能做，前程一片大好，就连那些有名的外企也无畏惧。

几年前，我还与罗涛咏是情侣时，曾热衷过职场小说，以猎取那些惊心动魄的潜规则和五花八门的黑暗面为乐，还有就是用来否定罗涛咏那自以为是的骄傲。我说："你们得意什么嘛，不就是多拿了几块铜板，买了件锦袍就称老大了啊。"

罗涛咏最恨我用"马屎外面光"来比喻他，立刻拧起鼻子，�’嘴说："你不就是泡在酸水里的白萝卜吗？做学术的就是酸菜坛子，穷酸味！"

我和罗涛咏有过浪漫的开始，共度生命中最好的流金岁月。本科毕业后，我考研，他进外企，结果在我夺下硕士学位那年，他高调地宣布要娶别人为妻，理由为我们不再是同路人。

我不认为自己有多爱罗涛咏，更多的是怀恨在心。因为他用世上最神圣的誓言做欺骗的工具，把我的信任一年又一年地骗走，从二十一岁到二十七岁。

他的结婚典礼我去了，不忘给夫妻俩准备礼物，面积半立方米的礼物箱里面装满他当年给我的情书和小玩具。在门口见到迎宾的新郎新娘，我若无其事地上去送贺金，对新人说："祝你们白头偕老，永无隔阂，不相嫌弃。"新娘不认识我，满面笑容地既说谢谢又递喜糖。新郎的脸尴尬得难看，连镇定都难保持。我相信他肯定比谁都理解那些祝福的含义，因为，那曾是他给我的许诺。

疯狂投递简历一周后，我接到第一个interview邀请，是一家荷兰电子器材商的驻华公司，实在让人欢天喜地。

我穿上了类似陈佩琪的正装，急匆匆赶往陆家嘴，在一座新落成不久的写字楼找到该公司。接待我的HR是一个年纪与我相仿的女人，她留着齐肩黑发，皮肤白皙，衣装严谨，说话语气温和，措辞庄重，想必是个非常注重细节的考官。

她与我进行简短交流后，直接把我领到一个办公室。里面坐着一位身宽体胖的欧洲妇人，四十岁左右，有着一双深如海洋的蓝眼睛和一头火红的短发。

她很友好地帮我要了一杯咖啡，接着让我用五分钟时间做自我介绍。介绍完毕，开始进行问答式闲聊，主要询问了我简历上的一些内容，还有我对他们公司的了解。问完后，她对我亲切地说："很高兴与您进行了一次愉快的对话。您是一位美丽的小姐，给我留下了很深的印象。"

我被夸奖得飘飘然，非常礼貌地鞠躬致谢，"谢谢您，能与您见面，我感到万分荣幸。"

妇人很友好地说："我还有一个接见，公司的HR会给您下一步的通知。"

就这样，我的第一次外企求职面试结束了。走出公司，回想整个过程，自我感觉马马虎虎，开始的时候有点紧张，特别是看到HR庄严肃穆的脸，以及她问话时那种腔调，真不知道她正用怎么样的眼光审视我。最让人不自信的是我那书面化的英语口语。

可是，一想到欧洲妇人的话，我的心就暖洋洋的，像阳光照在雪地上。假如我真的进了外企，第一个要通知的人就是罗涛咏。不是还想和他重归于好，也不是想以此炫耀，而是让他明白，人与人之间没有永远的同与异，只有不思上进的故意疏离。

应聘回来，我打开房门的瞬间，就嗅到某种特殊的气味，似曾相识，但又不确定，客厅里怎么会充斥着男子须后水的浓郁气味？这一定是错觉。

我走进屋，看到东西有点乱，与我离去时的有些不一样，这才注意到垃圾桶有玻璃瓶的碎片，原来，竟然是隐形人的须后水瓶坏了。

对此，我十分好奇，不知之前这屋子里到底发生了什么。我模仿福尔摩斯的做法，对现场进行调查，除了一瓶须后水，没有其他物品损坏。难道是隐形人不再来了，陈佩琪就将须后水当垃圾故意扔掉的？这不可能，我很快否定这种假设。或许是他们俩曾发生过争吵，伤心的女人一气之下将他的东西，也就是那瓶须后水摔在地上，用于表达她对这份感情的了断。

我觉得事情不会那么简单，应该还有更纠结的因果。

晚上十一点，陈佩琪回来了，我借去洗手间的机会暗暗观察。这个女人今晚的心情不佳，像哭过似的，没忙着进屋睡觉，而是坐在沙发上发呆。手袋里的手机突然响起，她翻出来随手挂断，然后很纠结地捏额头，萎靡地蜷缩在沙发上，长久地一动不动。客厅里不开灯，城市的霓虹光从明亮的落地窗映进来，在她的身上光怪陆离地变幻着，泛出一种冷调的凄凉感。

那天晚上，隐形人没来。

第二天，他还是没来，第三天，第四天……整个星期都这样。

尽管如此，隐形人还是像一只随时从城市塔尖上飞出的白色乌鸦，带着独特而神秘的气息，终日翱翔于我的幻想里，让我一刻不停地寻找与探索他的踪迹。

没有隐形人的日子，陈佩琪依旧早出晚归，歌舞升平，垃圾桶里不断有她扔出的新购物袋或快递包裹。繁花似锦的女人，像没有明天似的拼命生活，不曾为感情纠葛而举动消极。我真佩服她的活力，不像我，快两年过去，还是淡不掉对罗涛咏的爱与恨。而她很快就能投入到新的感情里，喝得酩酊大醉的夜晚，被一位风度翩翩、气质俊朗的绅士送回来。

那天晚上，我是被断断续续的敲门声闹醒的。平日，陈佩琪从不忘带钥匙，哪怕她是被人搀扶着，疯疯癫癫地笑着进门，都还清楚记得房门钥匙在哪里。

我对这不正常的、不确定的敲门声感到恐慌。披上外套，眯眼从鱼眼镜头中探看。是一个男人英俊的脸，他正艰难地抱着女人，她似乎已昏死，头和手臂无力地垂挂。果然是陈佩琪。

我迅速打开门，后退让道，整个人贴在门板上，用一种惊疑的眼神看他抱她走进屋，轻轻地将人放在沙发上。

"抱歉，我空不出手来找钥匙，把你吵醒了。"男人喘着粗气，抹了一把额头的汗水。

我盯着他的脸看得发愣，完全忘记了他在说什么。

面前这个男人，估计三十岁左右，仿佛是从电影荧屏上走下来的人物，高挑而符合黄金比例的身形不缺阳刚之美，把西服穿得潇洒有形，重要的是，他有着男女都为之倾倒的花朵般的脸。而我更爱他的眼睛，微微眯起，专注看一处，竟然让我联想起电影《沉默如海》中的托马斯·儒阿特。虽然他暗波点的细绵衬衣被醉酒女人弄得有些脏了。

"你好，"他很客气地问，"能帮个忙吗？"那熟悉的声音打破了我的沉思。

这不就是经常听到的那个声音吗？我在心里画十字架，我的天啊，原来隐形人是他。我回过神来，努力集中注意力，有些紧张地笑着说："完全可以，你需要我做什么？"

"替我烧些热水，方便的话，再做碗醒酒汤。"他的声音很轻，悦耳动听。

"醒酒汤？"我并不知道这玩意该怎么做，但仍旧连忙点头说好。赶忙转进厨房，先把厨具找出来清洗，激动得手舞足蹈，为弄清楚隐形人的真面目而兴奋。没想到，他那么美，左看右看三百六十度地去看，始终赏心悦目。

听到他进洗手间用塑料脸盆接冷水的声音，我贪婪地探头去望。他端脸盆出来时，我赶紧缩回来，心脏扑扑乱跳，胸口像缺氧一般难受。这种感觉不曾有过，就算初次收到罗涛咏的情书时，罗涛咏第一次亲吻我时，罗涛咏对我说"我爱你"时，罗涛咏单腿下跪发誓要娶我时，都不曾有这种眩晕似的欢喜感。

我清楚地意识到，我的身体抢在灵魂之前，看上他了。这个问题真难办。

水很快烧开了，我还在绞尽脑汁去想醒酒汤的配方，闷在厨房里，也不敢向他咨询，说不清自己究竟在怕什么。偷偷望客厅里忙碌的男人，他精心地照料着不省人事的陈佩琪。对此，我是羡慕嫉妒恨，更加不好意思打搅，咬着手指看橱柜里摆放整齐的佐料，犹豫着是不是油盐酱醋糖都全放。

"水烧开了吗？"他的声音低沉如风，在身后突然飘出，把正在深思的我吓了一跳，双肩本能地耸起。

他发觉我被吓着了，讪讪地说："是不是我吓到你了？真抱歉。"

"烧好……了。"我对他强颜欢笑，其实背后冷汗津津。

"把这放进锅里，煨十分钟就行了。"他递过一小包绿色袋装茶，"上面有制作说明。"

我羞涩地点点头，双眼紧盯住他的脸，有种古人月下赏花的欣然感。

他被我怪异的注视弄得有些不好意思，微笑着微微鞠躬，"麻烦你了，真不好意思。"

"不客气。"我说，这才低下头来，还忍不住在心中暗喜，他微笑的模样真迷人，仿佛是三月樱花中落下的露水，不知不觉地浸透心脾。

那一夜，我为这对情侣忙到凌晨三点才回卧室。躺在床上翻来覆去，脑海里全是男人英俊的脸，直到天色微亮，才在难以抗拒的倦意中睡去。醒来时，已是正午艳阳高照，客厅里空洞昏暗，整套房子里仅有我一人。

昨夜的情侣已不知去向，家中整洁如往常，昨夜的一切迹象已被抹去，我曾倒在垃圾桶里的醒酒汤残渣已找不到，而是换上了一只新的黑色垃圾袋。倘若连记忆也没了，那么这里真的不曾发生过什么。

这下，我不得不佩服陈佩琪。一夜宿醉，她依旧还能不失仪态地去上班，这可不是醒酒汤的功劳，而是她身上有种精神，并且她将这种精神化为了肉眼看不见的自然，竟然能将酒精、工作、男人同时驾驭得那么好。

历经那次酒醉后，陈佩琪不再遮掩隐形人的存在，总算主动来向我打报告，"我的男友过来住的天数，我会在结算前三天给你。"

她强调他来的天数，并未当月全包。这么说，那个英俊到让我迷失的男人与她关系不确定，还处于试探和了解的状态。于是我不计前嫌地说："没问题，那就有劳你把天数记好了。"我可是非常乐意她这么做的，这样一来，就能从她的月报表中分析出许多我想弄清的问题，甚至还能找到隐形人出现的规律。

　　我渴望再次遇见他，不为别的，就像再想看一看觉得惊艳的油画。从那之后，我戒掉了母亲苦心培养的早睡习惯，每夜都等陈佩琪回来后才睡，目的是想逮住她的男友，渴望能再见他一面。

　　可他极少出现，是个货真价实的隐形人。让我懊恼的是，思念不因无法相见而淡去，反而有"忽如一夜春风来，千树万树梨花开"之势，即使过去了许多天，关于那些一见钟情的片段还深深地印在意识之中，并不断沉淀成海洋里的珊瑚礁。

　　这种神童般的超强记忆真的很痛苦。因为它来得不必要，也不恰当。他是我最厌恶的女人的情人，我是他女友的合租人。即便我们的房间仅隔一墙，却是相隔十万八千里的两个世界中的不同体。

　　我也做过努力，不要再去想他。用逛书店、泡咖啡吧、听音乐会、散步等事情去阻隔那万马奔腾般的思潮。可只要回到家中的客厅，那一夜的片段，又像蚂蚁爬上身似的，想赶也赶不走。当思念繁盛到极点，我亦不再抗衡，干脆放下理智，坠入记忆的海洋里，细细感受因他的音容笑貌所带来的每一丝喜悦。并默默地安慰着自己，明天他会来，也可能不会来。

　　时光荏苒，我们未曾相遇，唯有思念如影随形，怎么也甩不掉。

第三章　没有一种关系来自空无

曾有人说，记忆是大脑诗化般的记录，能长久保存下来的，必定是让我们陶醉、感动，赋予情绪美感的一切。自从我见到隐形人之后，已没有任何人能够在我的记忆留下印记。同时，也将罗涛咏积累了好几年的痕迹一扫而光。

这个星期陈佩琪出差北京，临行前特意跟我打招呼，意思是将有十天时间由我个人全部承担公共费用。

她不在也好，至少我能安心地去找工作。知道隐形人不会在这段时间出现，就无须在渴盼中天天算卦，问清晨的朝霞，今天能否遇见他。

久久没收到荷兰公司的音讯，亦不再指望。突然间，在一天时间内，同时收到了几个会面邀请，皆是国内的民企，其经营的商品没一项与我的专业沾边。

博士专业我选了中国古代文学，主攻明清板块。主要的时间精力就是博览群书，用导师灌输的那套办法和生硬的学术词汇，重新给每一部言情小说正名，用"文学因素、坐标、类型、意义、影响"的理论，去夸它们的成就和异同。在商业社会里，也不知我所苦苦背诵的学术观念能否找到一盆残土，宁静成长，拥有属于自己的花色。或者，他们不过是对我简历上的"在读博士"字眼感兴趣？

在这个物质高度文明的国家，仍旧有不少上流阶层不解"文凭"的意义和内容，多数还对这西洋舶来的名词崇拜，并将招纳高等学历员工视作企业实力雄厚、人才济济的标准。经济社会，有求必有供，不怪孩子们削尖脑袋考学位，也别取笑我的母亲，为女儿考上博士而设宴炫耀。

中国制度下的考试对于我来说，是轻而易举的事。我从不当那是智慧，只会暗暗嘲讽那些崇拜一纸证书的人。而今，发现那张手纸一般的文凭能换钱，也不介意自己去当一回骗子。

我将三家公司都安排在同一天见面，从早上六点起床折腾到晚上八点回到小区，我已经筋疲力尽，缩在高跟鞋里的双脚疼得发麻，走到公寓楼下，已忍无可忍地脱下鞋子光脚走路。

来到房门前，将钥匙插进锁孔的那一刻，我迟疑了，听到似是而非的吵闹声从屋里传出，第一反应就是自己走错门了。赶忙抽出钥匙，看贴在右边墙面上的水电报表，明明写着B803，没错，是我住的房间。又将钥匙插进去，就在这时，房门突然开了，毫无防备的我被一股强大的力量撞开，脸受到物体的刮擦，只觉得鼻子有一股强劲酸痛感不断往上冒，身体本能地后退，重重地撞在墙上。根本不知道究竟是怎么一回事，剧烈的疼痛一下子就扑灭了大脑的意识，眼前昏暗一片。

我双手捂住鼻子，感到滚烫而黏稠的液体从鼻腔流到手指上，仔细一看，血，真的是血！

随着意识渐渐复苏，疼痛的感觉剧烈起来，难受得我双腿发软，顺着墙缓缓地蹲下来，泪水止不住地流。混乱中，听到陈佩琪的声音，"你放开我，放手！我再也不要听你的解释！"她愤怒地冲出门，从我面前路过，头也不回地快速下楼。

我努力充当目击者，意识中却只留下一抹珊瑚红。

"佩琪，你回来！"

在酸辣交加的疼痛中，我还记得那个熟悉的男声，确实是我日思夜想的隐形人，他跑出来紧追她而去。楼道里全是他们追逐的激烈足音，没有一个人关心我的状况。

而我多想看看他，以此抚慰这些天来的想念，可惜我的眼睛睁不开，酸痛的鼻腔难受至极，双手全是鲜血和眼泪的温度。

突然，有足音朝我逼近，"嘿，你没事吧？"我感觉是他的声音，我的隐形人，他似乎正蹲在面前，用充满歉意和担忧的目光注视我。

我欣慰地笑了，为再见的欢喜，这满手的血泪就是为见他一面的代价。

他眉心紧拧，十分严肃，急忙起身推门进去，拿了一包纸巾出来，动作迅速地连抽出数张递给我，"先把血擦掉，如果血流不止就要去医院。"

我动作缓慢地擦手上的血，在心里默默祈祷他能带我上医院，有更漫长的时光让我看着他，让他了解我，像电影里的邂逅，美丽的剧情由此展开。

可恨的是，他除了死守一旁，并没进一步的关怀，也没亲自给我擦拭血迹。他的担忧不像是爱，而是肇事者逃不过责任，生怕罪过被扩大化。

这种敏感的觉悟，让我一阵失落，内心的隐隐闷痛胜过了鼻子火辣辣的难受。于是我依旧将鼻子边的一团血块保留着，伸手攀墙想站起来。"这地板真够冰冷的。"我说，却疼得没了力气。

他抓住了我的手腕，把我提起来，扶我进屋。他的手温暖而有力，这残酷的第一次亲密接触，还是让我瞬间坠落于旖旎仙境里，意识飘忽，沉醉于他给的虚伪的幸福感中，暂时忘掉了身体的疼痛。我却不去抗拒那股眩晕感，反而放纵地继续耽迷。

我坐在客厅的沙发上，按他建议的，用纸巾堵住鼻孔止血，那样子感觉是安上了猛犸獠牙的小丑。隐形人站在一旁，双手交叉，架在膝上，神色焦虑，一直观察我的鼻子，每过两分钟就问："现在感觉怎么样？"

被他这样默默关注，时光也是无比温馨幸福的。此时此刻，我无条件地承认喜欢上了他，并表现出乐观，盲从于感觉中，拒绝思考这种爱是否正确。

大约过了二十分钟，陈佩琪开门冲进来，脸上神色慌张。看到我的鼻子塞着两团纸巾，她大惊失色，"怎么样，没事吧，啊？你真的是被我撞的吗？"证据摆在面前，她还那样说。"怎么会呢，我开门出去的时候外面根本没人呀，怎么会把你撞上的？真是奇怪呀……"

我深叹，忍住内心燃起的怒火，看在隐形人的面子上，不想去和这个女人计较。她的话满是推卸责任的味道，仿佛我会揪住她这根小辫子，不停地敲诈勒索一样。

倘若我没看上她的男人，我想我肯定会那样做。

我受伤后，陈佩琪消失了好几天，也不知去了哪里。过了几天，她送来一盒阿胶红枣膏，算是对此事的补偿。"阿胶红枣平补生血，女人吃了皮肤会好的。"她送礼时这般说。

她的言外之意我懂，什么都不说地笑纳了。虽然用一盒药膏来补偿一次危险的伤痛远远不值。

通过这件事，我算是把陈佩琪看透了。她在上海读大学并工作了五年，经过近十个春秋的磨砺和学习，彻头彻尾的一副上海小女人的精致，也表里如一地浸透了上海人的气质。特别是在处理人际关系时，你会发现她的小算盘敲得比谁都精，不会让人占便宜，你也不会觉得她占了便宜。我不知道，是否那些国际大都市的原住居民，都会有这种如电脑垃圾软件一般、没多少实际意义的骄傲。

越觉得陈佩琪德行丑恶，就更为隐形人感到悲哀。如此典雅的男子，居然是她的恋人，真说不清，除了美貌，他还爱她什么。动物择偶最直接的标准就是外形，所以孔雀们都势必要长出绚丽夺目的羽毛。男人也如此吧，他们渴望美丽而能干的女人，甚至将她完美化，这恰恰暴露了他们缺少爱的能力。而我更愿意相信这种说法，隐形人只是一个寻找出口的迷途孩子，之所以他们会吵架，那是他发觉自己走错了一条路。

　　受伤的鼻子还未消肿，三家公司的offer纷至沓来。最终我选了一家代销国际香水的公司，不因他们开价最高，主要是对比其他，觉得香水和古代文学还稍微有点联系。与该公司HR电话沟通时，我的上嘴唇还处于肌肉水肿期，肥大凸起，知觉麻木，说话艰难。因此公司的HR在结束一大段针对我的职务描述后，不确定地问："喂，请问您在吗？"

　　"啊，啊，在！"我发觉自己仅能发出单音节了。

　　"您对这个position是否还有其他问题？"

　　"啊……"我艰难地说，"你们，对我，没问题了，我就没问题。"尽量不惊动上嘴唇，以免自己会疼得尖叫。

　　"那好，麻烦您下周一带上相关证件到公司报到。"

　　"啊！"我震惊，今天已周五了，还有两天时间，我扶住上嘴唇说，"能再拖延几天吗？我还有事急需处理。"

　　"嗯……"对方有些不高兴了，"您大概什么时候能到岗？"

　　我想了又想，尝试性地噘了一下上嘴唇，然后说："一周后。"

　　"很抱歉，您应征的职位急缺人，我们等不了那么久。"

　　我陷入两难里，不想失去这个好机会，只好答应对方。也不知这急缺而又不断有人竞聘的职位，指望我这种整天研讨古代小说思想内涵与社会意义的人能干什么。

周一早上去公司，我的嘴伤并没多大好转，说话依旧费劲。上嘴唇衔接鼻翼根的部位由红肿变成了可恨的青紫色，伤口夹住血迹，就像一条黑蜈蚣从鼻孔里探出头来，非常吓人。

为掩盖丑态，我戴上了医用口罩，并用钢笔在上面写上"重感冒"三字，省得要对人解释过多。到了公司里，前台文员一见我就满面喜感，又碍于礼貌，憋住嘴不敢大笑，拿新员工入职申请给我填写。

在人力资源部报到，之前接待过我的HR一见面，先是愣了一下，才微笑着说："今天能上班吗？"我点点头，于是她转到自己的办公桌上翻找出一大沓表格，安排我到隔壁的接待区坐着填写。整个过程，前后花了一个多小时，还好，比当初硕士毕业时进高校的程序简化了不少。

完成个人档案登记的琐碎事件后，HR带我去参观，一路介绍公司的基础信息。这家公司在寸土寸金的上海，已算是规模中等，租下了一整层写字楼，面积近千平方米。HR的英文名是艾丽莎，拼写为Alisa，中文名还没来得及了解。跟她转了一间又一间办公室，与形形色色的人握手，交换姓名，我只觉得头晕。可艾丽莎却说："接下来，我带你去几个大办公室走走。"说着，她推开一间办公室门，门牌上写着"销售部"，是一个接近四十平方米的大开间，里面整齐而密集地排列着格子间，正面看像横七竖八的皇城墙，倘若鸟瞰，一定是个巨大的蜂窝煤。

站在中间的过道里，艾丽莎双手扣在小腹前，挺直腰，用一种仿佛总统竞选演讲的高亢声调说："姑娘们，都站出来，我给你介绍新来的Touch，今后美国板块将由她负责。这位是艾琳娜（Alina），这位是艾莉塔（Anita）、阿曼达（Amanda）、艾美（Amy）……"

将近三十个女孩，全是英文名，让我错以为自己进了疯狂英语培训班。而对这一张张黄种人面孔，我的记忆力突然严重低下，根本记不得她们谁是Amy，谁是Anita。

艾丽莎介绍完所有人后，扭头对我低声说："现在轮到你向大家自我介绍了。"

毫无准备的我猝不及防，被吓得不禁咳了一下，算是紧要关头装病吧。我用一种可怜巴巴的眼神仰视艾丽莎，她依旧保持着国际礼仪小姐的风范，等我完成不可避免的流程。

于是我再咳了一下，清了清好几天都没吐过一字的干哑嗓子，"我姓刘名舒，字舒服，号睡眠隐者，学位是在读博士，私塾是复旦，如果你们非要用英文称呼我，那就Call me Touch。"我介绍完自己，并模仿日本人九十度鞠躬，"今后的工作请各位多多关照，拜托啦！"

在场的所有人全喷笑，艾丽莎主动给了两下鼓掌。

刚出销售部，艾丽莎迫不及待地如此评价我，"你真会销售自己。"我不清楚她说这句话的含义是褒是贬，认为自己可是无比的坦诚。实话实说，当年在大学里，宿舍里的女孩们有谁没个字号的？有的还自封"凌云仙子、剩战女神"呢！我真不理解，为何这些一味崇拜欧洲文明的人会将此误读成时尚、幽默。倘若这个社会不通行身份证，那么，我肯定也像李叔同那样，一生给自己取两百多个名字。

Touch 是联络的意思，我的主要工作是与美国的香水公司保持联络。具体内容是：每天向生产商汇报销售报表，做好他们旗下产品的销售日报表、周报表、月报表；收集终端市场反馈意见，定期开展顾客调查，跟踪竞争对手详情，每月底写市场动态总结和销售报表以及下个月的订货计划，经过CEO审批后用英文发往美国。目前与公司长期合作的美国供货商有三家，这意味着我要将每项工作都分别做三份。

和销售经理沟通工作。这个与我年纪相仿的男子口若悬河，一说到工作心得，更是滔滔不绝。而我，却盯着桌面上的一盆小绿植走神，心里暗叹，成人社会里，美好的愿望如若成真，总是要先被现实强暴的吧！为了一份刚好能在这座城市生活的薪酬，我势必要付出烦恼和劳累。

我的工作之前由韩国板块的郑恩姬代管，"郑恩姬"当然不是她身份证上的名字。这个小姑娘总梳着骄傲的道姑头，浑身麻豆杂志上的热卖服饰，英文水平仅限百度在线翻阅。由于上个月出现翻译失误，美国的一生产商误读当月报表，给一款卖相始终上不去的男士香水增加产量，结果在订货时，发现中国公司并没增订数量，反而还考虑下个月开始停止订货。这导致双方代表在视频里吵起来，相互推卸责任，差点做不成生意。之后，公司只好出钱请翻译。她与我交接工作时，开口第一句话就是：除了中英翻译之外，你最好有会计基础和营销策划能力。

说不清她是想摆出些难度恐吓我，还是为我着想地打预防针。而她说的那些能力，我一项都不具备，我只懂得通读一部英文原著并评定著作的价值所在。

做数据报表对我是头一回，这里的要求与大学任教时的报表截然不同，百分之九十九以上都是表格和树状图，太考验我对 Excel 和 PPT 的操作力了。

上班第一天，我发现要想在这家公司生存下去，必须从头开始。受教育二十四年以来，苦心存储的知识眼看就要送进金字塔里，像木乃伊一般纪念我曾经备受师长寄望的成长生涯。就连中国顶尖的文学研究界导师循循善诱灌输给的思维模式，到了这里，就像一场错误的正版程序安装，不起作用，只占内存，销毁可惜，最多能给脸上增添几分虚荣的金光。

看来，博士找不到工作也是必然的。学院和社会是两个完全对立的世界。我只能重头学起。

坐我隔壁的是一个高挑干瘦的女孩，二十七八岁，负责"法、意"两国的业务。大家都唤她艾薇塔（Evita），她的名字总让我联想起电影《贝隆夫人》里的麦当娜。

艾薇塔是这家公司里的另类人物。她不与任何人沟通，独来独往。整天穿着灰绿色休闲衬衣，敞开衣襟露出里面 T 恤衫的朋克花纹，牛仔裤，帆布休闲鞋，手上有西藏风格的松绿石手钏，眼睛大而亮，下巴四方，黑色长发乱糟糟地扎在脑后，算不上美人，但我总是喜欢观察她。

在办公室里，艾薇塔就像绿植一般沉静，总把速溶咖啡当水喝，用完的包装袋就叠放在杯子旁，这和男人用烟灰缸来记录每天的吸烟支数如出一辙。趁她端水杯出去时，我问郑恩姬她是哪路神仙。郑恩姬挨过来用手掩嘴悄悄说："她是我们这里最强的，通德、意、法三国语言，据说现在学西班牙语。是CEO重金挖来的红人。"见她端着水杯走回来，郑恩姬急忙缩回去。我特意看了艾薇塔的脸，心里惊叹而疑惑，在中国应试教育的大潮之下，作为一个语言天才怎么会不懂英语？

傍晚下班，郑恩姬踩点离开，一分钟也不多留。我还在努力研究日报表，不停地敲计算器，需要发送三份报表才能离开。工作第一天就要加班，让人不禁对往后的生活感到茫然。就在我起身去给自己倒水时，瞄见艾薇塔还在电脑前飞快地打字，她正在MSN上与人聊天，用的是英文。这下，我对她另眼相看，她果真是我们之中最狡诈的强者。

我们俩在办公室里不约而同地熬过七点钟。我还担忧地将报表校对一遍，重新核算数据，生怕出错。艾薇塔已关掉电脑起身离开，像一只神秘的黑猫，突然间就没了踪影。可想而知，我在办公室里坐了十个多小时，竟然还不知道她说话的声音是什么样的。

我想，习惯冷漠是习惯这座城市的第一步。

半小时后，我总算完成了工作离开办公室。出写字楼时，只见夜幕已被喧嚣之城的灯光映成了绯色。前面不远处的灯辉中，一个熟悉的背影蹿进我的眼帘，竟是艾薇塔，真够巧的。她仿佛在等的士，面朝车辆顺流直下的方向，不断地用手拢被夜风吹散的发丝，翘首期盼，像正急着赶赴一场美丽的约会。

我走向她，想主动与这个孤傲的神秘女子建立一定的同事关系。距离她约十米远时，右边缓缓开来一辆暗银灰色凯迪拉克XTS，她向车辆小跑而去，彼此间配合默契地上了车。

　　我站在原地，静静地看汽车将她带走，不禁哧哧地笑。真有意思，我居然捕捉到了她的隐私。毫无疑问，能来接自己下班的人，关系绝非一般。这个世上，没有一种关系来自空无，价值可观的浪漫邂逅最多能在看小说和电影时意淫一番而已。

　　也不知她会喜欢哪一类的，又是怎么样的男子才会选择这样的车。难道他们之间也有一段如我和隐形人之间的故事吗？那一刻，我特别想念隐形人，幻想从远方开来的车辆默契地在我面前停泊，车窗缓缓摇下，看到他在驾驶室里深情微笑。

　　今夜暧昧美不胜收，是约会的好时节。可惜，我的世界只是空空的。

第四章　人注定要受感情之苦

上班第二天，我起了个大早，提前二十分钟到办公室，发现郑恩姬已来了，正在慢条斯理地吃豆饼加豆浆。这姑娘是这间三人办公室里年纪最小的，一张娃娃脸，婴儿肥严重，幸好务实，选了与时俱进的韩语专业，一毕业就进了这家靠韩货化妆品发家的贸易公司。

我还为昨夜在写字楼下撞见艾薇塔的那一幕困惑，不禁问道："我们的CEO开什么车？"隐约怀疑，艾薇塔的恋人就是这家公司的总经理。

正在吸豆浆的郑恩姬惊得从椅子上弹起来，像是被呛住了，不停地咳，"你为何问这个？"眼里闪出贼光。

我怕误会，掩饰地说："想到了就随口问问。"

她不信，神秘地笑了一下，"你昨天肯定看到了什么，呵呵……"

我不想被她的思维牵制，而是拿出做学术的独辟蹊径的作态，只为追求答案。想了想，我又问："我们公司有人开凯迪拉克XTS吗?"

　　郑恩姬的笑立刻收住，疑惑地直摇头。此刻，艾薇塔正走进办公室，猫一般无声无息地从我们身后穿过，走进自己的位置。我们俩都心虚得面色惶恐，郑恩姬摆出一副无所谓的傲慢模样，拿杯子出去接水。我赶紧缩回自己的位置，打开电脑开始工作。

　　可我却中了八卦的毒，整个上午都在分析艾薇塔的事。虽然她的脸依旧麻木冷淡，看上去没任何波澜之变，我却敢保证，她昨夜应该是愉悦而美满的。

　　艰辛地度过职场中的第一个星期，我还是没与艾薇塔说上一句话。就像世界欠了她太多，对人类抱有无限的仇恨一样。她自甘孤立，沉默无言，整个公司上百号人，她只与CEO对话。

　　CEO已是个约莫四十岁的男人，面白头秃，一口浓重长沙腔调，每句话最末总不忘带上一个"撒"字，怎么看都不像是艾薇塔喜欢的类型。

　　不指望有人来解决生存问题的女人，必定会将爱情放在首位，找一个心甘情愿的男人相守。哪怕，她将为这份爱众叛亲离。只是不清楚，她是否也有无法启齿的爱情，正苦苦地恋着一个能上床而不能拥眠的男人。

　　隐约之间，觉得艾薇塔和我是同类人，同样都在苦恋里无话可说。

　　这个周末，陈佩琪又出差了。独居的日子没什么不好，但我有些失落，这意味着见不到隐形人了。我想着他，而他却不见得会记得我。鼻子和嘴唇的伤口都结痂了，他未曾出现过，这让我的心在一天又一天的失望中疲惫，逐渐没了等待的热情。这周六，只好去参加博导家中举办的沙龙，借此淡忘因思念而起的寂寞。

我的博士生导师年过六旬，前两年，搬进上海市郊的别墅后，就立志复兴民国时期的思想风潮，每周六晚上在家中举办沙龙。来的多半是他的学生，偶有几个社会人士，与想象中的林徽因家的聚会不能相提并论，可见经济大潮之下的国民追求精神生活的渐少，像我这样为五斗米折腰的太多。

去导师家来回车程将近四个小时，这是让我坚持不了期期到场的原因，呵呵，除非隐形人也在。但这期沙龙有点华彩，来了一位在清华讲学的林教授，十年前他也曾是导师的学生。今晚，他来向我们介绍他的新著作，并分享了一本自己为之震撼的书：美国艾伦·费尔德曼的《你不在的时候》。分享完自己的读后感后，林教授提出了一个问题："战争使姑娘们沦为留守之妻，而当今却有大量的留守老人和儿童，到底是战争更易摧残人性，还是这个不断违背人类本真的生活方式的高度文明时代？我们是否能够再提炼出一种情感，用于解决或者超越这种留守问题上的不协调呢？"

在座的人纷纷交头接耳，这个问题好像是人类学、社会学研究者才应该去思考的问题。旁听的导师则最先发话，"当下，我们对文学的研究，也该注意一下对整个社会和人类的关怀。"

看来，这是得到了导师支持并推崇的思想方向了。场下的人都安静地选择沉默。

林教授的脸上始终保持着微笑。作为一个经验丰富的教师，他非常讲究现场气氛，不甘心自己的讲座出现冷场。他走出讲桌，巡视在场的所有人，准备点名提问。他选中了我。"上帝啊，"我在心里这般想，"刚才都没仔细听，脑海里装的全是隐形人。"

我故意懵懂地看看周围，希望林教授承认自己弄错了对象。可他却点了点头说："就是你。作为女性，你应该对爱情有更深的理解。因为，这本书不但是女作家写的，而且她还是以女性为视角，切入人类宏观主题的。"

"好吧，"我束手就擒地站起来，低头思索了片刻后说，"我不觉得这里面有爱情，他们只是结了婚而已。至于战争与时代，我想就如这不断变幻的天气一样吧，我们需要适应环境，需要哲学的思维去想，我今天该穿什么衣服，用于适应这个环境。"

话一落音，我便收到了掌声。林教授笑了，但他不愿甘拜下风，又问："你刚才说书里没有爱情，我想知道，你理解的爱情是怎么样的？"

他的问题仿佛是一个和尚向妓女提出的，一个不懂爱情，一个是看透爱情。

"真正的爱情必须高于物质温饱之上，是需要美的气氛去包装与烘托的一种感情，是人类情感的艺术精华。"我说，"挣扎在生存线上的婚姻，只能算是他们在找一个生育配偶或同伴一起生活。即使战争来了，她为何只能苦盼，是因为已经没有人比自己的丈夫更有责任和义务照顾她的生活和孩子。我不指望每段婚姻能以爱情为前提，也不鄙视没有爱情的婚姻，因为，每个人都必须解决食宿基本问题后才能对旁人谈及感情。别指望一个将要饿死的人会给你施舍面包，而不管是战争还是异化的社会，不就是仅掌握在少部分人手中牟利的工具吗？没有任何一种感情能超脱这种留守式的抛弃，文学不行，哲学也不行，有时候，我感觉一部小说的实际意义，不过是给天生猎奇心理的人带来一场生命体验罢了。"

说完，自己先被感动。这个物欲横流的人间，还有人在傻乎乎地追寻与辩证爱情吗？除了我。

我那乱七八糟的言论把林教授懵住了，他不可理喻地耸耸肩。我讪笑，不请自便地坐下，周围的人都不说话，我看见坐在太师椅上的导师目光变得复杂起来。原本，这就是一次文不对题的交流会。而对于深陷一段可望而不可即的感情里的我，能有的感悟就这些。

沙龙散场，刚走出导师家的庭院，有个声音在身后喊："这位同学，请等等。"

我回头看，是一个身高和我差不多的单薄男生，穿着印有卡通图案的休闲衫，下面搭配一条裤裆宽大下坠、裤腿紧裹、短至脚踝以上的宝蓝色薄棉绒裤，搭配一双黄亮亮的帆布鞋，让人的视线不由自主地聚焦在他的下半身。

我并不认识他，可他却热情地伸出友谊之手，"我叫马可乐，请问你怎么称呼？"

我伸手，"刘舒，舒服的舒。"

"你刚才对爱情的陈述，实在让我大开眼界。"他说，"有空你给我的画写点评论吧。"

"我不是美学专业的，恐怕难以胜任。"我谦虚地说。

"为什么要找美学那些老气横秋的老头子，"马可乐激动地挥开双臂，一副愤世嫉俗的表情，"我觉得美学那套思维理论都已没多少空间了，所以我才想从文学中吸取养分。"

"你也是做学术研究的?"

"不，我是画画的。"他很自大地说，"我想创作出前无古人的独特风格，然后让后来者临摹与抄袭，所以想在其他领域寻找到某些灵感。"

我微笑点头，"很有艺术家的骨气。"

他觉得我在夸他，显得很高兴，又问："你认为世上最伟大的爱情是什么?"

"暗恋。"我脱口而出，觉得这答案是再正确不过的了，扬扬自得地快步往外走，急着去赶公交车。

过了一会儿，又听见马可乐的声音，"嗨，刘舒，"一辆画有侏罗纪恐龙纹饰的QQ汽车停在我身旁，马可乐坐在驾驶室里，"女孩子走夜路不安全，上车吧。"

我毫不犹豫地拉车门上去，非常坦诚地说："我住浦东，要是不顺路，到地铁站就放我下去。"

马可乐笑笑无言，一边操纵车一边给我介绍他的画室和创意风格。他美院研究生毕业，不甘做教育，和几个朋友凑钱开了一家艺术工作室，插画、装帧、广告、油画出售，培训班，什么都做。他还跟我聊了很多爱情观点，似乎他也与我一样，也正面临爱情异化，忍受感情煎熬。后来他自己坦白，刚与女友分手不久，想创作一部与爱情有关的画册，如今正在物色一个能配文字的人。今晚听到我的精彩辩论，他认为自己终于找到了那个人。

他的这份盛情，无论如何都要推掉。我哪敢发表恋爱言论，对大众进行全面的感情教唆。我不过是一个正在忍受思念炼狱的人有话说罢了。"你还是另请高明吧，"我靠在车座上直摇头，"我太肤浅了，不敢自称专家。"

马可乐没赞同，而是说："我并不觉得那些感情专家说得有多好，既然人注定是要受感情之苦，那我们何必用另一种思维方式去解放这种痛苦呢？就刚才你那番爱情言论，简直让我大开眼界，你没发现吗？连老教授都沉默了。"

"沉默不代表认同。"话虽这么说，还是很感激马可乐给了我这样的赞美。

"或许吧，"他操纵着方向盘，有些不大乐意接受地说，"爱情只属于年轻人，这是我妈说的，她说人老了，就只懂看年轻人谈恋爱了。就好像电视征婚的观众百分之八十是老年人，青春片的观众百分之八十是70后、80后，因为老人们多数对婚姻不满，所以他们要从俊男靓女的甜蜜结合中获取体验，至于70后、80后嘛，都是只有青春期没有青春！"

马可乐这番话，确实引来我的一瞥。我像醉了似的，无力地倚在椅靠上哈哈大笑，把马可乐笑慌了。

他低头检查自己，不解地问："你笑什么？"

我收拢住笑，力求严肃地说："没什么，谢谢你送我回家，请问这一路的油钱我要付多少？"

他白了我一眼，装阔气地挥了一下手说："看在你我同路人的分上，免了！"

　　"不后悔？"我笑嘻嘻地瞄他。

　　"不后悔，"他拍着胸膛发誓道，"我又不是上海人！"

　　"好样的！改天给你发'非沪人'荣誉勋章。"

　　……

　　那一夜，两人就这样一路聊到我住的小区。非常开心，感谢命运让我遇到了马可乐，给了我这样趣味横生的夜晚。

第五章　男人是世上最巧妙的玩具

记得那天是星期四，深夜我起来上厕所，出到黑洞洞的客厅，隐约听到奇怪的钥匙开门声音。我觉得不该是陈佩琪，还未到她出差回来的时间。而且那声响显得有些心虚，钥匙插入又拔出，然后再插入，就好像开锁匠当上小偷一般。

我联想到几天前报纸头版的盗窃杀人案，越想越怕，担心万一进来的是强盗，劫财劫色还把我杀了，那就太惨了。

我赶紧跑进卧室里拿电话，在不确定的情况下，也不敢乱打110。左思右想，又跑到厨房去拿菜刀。手持武器的我，蹑手蹑脚地走到门缝边，侧耳探听外面的动静，把菜刀架在门锁处，倘若进来的是陌生人，我至少还有自卫反击的机会。

等了约一分钟，房门在一阵钥匙开锁成功的响声之下开了。廊灯的光从门缝漏进来。我怕得直后退，屏住呼吸，双手紧握菜刀，做好随时砍下去的准备，心里不断计算对方作案时间和我反击的效率。紧张恐怖感，几乎要把我的胸腔胀裂。

当房门推开足够一人出入的空间，我跳出来，眼睛闭紧，鼓足勇气大吼："站住，举起手来!"

对方没出声，果真乖乖地举起双手，拴在食指上的钥匙发出叮的一声响。

我埋头不敢看，怕得思维混乱，身体颤抖着，盲目地威吓道："你从哪里来，就回哪里去，我们这里没什么给你偷的!"我一边挥动刀，一边咬牙伸手去推门，闭着眼睛大声说："快走，不走我就砍死你!"

对方直往后退，双手举着不敢妄动，声音有些抖，"对不起……我是陈佩琪的住户。"

我听出来，对方不是贼，居然是我日思夜想的隐形人。我慌忙推大房门，让廊灯的光线尽可能地映进来，将他的脸照得明明白白。果真是他，这深更半夜的，他怎么会自己来了呢?

而且，我还拿刀对准他，将他吓成那个样子。

我又虚惊又自责，立刻情绪失控地哭出声音来。这是我们的第三次见面，每次都这么糟糕。而这一次我居然想砍死他，人性中最凶残的一面，都展示给他看了。

"能，能先放下手里的刀吗?"他果然怕，还当我是交往不熟的生人。

我放低了握菜刀的手，不停抹泪，真的没脸见人了，这下全完了。

"你别哭了行吗?"他不知所措地安慰道，"是我不好，把你吓坏了，不该这么晚过来。别哭了，我道歉……"

我用手臂挡住脸，根本不敢面对他。隐形人也尴尬极了，小心翼翼地伸手去取我手里的刀，"先把它给我好吗？"

我交出了武器，情绪稳定了许多。他走进厨房把刀放回原位，松了一口气，悄悄用纸巾擦额头上的汗水。看到我在客厅的沙发上发呆，走过来，静静地站在对面看着我，不一会儿又关切地说："鼻子上的伤好了吗？"

我不敢看他，含糊地点点头，竟然有了少女的羞涩。其实，我早就原谅了他，虽然自己为此痛苦了好几个星期。他如此自行惭愧，反而让我心疼。

"我想我们是给你带来太多麻烦了。"他叹气。

我怕他会因内疚，而有想离开或者搬家的念头，连忙说："没有，没有，你不要这样想，都是我不好，因为佩琪她不在，我没想到是你，还以为是小偷。"

他看了一下腕表，很不好意思地笑，"现在确实符合小偷作案的时间。"

我也跟着笑，是开心的笑，因为他陪在身边。偷偷地看了他一眼，侧脸的轮廓非常完美，还暗暗地透出一种性感。我想，这样的男人，大概是世上最巧妙的玩具了。

见他老站着，我便请他坐。他也不客气，与我并排坐在沙发上。两人无声地坐了一会儿，看我似乎已恢复平静了，他说："现在感觉怎么样？"

我不好意思地说："我没事了，谢谢你。"

"是我不好，把你吓坏了。"

"只是误会，不提了。"

他欣慰地说："时间不早了，回去休息吧。"浅笑的样子真迷人。

我说"好"，却坐着不动，然后说："你若是困了就先去吧。"我想目送他离开，尽可能拖长看到他的时间。

他没推辞，站起来朝陈佩琪的卧室走去。

望着他的背影瞬息不见，我心里一阵痛，这辈子，最悲伤的时刻就是看他离我而去。

他走后，我才意识到自己又犯了一个可恨的毛病，忘了问他的姓名。至今为止，彼此都没正式地相识过。

我追悔莫及，没回屋，坐在沙发上，等他再从卧室里出来，我一定勇敢地向他介绍自己，甚至会不顾结果地向他透露熊熊燃烧于内心的迷恋。假如上天再给我这次机会，我必定会用漫天烈焰的热情，去震撼他的心房。

我恳求上天，他也会喜欢上我，可是隐形人却不见踪影。

清晨，我被秋天的寒气冻醒，这才发现，自己居然在沙发上不知不觉地睡了一夜。客厅空荡荡的，洗手池里毫发不留，他就像一场神迹，来过我的世界，像石板上的露水消失得毫无痕迹，又将我的心淋湿了一片。

难道只是梦吗？我落寞地张望窗外的艳阳，客厅清寂，唯有我的失望如油菜花开遍山野。走到陈佩琪的房门前，多么不甘心。很想敲一敲，确定我心爱的王子是否还在，却一直拿不出勇气，就怕开门出来的是陈佩琪，或者是无人回应。

那天早上，我迟到三个小时，按公司管理条例，按旷工半天论处。

也是从那一天开始，我发觉思念不再是一种消遣和享受，而是严肃的甚至痛不欲生的仪式。我的生活彻底被思念扰乱了。

整个上午，我无心工作，靠在椅子上发呆，心里用哲学的思维去寻找他在我生命中的坐标点，不断地怀疑、思考、辩证他的存在，我思故他在。可怜我至今还不知他的名字，以及他的年龄、身份、背景、职业、收入、性格、品行……可我却已以心相许，无条件地期盼着他在这个浩大的世界与我同行。

晚上主动加班，晚饭在办公室里吃外卖，熬到九点后才离开。走出写字楼，站在曾经的地点，我又看到艾薇塔在等车，真是凑巧。上班快二十天了，我依旧没与艾薇塔说过一句话。按郑恩姬的话说，这不奇怪，这家公司从未与她说过一句话的人太多了，销售部那些姑娘就没一个被她放进眼里的。

我快步走上去，希望能借此机会与她说上一句话，哪怕是一声无聊的问候也好。可是，就在我离她还有五米远时，她挥手招停一辆的士，动作迅速地拉门上车。车辆很快开出我的视线，瞬息于夜上海的迷离灯火中。

我失败地对天叹气，实在想不通，是什么原因让艾薇塔甘做社会群体中的绝缘板。没有语言的世界，不与外人交流的空间，像孤独无援的岛屿漂浮在人海声色里，她不感到恐慌吗？她的身上有着类似《百年孤独》里布恩迪亚家族遗传的孤僻气质，像退出战争后的奥雷里亚诺·布恩迪亚上校将喜怒哀乐锁在小金鱼的制作里，像丈夫死后足不出户的丽贝卡甘愿在一堆破烂中无声死去。

或许，冷漠就是这座城市的天性吧。就好比隐形人，至今我还不知道他的姓名，而他从不对我加以称呼。可悲的我，却已在对他的眷恋中无法自拔。

回到公寓已十一点。

时间在这巨兽般的大都市里，就像口袋里的金钱那样，远远不够用。然而，让我惊奇的是，客厅的灯竟然是亮的，在陈佩琪《住宿律法》的苛刻要求下，客厅灯光的使用办法就像人民大会堂一样，除非大家都在，才有必要打开。

我不晓得是谁干的。努力回忆，早上临走时可是关灯了的。难道陈佩琪回来过，疏忽大意的女人又忘了自己制定的法则，自私大意地违规了？

带着深重的疑惑，我慢慢地往里走，仔细观察周围。这时，隐形人从洗手间里走出来，刚洗过澡，穿一条棉质白底蓝方格睡裤，上身赤裸。白色毛巾挂在左肩上，紧实的肌肉在头顶灯光照映下性感有形。洗净的头发湿润细碎，凌乱地将他的面庞映衬得如清晨花朵般妖娆。

那一刻，我已被眼前的震撼场面钉在空中，忘了言语和思维，双眼不知羞耻地盯着他看。这种场面真是尴尬。他变得拘谨起来，拿毛巾揉了一下滴水的脑袋和湿漉漉的脖子肩膀。他的一举一动是多么诱人，我则像一个疯狂的戏迷，贪婪地收集着关于偶像的一切。

"回来啦？"他友好地打招呼。

"啊……"我这才自知羞耻，低下头，清了清嗓子说，"今晚加班，所以回来晚了。"

他微微点头，表示明白，一边搓动头上的毛巾，一边走进陈佩琪的卧室，关上了门。

我的上帝……我无力地倒在沙发上喘气，有着似梦非梦的恍惚。为了证实自我的存在，拿起手背咬了一口，真疼，这说明刚才看到的一切全是真的。

回想刚才那一幕，又羞又想笑，又有点庆幸，想必只有作为妻子，才能看到男人这副居家的打扮吧。而我们算什么呢？我多想了解自己在他心目中的位置。在这陈佩琪不在的夜晚，他独自来这里过夜，用意何在？

那个晚上，我被自己提出的疑问纠缠得心乱如麻。躺在床上，就像暴雨来临之前池塘里的虾，不断地翻腾，大脑兴奋，根本无法入眠。折腾到凌晨四点多，总算迷迷糊糊地睡去，结果被手机闹铃吵醒，一看时间是六点。真可恶，昨夜竟然忘了关闭闹铃，今天可是宝贵的周末。

关掉闹铃，我慵懒地翻过身去，打算再补一觉。但心里想起隐形人，立刻腾起来，想看看他是否还在。

我轻手轻脚地推开卧室门，进入客厅，看到落地窗外的天色麻麻亮，不夜城在此时陷入了短暂的酣睡里，世界难得这般静谧。

借窗户映进的微光，我摸索着来到门口的鞋柜前，打开看，一双深棕色系带皮鞋整齐地摆放在正中央，代表着他就像一位客人，随时来与去。内心强大的恋慕驱使我向鞋子伸手，就好像摸到了男人的肌肤，感觉到他的气味，温度……突然，我又非常嫌弃这样的自己，简直是个为爱发神经的可怜虫。

在这样机缘巧合的周末，我决定制造一些与其接触的机会，请他吃一顿温馨惬意的自制早餐也无妨。想到做到，我动起手来，洗锅淘米煮上红豆小米粥，再将冰箱里残余的水果都放入水盆里浸泡，然后以最快的速度梳妆，赶快下楼买灌汤包子。

回到寓所开门进去时，正撞上隐形人在俯身穿鞋子，看似要出去。见到我，他一边俯身整理裤脚，一边主动打招呼："早啊！"

"你要出去啊，吃过早餐了吗？"见他没回应，我连忙发出邀请，"我做了一大锅红豆粥，还买了楼下城隍记的灌汤包，味道很不错的，不如一起吧？"

他站起来，很客气地说："不麻烦了，我到外面再吃。谢谢！"脸上有种淡淡的笑意。

"何必呢，"我一副妈妈腔调，"来，来，别跟我客气，反正早上我把粥做多了。"

他羞涩地说："还是算了吧。"嘴角微微上扬，像是很欣慰的样子。

我觉得他的拒绝简直是莫名其妙，夸张地拧了一下眉心，"怎么啦，我不收你钱的，别有什么压力。来来，一块吃了再走。"

"我不是这个意思。"他的表情变得艰难，有种强忍住的平静。

我也不想纠缠了，把手里热腾腾的灌汤包递给他，"那你拿这个去吧，反正我一个人也吃不下。"

他依旧是那一副拒绝的态度，恭让得让人难受。

我顾不了许多，抓起他的手臂，热情地把塑料袋挂到他的手指上，像送走自己不愿要的废物一般，强迫他收下。看到他的指节，多么颀长啊，上面居然没有反映感情定向的戒指。而我却因碰到他的身体，有种触电般的通身麻痛感，自知失礼地赶紧缩手，保持住应有的陌生男女授受不亲的腼腆。这不经意一触，对于那位在独角戏中唱得太久的花旦来说，是多么安慰的一触。

盛情难却，隐形人还是收下了我强迫送出的礼物，或许他怕自己不接受，万一我纠缠到底，而影响到出行时间。他不忘说谢谢。我紧紧地抿住嘴，尽量不让自己高兴得狂笑出来，不好意思地捋了一下头发，娇羞地说："我们可是邻里呢。"

他点头承认，却向休闲西服的内袋里伸，我敏感地意识到他要掏钱包，急忙挥手制止，跑上去一手按住他胸前的手。双方都就此怔住了，他看了一下我的手，眼神变得怔怔的，十分难为情。我可是难堪得不知自处，急忙后退进步，保持住礼貌的距离，检点好自己的头发和仪容。

"你别给钱，"我说，"因为我没这种习惯，送出的礼物就是一种无私的奉献，没想过什么等价或更高的回报。"

他笑了，表情并不释然。我可是高兴得心里开出花朵，借机表达那点卑微的小目的，战战兢兢地说："如果你一定要给钱，那就送一份礼物给我吧。"心头一阵慨叹交加，眼睛莫名地湿润了，又补充道："一定不要太贵，权当心意。"

"好。"他点头答应了，很温柔地说，"那我有事先走了。"

"路上小心。"我跟出去，送他下楼，依依不舍地凝视着他，犹如新婚妻子送走刚温存一夜的丈夫。

他走到楼道，转身对我挥手道别，一举一动多么美。他于我一向甚美，美如开放在水中央的青莲。我用执着的宗教式的感情仰视他、赞美他，却只能远观，默默送别。

送走隐形人，回到房中，我感觉浑身疲惫。早餐白忙活了，但还是很庆幸能与他有了进一步的交集。他说要回赠我礼物，真是太好了，我激动地挥舞双臂，得意地嘎嘎怪笑，情不自禁地跳起了 Hugh Grant 在《真爱至上》的搞怪舞蹈，嘴里还在得意地念："我跳我跳，像一只跳蚤，痴迷地不停跳，跳累了孩儿们还给我加油，我为我自己鼓掌……"

我就像运动员获得最高奖杯一样，所有胜利的喜悦和感慨，笑声和眼泪都是一种甜蜜的酸楚。

兴奋过后，我无力地倒在沙发上，难以置信，这种胜利的眼泪未曾有过。长这么大，获得不少知识竞赛奖牌，越过无数的关卡，即使高考那次，我拿下全市文科状元的好成绩，让母亲欣慰得梨花带雨，而我却像训练有素的篮球健将投中三分球一般淡定，甚至鄙视母亲的脆弱。

任何有把握的东西，都不会让人在拥有时产生奇异的感受，人类会永远为新奇稀有的东西而情绪波动。

不知他会送什么礼物给我，会在何时赠出，以什么方式。是当面给，还是代赠？或者浪漫地贴上字条放在我的门口？我的大脑被关于他的无数猜测塞得水泄不通，越想越玄乎，甚至担心他不会再来，或者下一秒就会出现。毕竟，陈佩琪这几天还在外地出差，他的独自出现是不符常规的，他究竟是为谁而来？不可能是我。

但，我真的默默地期望，他会在意我。我可是将最强盛的生命影像都献给了他。

整整一个周六的白天，我不愿出门，苦守着最可能遇到他的客厅，在心里祈祷，他再回来，为了我而来。

正当我在漫漫无期的等待中，大有"寥落古行宫，宫花寂寞红"之味时，在沙发上睡觉的我被门锁细碎的声音惊醒。不敢确定对方是谁，急忙爬起跑回自己的卧室，耳朵贴在门板上探听客厅外的动静，从那沉重而犹豫不定的足音断定，绝对不是陈佩琪。

我微微地推开门，从门缝里窥探外面的世界，怎么没人？秋末天气，刚过傍晚六点天色就暗了。我好奇地推门出去，看到隐形人从厨房转出来，两人撞面，我尴尬得心慌，笑得很僵硬，"你回来啦。"打完招呼便不知该说什么，为自己正身穿维尼熊卡通睡衣而害羞，干脆逃进洗手间里。

在洗手间里，我对着洗手池上的镜子深呼吸，用冷水泼脸，希望这物理降温能让心平静下来。"是的，他就在门外。刘舒，你要勇敢。"我对镜中的自己说。

大概在洗手间里闷了十分钟，我听到大门关闭的声音。我顿时花容失色，赶紧拉开洗手间门出去，可惜晚了，客厅里没有隐形人，就连暮色也将要从窗口退出这空洞的房间。

我无法接受这样的现实，双手捂住脸，多么遗憾。这好端端的机会就这样损失掉了，好后悔啊，真不该羞于形象地躲在洗手间里，哪怕蓬头垢面，也要出去直面他一次才是。

我倒在沙发上，叹了又叹，还是不能原谅自己。他真是我的隐形人，来无影去无踪，让我欲罢不能地周旋在他的迷宫里，终日不得心安。

除了追悔和继续等待，我拿他一点办法都没有。我爱他，这不由自己。当爱成了一场捉迷藏，追寻者很难战胜逃躲者。

第六章　鹬蚌相争，渔人得利

熬过那个周末，我大有心力交瘁之感。周一早上来到公司，状态极差，精神不济，鼻子流清水，仿佛感冒前兆。堆积的工作却不放过我，今天已二十号，不仅要交周总结和计划，各种月报表和总结计划纷纷到截点，可公司却因近两个月的业绩下滑，而进行管理整改，闹得我们部门也要整天参与开会。

我不得不暂时性忘掉隐形人，全力以赴处理工作杂务。身边的郑恩姬却心不在焉，手托着脑袋打瞌睡，而且道姑头也成了凌乱散发，凄凉地披满她那肉乎乎的玉背。我拍拍她，问了一个办公软件的功能使用问题，她一句话都不哼，动作莽撞地起身转到我身边，直接操作鼠标演示。

这时候我才发现，她面色如蜡，眼睛发红，肿如蟠桃，像是遇到了什么重大打击。在MSN上悄悄关心了一下，她不忌讳地答：失恋了。

中午，我们照常去写字楼底层的饭馆用餐。郑恩姬没什么胃口，只要了一碗馄饨，这与她往常瓦煲饭加鸡腿、扣肉、猪蹄的形象大相径庭。

说实话，我也没食欲，只想睡觉。苦等隐形人两天，耗掉了我太多精力，自从认识隐形人之后，我的每一刻时光，都是在惆怅的心情和难以填补的思念中漂流，没有彼岸。

但凡情绪低落的人，都会有神经质的举动吧。郑恩姬用勺子捞起一个馄饨，眼睛吧嗒吧嗒地眨，然后说：“看来，我又要变瘦了……”然后无声地苦笑，动作迟缓地将勺子送进嘴里。

这是郑恩姬第十次恋爱和失恋，原因我没问，总之结果都一样。不愿再往来的人，注定要忘掉，不管是爱是恨，都成了擦肩而过、不能再回头去找的人。茫茫人海，生命的河流不断向前，生活原本就是一列开向死亡的列车。就像郑恩姬说的：“好马不吃回头草，就算再找不到比他好的，也要坚信自己肯定会幸福。”

我还是挺佩服这小姑娘的坚忍，爱的人在哪里并不重要，重要的是我们还相信爱情。换位思考，倘若我要与十个男人相爱然后道别，这将是一场多么残酷的诅咒。

连续加班了四天，那些堆积如山的工作才稍微理顺了些，而我已感到筋疲力尽，开始对这份看似光鲜、收入尚可、容易错意的工作产生置疑。

如果大学时的闺密们还没相继结婚生育，相信她们一定会兴致勃勃地争着研讨我的这份职业。代销的那几款奢侈品牌的香水应该是她们咨询的主要内容。可现在，我们已经很少联系，就算还想起彼此，也少了当年的亲昵。

这不是我个人的问题，环境最易改变一个人。大家分道扬镳多年，天南海北各一方，面对着不同的生活与际遇，慢慢地，最后连焦虑都没有了共鸣。偶然相遇，最多能追忆往事中寻找到片刻的欢乐。人生这条路原本就越走越窄，人越老越孤单，结果就像母亲那样，举目无亲，只有我。假如女儿再抛弃她，就只能一无所有。

自从上班后，我与母亲约法三章，说好隔三天打一次电话，一周写一封邮件，没获得我的审批，不能来沪探亲。否则，我将不再接电话和回信。

这做法有点像母亲当年对我，规定我一天只能玩半小时，晚上十点睡觉，每周抄满一本生字簿，要不然就挨跪搓衣板。

曾经的我顺从，就像现在母亲很听我的话一样。她的这个模样让我有些心痛，她真的老了，这种衰老绝不是我们的心灵虚构出的萎缩，而是一种能够感知得到的真实替换。

晚八点，母亲准时准点地打来电话。我刚回到公寓，身体疲惫得酸软如泥，瘫软在沙发上上气不接下气地喘。她问我吃饭了吗？我如实回答："刚回到家，还没做饭。"

"这么晚还不吃饭，这怎么行呐，"母亲忧虑地说，"唉……我总劝你啊，住在校舍里安安心心地念书就行了，你偏要出去工作，难道我一个市级优秀教师养不起你这个女儿吗？不行，我看你还是辞掉工作搬回学校去……"

这些话不知在我耳边唠叨多少次了，每次通电话都围绕这个主题进行，母亲一旦看我的生活有半点差池，旋即起轩然大波。到最后，不是吵嘴，就是我把电话从耳边拿开，听不见心不烦。

可是还是听到手机里传来母亲的吼声，"刘舒！你在干吗？有没有在听我说话？"

"听着呢……"我不厌其烦地将手机贴到耳边，懒洋洋地答，"妈，你这话都重复很多遍了，换点其他的行不行？如果你打电话就为说这些，那就请省省话费吧。"

"你这孩子，越来越不听话了，真是白养你这么大了！"母亲气哼哼地说。

我打哈哈地说："我不是在听你的话吗？行了，你再唠叨下去，我更没时间做饭了。妈，我饿了，今天就先这样，您老看电视去，拜拜啦！"

她还不解气，想发火，我赶紧装模作样地嚷："饿坏啦，我真的不能再跟你聊了，拜拜！"借此打断她的话，逼她心软，对我说再见。

通话结束，我呼出一口气，好像小孩跨过一道坎儿似的，有种胜利的欢喜感。过后，又渐渐为母亲感到心酸。母亲指望养儿防老，我却时刻想探索世界渴望远行。或许，孩子与母亲的距离是一道生命的不等式，永远的你追我赶，就像小时候她追着我喂饭一样，没有终点，即使死亡也拉不开距离，若想有平衡，只有某一方做出成全的牺牲。

陈佩琪消失了近半个月，终于回来了。由于她时常不在，家中的各种费用已渐渐由我全部承担，骤然感到经济压力倍增。在核算当月公摊费用时，我在账单上明确标记隐形人所在的日期，特此强调，目的是防止她不认账。"你的男友在这里住了两夜一天，"我把账单递给她，"我保证没记错日期。"

陈佩琪拿账单仔细研究了很久，反应失常地突地站起来，像发现了一个惊天秘密似的，有些不能接受，并焦虑不安地来回走着。

我耐心地等在一旁，百无聊赖地观察自己刚修剪的指甲，生怕她无理狡辩，于是我补充道："不信你可以打电话问问你的男友，他从周四晚上住到周六。"

她连忙对我笑，云淡风轻地说："不用了，不必就这区区三十块钱浪费电话费。"说着扯开皮包拉链掏钱包付费，一张又一张的纸币，双方当面点清，过后不认，这态度就跟本国银行对待顾客无异。可我万万没想到，就是这点小小的计较，竟挑起他们一场空前浩荡的争吵。

我们刚结清费用后不久，就听见陈佩琪的卧室里传出尖厉的声音，像是在与人吵架。不一会儿，那声音从阳台传来，我好奇心重，赶紧跑进自己的卧室，贴在窗户旁边偷看。只见她面向远处茫茫城市摩天大楼，一只手将手机贴在耳边，另一手则在歇斯底里地挥动着，"才多久，我们就变得这样难沟通了？你说，你为何瞒着我，你说你出差，却是在这里睡大觉……陆竞城，我真不知你到底在想什么，原来你是这么地瞧不起我，好像我站你身边就会让你的品味大减，是吗？"她痛苦地抓住额头，"我不知你究竟在想什么，我受够了，这些年来，我都不知道我们到底在干什么，我竟然会顺从了你这么久……你不要再解释了！"陈佩琪要无赖地

"啊，啊，啊"疯叫起来，用于打断他的解释，然后尖着嗓子对手机狂吼声"我受够了"，说完就将手机投向天空，那台市面上最新潮的通信工具就这样成为他们吵闹的牺牲品，将不知在茫茫城野的哪个角落碎尸万段。

我一阵心惊，倒不是可惜那昂贵的手机，而是替隐形人难受。

陈佩琪伤心极了，悔不当初地双膝下跪，双手挂在阳台的栏杆上大哭，那放纵的哭声把我的心都哭慌了。

作为可耻的偷窥者，我又喜又忧。高兴的是我总算知道了隐形人的名字叫陆竞城。他的名字真独特，有秀丽和霸气相结合的韵味。隐隐担忧的是，陈佩琪如此愤怒，真的是他错了吗？

从那单方面的言辞中，我感觉隐形人糟糕透了，简直是个道貌岸然的人渣。可是，在那么多次的接触中，他给予我的感觉却截然不同。或许，是我们站在不同的角度审视的原因。

他们俩的争吵给我这个旁观者带来不小的震动，不知天下情人们可否都是爱到深处总是伤，或者说，爱情就像上兴趣课，仅建立在从未知到了解的过程里。他们太过于了解对方，而今，都到了相互挑剔，厌恶，排斥的阶段了。

下午吃饭时间，陈佩琪出去了。晚上九点，有人敲我的卧室门，是隐形人的声音，"刘舒？你在吗？请问有人在吗？"

当时我正躺在床上看书，听到他喊我的名字，既高兴又惊奇，原来他早就知道我的名字。看自己一身睡衣，头发凌乱，我一边高喊"请稍等"一边手忙脚乱地给自己换衣服，梳理头发，给昏昏欲睡的皮肤扑上紧肤水，对镜审视一番，才去开门。

隐形人毕恭毕敬地站在门口，他身穿中款卡其色英伦风衣，牛仔裤，真是美翻天了。越觉得他美，我就越紧张，很不自在地刮耳边的头发，"晚上好。"低头不敢直视，就怕被他发现脸上幸福的欢喜。

"真不好意思又打扰了。"他很礼貌地说。

"没事没事，你别那么客气，"我羞涩地抿嘴笑，不敢抬头。

"我想问问你，可知道佩琪她去哪里了？"

"啊？"我如梦初醒般看他一眼，又连忙低头，"哦，她傍晚大概六点的时候出去了，没交代我去了哪里。你还是打她的电话吧。"

"那好，谢谢你。"他感激地转身回去，我跟在身后，不是礼貌地送客，而是身不由己地舍不得他走。突然他又回头说："如果她回来，麻烦你转告她我来过，务必给我一个电话。"

"好的。"我含笑点头，这才想起陈佩琪砸了手机，想必这时连他都联系不上她了。

走到门外，他突然说："等忙过这阵子，我请你吃饭。"

"真的？"我又惊又喜，有些不敢相信，暗暗地掐了自己的手臂。确信这一切是真的后，我显得很不自在，羞答答地笑，"你是不是还在为那几块钱的早餐计较？"假如真是这样，那我宁可不把那些钱吃回来。

　　他讪笑，"怎么可能？如果真是这样，我想我会直接给你五块钱。"

　　我非常满意他这个回答，"好，我等着。"心里无限欣慰，"路上小心，拜拜。"

　　他点头应允，脸上有高兴的神色，非常温馨。在楼道转角处，他还回头对我挥手辞别。我也挥挥手，目光追随他去，直到他已离去很久，眼光依旧锁在他消失的地方，始终不愿放下。

　　回到屋里，我高兴得要飘上天了，哼着《I'm The One》的旋律，在卧室狭窄的空间里乐癫癫地手舞足蹈。他说要请我吃饭，真是酷毙了！男人请女人吃饭，显然是对她有兴致。兴奋之余，就不知这小小的骚动，是否足够冲破世俗的禁锢，或者，只是悲壮地澎湃于内心里。

　　他非孑然一身，我却是他的恋人同居的、朋友的朋友，这三者关系不光彩啊。但那时候的我，真的有种螳螂捕蝉，黄雀在后的侥幸心理，一心盼望他们的关系濒临崩溃，我便有机会乘虚而入，并暗暗地诅咒他们反目成仇闹分裂，吵得越剧烈越好，就像火焰烧毁了森林，一片荒芜才有机会让我生长，在废墟上重建属于自己的草莽青青。

　　我故意早早地回到房中睡觉，就别想我会告诉陈佩琪给陆竞城回电话。这种时候，我极为腹黑，化身一只可耻而可悲的蟑螂，为占有爱上的东西，不惜放低情操，躲在幽暗的角落，强盗似的做出了令人不齿的举动和谋利心理。

　　倘若日后有人追问此事，我就说自己睡着了，听不见也看不见。帮他寻回旧爱，那是不可能的，我只会给肚子上写有"陈佩琪"仨字的布娃娃上扎针，诅咒他们感情破裂，永无复还。

可惜，人算不如天算。半夜，一阵好像是东西从高空摔下的巨响将我惊醒，隐约听到女人的呻吟声，察觉不妙，急忙披衣服出去。

在月辉淡淡的客厅里，空气中酒精味浓郁，女人挣扎的声音从洗手间传来，我摸索着按开灯，只见陈佩琪正躺在湿漉漉的洗手间门口，日用的塑料桶和脸盆都被打翻在地，溢出的水流得到处都是。洗手池里有呕吐物，空气里全是烈酒的气味。身穿酒红色丝绒连衣裙的女人，像虫子一般蜷缩成团，双手按住小腹，眼睛紧闭，牙齿紧咬，神情非常痛苦。从她脸上被水冲得千沟万壑的浓妆和造型妩媚的盘发判断，她今晚肯定又去夜店喝酒，此刻正因酒精中毒或者是其他原因在闹胃疼。

酒精是陈佩琪的良伴，不管高兴还是苦愁，她都肆意地需索这种精神麻醉，为获得飘浮在半空中的自由快感，从而达到发泄的目的。而这一次，她却输给了原本就虚弱的身体。

我顾不上许多，急忙将她从水中拖出来，洗手间里气味呛得我干呕不停。深秋的上海气温很低，她的身体被水泡得冰冷，木桩一般僵硬，人已完全丧失反应。我四处找不到东西能把她擦干，只好用自己的被子将她整个人裹起来，费尽周折，总算将人拖上沙发。

平生第一次干这种体力活，把我累得直喘气，筋疲力尽地坐在地板上。陈佩琪在被褥里不断呻吟，声音一次比一次沉重，让我好心焦。这时，我想到陆竞城，认为应该是他来收拾这烂摊子，而不是我在替他受罪。可是……我深深地叹息，有点不情愿，我可是希望他们因这场吵架分道扬镳的，不愿让他在紧要关头来当救难英雄。

就在我左右为难之时，陈佩琪的呻吟声停止了，像是昏了过去。情况不妙，我急了，紧要关头却没他的电话号码。

"真见鬼！"我骂了一声，无奈下，只好搜陈佩琪的皮包。感谢上帝，找到了她的手机，崭新的款式大概是刚配的。翻出陆竞城的号码，电话拨过去，我心里很悬，不知在这凌晨四点他会不会关机。假如这样，那只能算"天意"。

没想到电话很快接通了，他的声音有些迷糊，懒洋洋的，我顾不上问候，很急切地说："是我，我是刘舒，陆竞城是你吗？"我只顾着与他确认身份，都忘记说正事。

他听出了我的声音，有些诧异，"你好，我是陆竞城，请问什么事？"言辞中还刻意保持着一种矜持的距离。

"麻烦你过我们这里一趟，陈佩琪生病了，状况很不好。"我大声说。

"啊？"他很吃惊，"好的，我知道了，现在就过去。"

"你大概何时能到？"我看了一眼不省人事的陈佩琪，有预先打120的想法。

"开车过去也要将近一小时。"

"你尽快。"我激动地说。

"好的。"他说，"你不要慌，我这就来。"

这就是我们的第一次通电话。我爱的男人，将要赶来拯救另一个女人。悲哀是我，却不曾有机会对他说一字情话。

　　未到一个小时，陆竞城就赶到公寓。他气喘得厉害，想必是从楼下一鼓作气跑上来的，不难看出他有多么在意这个女人。救人当前，我已顾不上这些，语速极快地向他介绍陈佩琪的情况，以及自己对她曾采取过的急救措施。他对我非常感激地点了一下头，过去探看陈佩琪的情况，一把将她抱起，"麻烦你帮我开门，"他说，"我带她去看急诊。"

　　我连忙跑去开门，不愿正视他们，说不清的情愫，只觉得内心非常失落。原本，我幸灾乐祸地以为能鹬蚌相争，渔人得利，却傻傻地给他们创造了破镜重圆的机会，结果却是我成了一只欲望充沛的河蚌，掩耳盗铃地躲在暗处，在他的世界面前诚惶诚恐地轻轻打开，又轻轻关上。

　　陈佩琪才是我们三人之中受益匪浅的渔人。

第七章　燃烧在恒星身旁的小行星

　　树欲静而风不止，人间万象，变化无止境。令人扼腕的是，结果真的如我所担心的那样，一场危急救援，化解了小情侣之间的恩怨，他们俩变得如胶似漆。

　　因酒精过量引发胃出血，陈佩琪住了三天医院，都得到陆竞城的全程照顾。出院后在公寓里休养，他与她朝夕相伴，除了上班，准时来到公寓照料她的饮食起居。每天上班前和下班回来，我都能看见他。他时刻都住在我隔壁，完全成了她房中的主人。

　　可是这有什么用呢，我见他的次数越多，就证明他对陈佩琪越好。

　　每次撞见他，我表面友好地笑着打招呼，内心却充满一种又悔恨又悲愤的复杂情绪，怎"失落"两字了得。

　　每当看见他们俩有说有笑，或者是并肩出门；每当隔墙传来陈佩琪的欢笑，我就咬牙切齿地用手抽自己的脸，悔不当初，就该让她死在洗手间里。不然也不必让我站在不远处，眼睁睁地看陆竞城这样疼爱她，呵护她，让他们亲密无间的幸福，一点点地挤掉我的希望，将我的爱情扼杀于襁褓之中。

那段时间，我在诅咒与失望中煎熬着，为了营造一种无动于衷的假象，苦苦地约束自己，小心谨慎，尽量避免与陆竞城碰面。可千万别撞见他们的幸福场景，否则我肯定会当面失控热泪盈眶，无法遏制地暴露了感情的隐私。

可是，缘分总与我作对。

那天下班回到公寓，一开门进去，我就听到厨房里发出声响。探头望，发现陆竞城罩着苏格兰格子围裙，一手捧烹饪书，一手握菜刀，砧板上是他之前切好的食材。

他见到我，满面春风地打招呼："嗨，回来啦？"

我失落地应了他一句，几乎要哭出来。他此刻的样子格外性感，苏格兰格子围裙将男人的善良全都衬托出来，有血有情的汉子，帅毙了。遗憾的是，他所做的不是我能参与的晚餐，他也不是我能拥有的人。

就在我转身而去时，他将我叫住，"刘舒！"我急忙转身，大胆地看他的眼睛，迫切地等待他的表达。只见他有些紧张，有些吞吞吐吐道："想请你帮个忙。"他扬了一下手里的烹饪书，"大概你们女性比较容易理解这个。"

我很热心地走过去，接过他手里的烹饪书。他打算做泰式开胃虾，可惜书里只有巨大的照片，制作办法写得很简单，没有明确的烹煮步骤。想必是陈佩琪说想吃这个，为讨她欢心，他不管千难万难就应下了。

做菜对男人来说，是一件多么窘迫的事，可他却爱得如此愚昧，让我嫉恨。

为了争取到与他相处的时间，即使我不是烹饪高手，也毫不推辞地接下他的求助。我说："把你的围裙给我，让我来替你做，怎么样？"

他如释重负，将自己的围裙脱下来，罩到我身上，仔细地将围裙拉整齐，我配合地转身让他系带子。再转回来面对他时，我好想示爱，话到嘴边又咽下，却是双眼湿润。

他有些疑惑，"你怎么了？"

我立刻用笑掩饰，"看电脑太多了，眼睛容易流泪。"

他放下心，微笑道："你可以用点缓解疲劳的眼药水，再给电脑桌面换一幅绿色的壁纸。"

我点头表示感激，转身面对灶台，拿起炒菜锅放到水槽去洗。然后回头看他，目光相撞，我们默契相笑，美好的感觉真醉人。我不好意思地咬住嘴唇，扯来他手里的烹饪书看，"先放什么，我看看。"其实只为拉近彼此间的距离。

他说："应该先煮虾。"

我默背下说明书上的文字，"好的，我明白了。"马上动手起来，用水杯盛水放入锅里，打火，将锅盖上。

等待水烧开的空隙，我们俩站在厨房里聊天，我说我的做菜经历，他则会偶尔透露一些与陈佩琪的生活。他不曾对我回避他们的感情，听他说他们的过去，我好羡慕，一次次地劝自己，何必呢？将他当朋友就行了。

然而，爱人就是爱人，又怎么能变成朋友呢？

水煮开了，我忙着端碟捣铲，谈话中断了。陆竞城一直在身边观看，我多享受这样温馨的时光。我多希望，掌管时间的神祇能将此刻凝固成永恒。

半小时后，开胃虾做好了，盛入盘子里时，陆竞城在一边啧啧赞叹："感觉很正，味道一定不错。"

我端起盘子，举到他面前让他闻气味，十分得意地说："你尝一尝，我不敢保证会好吃。"

他笑，拿起了筷子。我从未见他笑得如此开心，满脸童真。这时，一串门铃打破了我们之间的欢乐，我警觉起来，很可能是陈佩琪，赶紧扔掉手里的工具，解身上的围裙，焦急地叮嘱他道："别说是我做的，祝你愉快。"粗略洗了一下手，快步溜进自己的卧室。

我贴在门板上，气喘吁吁地偷听外面的声音，双手合十作揖，恳求上天，但愿陈佩琪别发现我存在的痕迹。

在不开灯的卧室里，我依稀听到女人的欢笑声。或许她此刻正用筷子夹我做的开胃虾，满脸幸福地赞叹她的男人。这时，我真后悔帮他做菜，后悔在无数个四目相交的时刻，没有拥抱并捧住他的脸，留下爱的亲吻。

没有勇气表白，又太在乎结果，所以，我注定是站在幕后的破坏者，像苍蝇那样，虎视眈眈地等待时机，祈祷鸡蛋破裂有缝，为一晌贪欢大苦大悲。

当爱情生长于非正常状态，他成了我的天上人间，同时也是地狱。

一切的一切，都是我自作孽。

那件事后，我自恃后果地躲着陆竞城，全部取消在客厅的活动。尽量在公司加班，在外面吃饭，十点钟之前绝不回家。

那晚周五，已埋头苦干了多天的我得了"办公室抗拒症"，不想在公司多留一秒，到点就下班离开，到步行街去泡书店，回到公寓已十一点。开门进屋，发现客厅散发出一闪一闪的荧光，这对情侣正相拥着用幻灯机看电影。一见有人进来，卧在男人怀里的陈佩琪便探出头来，用很热情的语调打招呼。她极少有这样的热情，似乎是浓烈而境况极佳的感情生活已将她改变，多了几分小女人的甜美柔和。

"过来和我们一起看电影吧！"陆竞城邀请道，"很新的好莱坞片，正在各大影院上映。"

我羞涩地笑，根本不敢正视他们，"你们怎么不去影院看，那效果不更好吗？"

陈佩琪娇声娇气地说："竞城怕我出去受寒，所以就借来朋友的家庭影院设备，在家里看。"她亲昵地搂住了男人的腰，无尽的甜蜜。

"这也挺好。"我面向墙壁上的幻影说，"效果和影院无异。"

"你也坐下一起看吧，剧情刚开始。"他又再次邀请。

我笑着致谢，"加班太累了，你们看，我先回去休息。"

回到卧室里关起门，想起了陶渊明的诗句"道狭草木长，夕露沾我衣"，一股心酸的情绪涌上心头，"我活不下去了，真的活不下去了……"我挥动拳头敲打自己的脑袋，痛苦地说，还要我怎么做，才能不再看见他，看见他们亲密无间的场面？

次日周末早上，我像做贼似的，开出一条门缝，观察客厅里的情况，确定没人后，立刻冲到洗手间里，匆匆洗漱。趁他们还没醒来，尽快离开这个地方，最好不要再见到他，要不然，我不能保证能平安无事地度过这一天。

洗漱完毕，我走出洗手间时，却撞见陆竞城正坐在客厅沙发上。他还穿着白底蓝格子睡衣，睡眼惺忪，像是中途醒来上厕所的样子。他着实把我吓了一跳，心脏都蹦到喉咙处，低头往卧室里跑，撞鬼似的。

回到房中，我又怨又悔，欲哭无泪。懊恼自己太大意，没看好周围，也没伪装好心事，没顾全人情颜面，连最起码的早安问候都忘了。于是，我急忙换好衣服，用最快速度化好淡妆，希望出去再能与他偶遇，我肯定会拿出最热情甜美的状态，至少与他寒暄一下生活和天气。

可惜我的动作太慢，早在我出来之前，已传来对面卧室门关闭的声响。我小小的愿望，也就随之被捏破了。

我还不甘心，想想自己或许还能等，就像过去那样。我坐在他坐过的位置上，细细地捕捉上面残余的温度和气味，慢慢滑进一种茫然失措的彷徨里，那心情，与《蝴蝶夫人》里正在盼望平克尔顿到来的巧巧桑无异，能感觉到灵魂正在《Un bel di vedremo》的旋律中崩溃。

我双手捂住脸，不能面对这样的自己，都快三十了，居然还有这般情窦初开的少女胸怀。难道，一个人的情商指数无关年龄，是与遇到的对手有关？而就在这时，陈佩琪从卧室里出来，身穿一身七彩斑斓的珊瑚绒睡衣。见到我失落地蜷缩在沙发上，她不大为不解，"刘舒，你在干吗？"

"啊？"我被问懵了，吞吐不清地说，"没，没什么啊！"

陈佩琪像是发觉我的心思，脸立刻拉长了，说了一句让我十分面臊的话，"这沙发可不是你的床，麻烦你检点些。"

为此，我一大清早就离开那套房子。在小区门口的餐馆吃早餐，就是忘不掉陈佩琪的"检点"二字，真是大伤自尊，没脸见人了。不禁扪心自问，单相思也算爱情吗？能否归纳于"存在先于本质"的哲思中，你想他则有，不想则无。可他明明真实地控制我的喜怒哀乐，以及精神的自由，他给了我莫名其妙的悲伤与快乐。

就在这时，隔着落地窗，我看到陆竞城正从对面的园道走来，独自一人，穿着休闲的大地色棉夹克外套，牛仔裤，与上班时的严谨西服风格截然不同，玉树临风之中潇洒十足。

他竟然走进餐馆，在收银处买完票，转身时发现了我，先是吃惊，然后微笑。我知躲不过，便大大方方地挥手招呼，心里乐坏了。他在我对面坐下，对视时，我都乐得差点笑大了，是那种被幸运之神眷顾后的得意忘形。

"真巧。"他说，"原来你是这里的常客。"

"我也没想到，你会来这里吃早餐。"我低下头，尽量压抑住欢喜。

"这里的包子不错，"他说，"谢谢你上次的推荐。"脸上有淡淡的喜色。

"举手之劳，何必言谢呢。"我笑得像花一样，悄悄地打探道，"周末起那么大早，你们是不是也安排了什么活动？"

他想了想说："佩琪闷在屋子里好多天了，等中午阳光暖和些，大概会陪她四处逛逛吧。"

"你待她真好，她很幸福。"我嫉妒地说。

他讪笑，话中有意地说："没什么，她能安心就好。"

"有你这样的男人陪伴，她还有什么不知足心安的？"我有些不明白他的话意。

他则扭转了话题，"你出门那么早，是不是今天安排了什么好节目？"

"没有，只是特别想去书店逛逛。"我撒谎了，其实，我不过是在逃避自己的感情，憎恨我所迷恋的男人正与我最讨厌的女人交欢。

"那是个好去处，与在网络上购书是完全不同的感受。"他赞叹地说，"你很了不起，至今还能保持阅读习惯，我这些年都极少看书了。"

"要不，我们一起去逛书店？"

他惭愧地笑，"今天的行程已定好了，改天吧。"

我笑着点头表示理解，其实心里满是落寞。

这时，餐馆服务员送来他定的已装好袋的早点，他连忙起身从服务员接过，然后对我说："我走了，你慢用。"

我故作无所谓地点头说好，挥手道别，动作极不自然，其实好想挽留他再留片刻。见他转身而去，眼睛就湿了，说不清的酸涩，好像未成熟的山楂，让人无法下咽的味道。或许，不管是将他轻轻含在嘴里，或者重重地吞进腹中，任何选择只会有一个结果——无关存在。他并不属于我，而是像地球围绕太阳那样跟随着他，在阴晴圆缺中无聊地形成特定的悲欢离合的规律。

陆竞城已走出餐馆大门，突然间又转回来，像是忘了拿什么东西。我慌了，赶紧抹掉眼泪，一手撑住额头，试图遮住眼睛，咬住吸管假装喝豆浆。他在收银台处拿了几根吸管后，又来到我的位置前，客气地问："不好意思，我刚才忘了一件事，不知你明天是否有空？"

我诧异，也不管他有什么意图，先把机会保下再说，急忙应声道："有空，有空……"生硬地对他嘿嘿笑，想以此掩饰住之前的伤感，样子极不自然。

他很开心的样子，"那好，明天我们一起吃个晚饭，大概六点，就在客厅里会合。"

"好啊!"我眉开眼笑，兴奋得差点跳起来尖叫。

"我走了。"他说。

我忍不住站起来目送他，心已追他而去。待他消失于落地窗对面的园道转角，压抑已久的我欣喜若狂地手舞足蹈，哈哈自笑，像孤单的女孩突然找到了她遗失已久的布娃娃一样，根本不顾旁人的目光。

在约会之前的三十四个小时里，我为赴约做了精心的准备。不仅策划好我的衣装、发型、台词、表情、道具、话题，还自己做导演，模拟约会场景，提前做好各种对话预演，避免在这关键而重要的时刻，再出现让自己悔恨终身的差错。

我把想对他说的话，都预先写在便笺上。连走路都拿出来背诵，并排练好自己说话时的声量、语气、表情。

我准备了男人应该关注的话题，尽可能地将自己武装得见多识广，与时俱进，风趣健谈。

我穿上了美丽动人的冬裙和高跟鞋，一改往时的松散书卷气，还特意去美容院躺了一个上午，在理发店消耗整个午间时光，像陈佩琪那样，视自己的容貌高过生命、知识、智商。

女为悦己者容，士为知己者死，这下我是切身体会到了。

一切准备就绪，时间来到了六点。这时我才发现，皮草外套搭配丝绒裙的陈佩琪就像一只骄傲的鸵鸟，坐在客厅的沙发上，百无聊赖地玩着手机游戏，等待出行。

这时的我还有些天真，并不愿相信，那苦心等来的约会其实是三人行。直到我们都坐进轿车里，陈佩琪坐在副驾上，我坐在后排直击他们不加掩饰的恩爱，才不得不承认自己中了圈套，后悔已来不及。

这时候，我多么憎恨自己愚钝，不够敏感、苛刻、挑剔。而是顺着感觉，在一个无法相爱的男人身上投资了太多的时间和心力、欢喜和悲伤。

见他们在眉目传情，甜言蜜语，我感觉是被骗上老虎凳的无辜小孩，忍受着不能承受的重过生命的痛，用于见证其实是轻过灵魂的欢爱。曾无邪地以为，今夜是前世修来的良辰，不想，此程却是去往焚尸炉，结局必定是灰飞烟灭。

汽车刚起步不久，我就有种想哭的情绪，就像目睹股票下跌的股民一般，焦躁而无奈，恨不得破窗往外跳，以此控诉命运之不公。

不愿看他们，不愿承认他们是感情笃定的恋人。我双手抱住脑袋，挡不住他们的谈笑声，干脆在心里背起了济慈的诗：

哦，不，不要去那忘川，

也不要榨挤附子草，深扎土中的根茎，

那可是一杯毒酒，

也不要让地狱女王红玉色的葡萄——

龙葵的一吻印上你苍白的额头；

不要用水松果壳串成你的念珠，

也别让那甲虫，和垂死的飞蛾

充作灵魂的化身，也别让阴险的

夜枭相陪伴，待悲哀之隐秘透露；

因为阴影叠加只会更加困厄，

苦闷的灵魂永无清醒的一天。

……

二十分钟的车程，我感觉已走过了一场生命轮回，经历过死亡的孤寂之惧和涅槃的烈火之痛。听他说"到了"，我以为自己刚重生于世外，已有了金刚不坏之身。

我们走进一家三层老式洋房改建成的意大利餐馆。主厅很大，烛火辉煌，到处坐满低头私语的异国人。在预定好的位置坐下，立刻有身穿黑西服系黑领结的侍应生过来。他最先点亮了维多利亚风格的烛台上的蜡烛，然后才分发餐巾和菜单，等待顾客点菜。

陈佩琪看似是意大利菜的常客，未翻菜谱便与侍应生交流。她关心今夜的佛罗伦萨牛排是否新鲜，烤龙虾是否是现烤的，罗马魔鬼鸡是否用了进口的鲜柠檬榨汁……她活像个刁钻的妇人，唯有在鸡蛋里挑出骨头来，方足以显示自己的才智。

我以观察陆竞城为乐，有些厌倦了掩饰，竟然有一种公开竞争的想法。他却不敢正视我，真可恶。这紧要关头，他却流露出男人少见的忠诚正直，一旦与我目光相撞，就敏感地躲开。

这种时候，我却不知道羞耻地追着他的眼睛看，心里苦苦哀求他，请看看我，也好给我继续爱的力量。这时有电话打进他的手机，他获救似的立刻走到外面接听。

他顺利地逃了。我好难过，我深爱的男人啊，我的魅影，可恨我不是他所爱的克莉丝汀·戴。

这时，陈佩琪娇滴滴的声音打断了我的思绪，她将菜单端给我，"你再看看，还想吃什么？我已要了佛罗伦萨牛排、罗马魔鬼鸡、那不勒斯烤龙虾、法国蜗牛、米列斯特通心粉。"然后她又想到了什么重要的事，对侍应生补了一句："对了，再加佐餐酒。就选白葡萄吧。"

她这一顿饭可真是出手阔绰啊，与昔日的作风大相径庭。我心有疑虑，端着菜单翻了又翻，越想越不对劲，便探头过去小声问："这顿饭是AA制吗？"

陈佩琪鄙夷地白了一眼，有些讨厌我会这样问。"怎么可能呢，就这么一顿意大利餐，我们还是请得起的。"她装模作样地说，"你放心，这顿饭是作为对你的答谢，而不是联络感情。"

"答谢我?"我讽刺地冷笑,"大家邻里,何必那么计较客气。"这时我倒希望他们要求我买单,大家只为开心而聚。

"你刚来上海,很多东西还理解不了。"她一副过来人的口吻说,"今后就会慢慢明白的。"她的教条作态从来都是那么令人厌恶。

正巧,陆竞城打完电话走回来,在位置上坐下,我们俩不约而同地闭口,不好意思再去谈论那个话题。他感到好奇,不禁问:"哦? 怎么不说话了?"

我咬住嘴唇,有种说不出的羞愧,把菜单交给侍应生,穷装优雅地说:"我没什么需要的,去问问这位先生,看他是否还有其他需要。"

侍应生刚殷勤地转到陆竞城身边,他则挥手推辞,很礼貌地对侍应生说:"我相信女士们已安排妥当,你可以叫厨师安排上菜了。"

他转过脸,做了个"非常满意"的手势。陈佩琪则在一旁妩媚地笑,牵起之前我的疑问说:"刘舒不明白我们为何要请她吃饭,刚才还问起原因了呢。"

陈佩琪这话,让我的脸一阵火辣,难为情起来。不过,我倒想听听他如何解释这请客的用意。

陆竞城微笑着说:"佩琪和你住一块,得到你的照顾不少,就这次胃出血,要不是你及时相助,说不定就有胃穿孔之险了。"然后他的目光转向陈佩琪,小两口甜蜜地眼神交流,默契地一齐对我笑。陈佩琪抢着说:"所以,特意请你吃饭,表示感谢。"

这个原因,让我开心不起来。宁可他是为了加倍返还那五元灌汤包子钱，而不是用一顿三人大餐作为礼尚往来，购回彼此间不小心欠下的人情债。

吃完这顿饭后，我们之间就互不相欠，划清界限了。

周一早上，我患上了非常严重的"假期综合征"，硬撑着赶去公司上班，在办公室门口双腿无力地软下去，人再也爬不起来，急忙向同事呼救。

这回，轮到我生病了。意大利菜害我闹了一夜肚子，洗手间成了我的战场。去到医院，医生诊断为胃寒引发肠道细菌感染，需要输抗生素，怀疑是海鲜比萨的牡蛎所致。

从医院出来，我的心情极度晦涩，一时说不清具体原因。回公寓休养，家中空无一人，陈佩琪恢复了正常上班，她的男人已让我无比绝望。昨夜他们俩将我送回公寓后，又出去了，至于去了哪里，我亦不想追问，而是希望他别来了，不要再用生物本体的俊美，来诱惑我病入膏肓的身心。

昏昏沉沉地睡了许久，醒来又睡去，直到实在睡不着，大脑清醒无比。我抓手机看时间，才是晚间十点。

我打算洗一个热水澡。出卧室时，看到客厅有灯光，原来陆竞城正坐在沙发上，阅读一份又一份的打印稿。

我不知陈佩琪是否在，心有一种四大皆空、六根清净的圆寂感。不再紧张情怯，也不想去顾忌什么。我愣在原地，神情怔怔地看着他，忘了自己该去干什么，大脑在苦苦思索，他是谁，我是什么，我们都将何去何从……

陆竞城看见我，微笑地点一下头，表示打招呼。见我还站在那里，一动不动，他看出不对劲，疑惑地问："刘舒，你怎么了？"

我回过神来，深深叹息，"没什么。"低头拐进洗手间。

在眼泪里，我最终明白，他是"刘舒星系"中的太阳。而我却宛如恒星身旁的一颗卑微而眩晕的小行星，在自然惯力中遵循他的轨迹，燃尽肉体与精神中的诸多物质，包括爱情。

第八章　神经质狂想恋

渐渐地，客厅和陆竞城变成了我最怕的东西。

曾有一个周末，我尽量在外度过，逛书店，泡咖啡馆，轧马路，周六晚上参加导师的文化沙龙后，没匆匆赶车，而是在附近找了一家旅馆随便过夜，次日再去电影院打发时光，一口气看了六部老片。

为了忘掉陆竞城，我做过努力，打算加入郑恩姬的圈子里，没事就跟她去参加聚会，和一群热衷玩"警察小偷"游戏的年轻人消遣，不再嫌他们弱智。

郑恩姬却让我大失所望，她说："这周我有事，不去聚会了。"

"哦。"我萎靡不振地应了一声，双目盯着电脑液晶屏，对那些枯燥无味的报表感到阵阵恶心。在心情不佳的时候做业绩报表，真是比凌迟还难受的极刑。

"你是不是失恋了？"郑恩姬盯着我的脸细细观察，突然问。

“怎么可能？”我掩饰地笑，很奇怪她竟然发出这样的质疑，我未曾与喜欢的人亲吻、拥抱、生气、吵嘴、打架，何以有资格失恋？

午间一起去餐厅吃饭，郑恩姬告诉我，她又恋爱了，就是我吃意大利菜的那夜，她和一个比我年纪还大一些的男人开始第一次约会，双方感觉蛮好。

对此，我只是淡淡地说：“挺好，祝贺你。”

郑恩姬却说：“今后还有很多东西请教你，毕竟，他大我太多岁。”

心不在焉的我如此回答她：“说实话，我也不了解老男人。”

仔细想想，我确实不懂相恋多年的罗涛咏，更不了解让我情绪跌宕起伏的陆竞城。

男人不是有条有矩的文学理论，没有正确有效的渠道了解并掌握。

男人是一部有血有肉、随机应变的无字天书，禅宗也未见能解析其意。

男人有时是女人的树，有他攀高枝，无他散一地。男人和女人彼此是猎物也是敌人，是伴侣也是杀手，是爱也是恨。

上海第一场强冷空气降临那天，陈佩琪收拾了一只大行李箱，临走前还特地来敲我的房门，告诉我她出去和归来的日子。她又要出差外地，时间估计一个月，或者更长。

鉴于上次的小争执，我主动打预防针，把事情问清楚：

"你不在期间，他还来不来这儿住？"

这对小情侣的感情关系我并不清楚。陆竞城似乎还有其他住宅，因为陈佩琪生病才频繁光顾，等她回去上班后，他多数都是在十点之后到来，完全将此处当成了酒店。

陈佩琪说："如果他来，还跟上次一样，你就将日期记好就是了。"

听她那口气，相信陆竞城不会再私自光顾。显然，她当我是眼线，监视他的行踪。

下雨夹雪的那个周末，鉴于马可乐的多次邀请，我去了他的工作室。

工作室的规模不小，三个合伙人租下了郊区城中村里一幢小楼中的三层，一层画室，二层工作间，三层住宿。

三个合伙人各司其职。马可乐主要负责美术领域，带了十余个学生，不过他更希望能往插画方面发展。

在画室里，我看到这里的氛围和美术学院的差不离。拥挤的木画架围绕着静物台无序摆放。颜料硬结的调色板肆意堆放，有的已裹满灰尘。地上到处是被挤干的铝管颜料，以及报废的画笔、纸团、铅笔屑、果皮、零食包装袋等，空气里全是刺鼻的松节油味。

不过，要比拼格调，当属墙壁上精心布置的画作，水彩、水粉、油画、素描均有，风格包含了写实派、后现代派、印象派、古典派，好像是历代学生留下的临摹作品。

在眼花缭乱中，我的注意力被右边墙上的高仿画作——凡·高《星夜》吸引，特意站在下面仰头欣赏，颇有兴致地去研究画中的用色和笔触。

马可乐已发觉我眼中流露出恋慕之色。他跟在身后，双手插在牛仔裤袋里，顺着我的目光看，自得地问："怎么样，还行吧，这可是镇室之宝。"

我抿嘴笑，"是谁画的?"

"你说呢?"

"文森特·威廉·凡·高。"

"哈哈，你如此抬举我，可见是行家，"马可乐得意地说，"大三那年，我去深圳画家村拜访了好几位仿凡·高的匠人，才画出此画。不是我吹，你可以拿原作对比，笔触色彩不差丝毫。"

"真了不起。"我打心里敬佩。

马可乐感慨道："现在没法模仿出这样的画了。心乱，想法太多。不过，这应该是一个艺术家必然经历的阶段。"

"今后，你会有传世之作，"我说，"一定会是个中国为数不多、流芳百世的画家。"

"哦，谢您吉言，"马可乐拱手作揖，"流芳百世就不恳求了，就希望明年一月的画展能卖出几幅作品，给我涨点自信。"马可乐一副受宠若惊的样子。

我只是笑笑，觉得他是在黑暗中孤独行走了太久的人，开始对光明诚惶诚恐，不加信任了。为成功等待得太久的人，总是把失败想得太轻易。

马可乐觉得我的笑意复杂，有些心虚了，他说："到时候你一定要参加，多少给我写点评论。"

"我当不会缺席。至于评论，到时再说，我可不是美学方面的行家。"我凝望墙上的画作说。画中那些爆发的星星，旋涡般目眩的银河，黑洞似的巨大月亮，以及童话般高耸入云的树木和暗淡于凝重蓝光中孤寂的村庄，让人不由得进入到凡·高的宇宙中去，能体验到他所见的幻象，感受他的心灵，甚至是他作画时的癫狂激情。他的世界，无疑已胜过了人类空间探索和神秘信仰的关系。

我迷上了这幅画，于是向马可乐提出购买。他吃惊不已，脸上有种非常戏剧化的神情。我又再次强调自己的想法，"我可没开玩笑，就当一位仰慕者，开价吧。"

马可乐哭笑不得地说："刘舒，你太邪门了吧。"

我掏出钱包，开始点钱，"我可不要赠送。太昂贵了我也付不起。"

马可乐没辙了，无奈地叹："好吧，我给兄弟们重新装裱好，就收你材料和颜料费吧。"

花了六百元端走了《星夜》，我能看到马可乐眼中的不舍。为此，我于次日给他快递了两本书作为补偿，并在便条上这样推荐道：

纳博科夫的《微暗的火》很奇特，必定适合你这种创意人士，还有就是，他是为数不多的、称之为"天赋写作"的作家。用天赋创造事物的人之间应该有所共鸣吧，前卫性的探索就是属于你们的。再则就是卡夫卡，我想，艺术家都该来了解这位创意大师，推荐了《城堡》，慢慢领略，呵呵……

我很认可纳博科夫的一个观点："人类生活无非是给一部晦涩难懂而未完成的杰作添加的一系列注释罢了。"所以，我相信马可乐应该可以探索到这一群始终在寻找独创的小说形式的作家的灵魂。

将油画收入囊中，每当想象自己是这幅世界名画的主人，就有种说不清的得意。由于新装裱有异味，我把油画搬到了客厅外风干，就放在斗柜顶上倚着墙，每天下班回来，在画作前凝视几分钟，试图从那奔放的笔触，火焰般色彩的画境中，寻找一场超自然或是超感觉的幻觉体验，以此淡掉爱情的失落。

可是，有一天晚上，我刚开门进客厅，看到陆竞城就在我往常站的位置上，用深思的目光凝视斗柜上的画作。

他对《星夜》的注意，让我好诧异，心中升起同道中人的亲近感，轻轻走到他身边，并肩一同瞩目，不发出声音。

他回头望了我一眼，彼此会心地笑。那时刻，我就像茂密雨林里寻找到伙伴的独角兽，身感温暖，内心欢喜，有一种醉生梦死的陶醉感。

"之前只是在画册和网络上见过这幅画的照片，"他突然说，"第一次看到油画实物，感觉真的好震撼。"

"所以，才有人乐于模仿这幅画。"我答，"深圳画家村每年能卖出上万幅高仿《星夜》。"

"实在是美，"他赞叹道，"是一种烈火般剧烈而奔放的美，是来自内心的情绪。"

我窃喜，他竟然能品出这些来。十分恋慕地扭头望他，其实，在我眼中，他的侧脸所呈现出的美，不亚于举世瞩目的油画。

"凡·高其实是一位伟大的哲学画家。"我说，"他是来自异星球的天才。与莫奈不同，虽然大家都是印象派。莫奈显然是在用技法创作，而凡·高，用的是心灵。"

"你的判断是对的。"他说，"向来，我对任何极端主义是憎恶的，因为，那种极端正是生命的终极之界的标志。不论是政治上的，还是艺术上的极端主义的激情，其实都是一种改头换面的对死的渴望。不过，看了这油画实物后，似乎理解了凡·高。或许，有些极端正是对生活的一种热情，也是对世界报以的理解和宽容。"

他的点评不俗，甚至让我震惊。想必能欣赏出此画的，一定是与我心灵相通的人。而这时他在我眼里，就像油画中斑斓的暖色一样，不会因为空间不足而感到压抑，反而从另一种层面理解他的存在，并乐于积极地投身其中。

我说："世人对凡·高的理解总是悲剧的，可我却在他的画作里看到了童真般的快乐。那应与晚年的贝多芬在《第九交响曲》中所呈现出的简单天真如出一辙。在这幅画里，凡·高完全超脱了理性的思想过程或严谨技法的约束，正在用返璞归真的心灵感观去描绘，无比尊重自己眼中的景象，没半点矫饰。"我手指着油画，唤他看过来，"你看，他所用的色彩亮度都非常高，大片的蓝，成块的黄，豆状的白，每一笔颜色都是如此干净，孤立，厚重，就像他所认为的生命。而他所认识的世界，恰恰是由这样无数生命个体堆积叠加而成，带有一种不可阻止的激流一般的力量，在奔腾，爆发，毁灭。其实，他作画时已历经了一场恢宏的哲学思索。"

　　他点头赞同，脸上有赞赏的笑容。我也大胆地望着他，眼睛流露出色调饱和的爱意，曾经对爱情坚持不懈的守望，不是就为得到一个用灵魂交杯换盏的人吗？他站在我身边，给了我莫大的臆想性满足。

　　那一夜，我们愉快地聊到凌晨，话题形形色色，从绘画到书籍，从政治到哲学，总算把当初为应付饭局而准备的话题全抛出去了，不留遗憾。若不是他说"今晚就聊到这里吧，明天还要上班"，我想我完全能够与他促膝长谈至天明。

　　我们俩在卧室门口道别。欲要推门进去，我又不舍地退出来和他道晚安。他也回头说："好梦。"微笑着点点头，像某种甜蜜的暗示，在我的恋恋不舍中进入另一个空间。

　　这样的夜晚，我无法安然入睡，被兴奋、暗喜、幻想、假设惊扰得睡不着。

　　他就在我的隔壁，说远，不过是一墙之隔，说近，却充满了禁忌。睡不着时，我时刻关注门外的动静，几乎分不清是真是幻。我总以为，他就在门外，踌躇不定，来回踱步，正打算像电影《青木瓜之味》里的少爷，徘徊于现实和渴望之间，伸手欲推开我的房门。

　　其实，有时爱情真的很简单，就是他推门进来，随手把门带上。

　　在亢奋中痛苦了一夜，次日清早，我却没能在客厅里再遇见他。这不免让人瞎想，他怎么就这样狠心地悄声离去，也不与我道声早安就走了。如果他肯对我多半分钟的留恋，我一定会勇敢地扑上去，紧紧地抱住他不放。可是，他离开那么早，仿佛是一种故意躲避。

在公司上班，我的大脑里不断重播昨夜的欢愉，达到了不疯魔不成活的境界，不由地陷入"庄周梦蝶"的魔幻式浪漫中去，顿悟感情与理智真是成反比。在还不了解他之前，我就超理性，超底线，超常规地深深地爱上他，并且被超越一切时间空间和概念的欲望困扰。

这样的自己，很可能会在某一时刻做出愚蠢举动。

隔壁的郑恩姬也在为讨好男人煞费苦心。不管工作怎么繁忙，她都要规划出一定的时间在网店上浏览，自认防止被男人遗忘的方式就是送礼物。

中午下班前半小时，郑恩姬突然拍了我一下，勾手指让我凑过去。"你帮我看看，"她指着电脑上的网购店的页面说，"三十二岁的男人该喜欢什么礼物。"

我浏览了她购物车里的皮夹子、打火机、皮带、香水等男士物件，有些不可思议，"他不该是个缺吃少穿的人吧？"

郑恩姬白了我一眼，"你怎么这样想呀？"

"有感而发，"我呵呵笑，"没事，只要你觉得他喜欢，送什么都行。"

说实话，我对讨好男人毫无经验，当年的罗涛咏无须我这样做。而今的陆竞城，礼物不是关键，而是继续制造引发两束烟火蹦上天空的导火索。设法让他爱上我，一定要他也爱我。

假如，真要给爱人送纪念物，那么，我将给他全部关于我灵魂的东西，包括生命中那段永无休止符的思念。

受到郑恩姬的启发，我不想坐以待毙了。决定反守为攻，设些圈套，引诱陆竞城一步步地走进我的内心。我以为，只要做出惊人之举，他就会注意到我的裙摆，并心怀好奇地追我进入爱的田园。

花一下午的时间做了一份书目，总共四十五本，一次性在网上购齐，付了加急费，务必在周五下午四点送到家里。

货到那天下午，我冒昧地给陆竞城打电话，战战兢兢地问他是否在公寓，有我的快递送到家中，正着急没人签收。

他说不在。其实我早料到如此，只为暗示他我购书的事。不过，我还是为一次通话而心甜如蜜。

一整箱书搬到家中，我并没收入卧室里，拆开纸箱，把书翻出来，一部分摆在地上，装成点货时的凌乱状态，再将最希望他看到的《不能承受的生命之轻》摆在最显眼的位置。但愿他是通灵之人，能投我所好。

抽空去了一趟宛平南路的花鸟市场，挑回一只陶瓷水罐和几枚水仙花球，将其置放在沙发茶几上。在回来的路上遇到日本玩偶店，我选了一只身穿紫色和服的歌姬，摆在隔断酒柜格子里……一切布置完毕，我沾沾自满地想象着，他发现这些小玩意时的表情和心情。想象我们在夜里对话，两颗心，飘浮在月华如练的风中，我的美，秋波潋潋般震动他的灵魂。我的爱，随风潜入夜，润物细无声一般渗入他的心扉，不刺激感官，恰到好处。只要他来，我肯定能像可爱的老魔术师，只要他配合地把一个问题放进我的魔术帽——倏地一下，就抖出一长串情诗来。

然而，等了一夜又一夜，不曾等到他。我守在空寂的客厅里靠阅读打发时间，读新购的埃利亚斯·卡内蒂的《耳中火炬》，再读《眼睛游戏》……每一夜，都在困得走神后，才肯拖着疲惫的脚步回卧室。

新购的书快读完了，还没能把他等来。我开始变得烦躁，在网上看电影打发寂寞。每到入睡前都自问，他是否在明天到来？

无聊时，我自己编排类似情景剧的对白，模拟与他赏花时的快慰心情。

我说，这是上海崇明水仙中的"金盏玉台"，据说这品种球根自然分株较少，且芳香浓郁，经月不散，是其他地区的水仙不能媲美的。我在古书中早有耳闻。据说宋代刘克庄描绘的"岁华摇落物萧然，一种清风绝可怜。不惧淤泥侵皓素，全凭风露发幽妍"说的就是崇明水仙，这个品种是水田栽植，与漳州水仙的旱地种植有一别。

他说，我去过崇明，那里的水仙花田一片连着一片。

我说，当年黄庭坚在荆州沙市做官，得朋友王充道送来的五十个水仙花球，整个冬天，他欣然于养花、护花、赏花、赞花之中，为之作咏诗词四首，人花做伴不无相宜。

他说，而今买来水仙数株，即可好好地体验一回黄庭坚的情志了。

我说，若要我作诗，我当这样咏：崇明凌波仙金盏，玉台绰绰罩绿潭。念君有意皆入律，此去孤心与谁叹。

我相信，若是心有灵犀者，他会惊愕地扭头看过来，不敢相信，我的眼中竟是含情脉脉，柔情似水。不需要他立刻表达内心的感想，而是耐心地听我说，从第一次见面开始说起，直到说尽一辈子，一年、一月、一天、一夜、一个时辰都不少。

遗憾的是，他不来，尽管我在思念里疯狂，由臆想症变成了倾诉控，时刻都在对着空气向他说，狂热地想对他说，每天每分每秒都偏执地对他说，就像进行一种虔诚而甜蜜的礼拜。

最终，我却等来了陈佩琪。

旅途疲惫的女人回到公寓，看到客厅里的变化，大脑立刻变清醒了，有一丝一毫不同全都被她察觉。晚间，撞见我回来，她开门见山地说："你要是有一天搬走，东西可不能多留一件。这画、这花都要搬走。"

这下，我有种做贼心虚的惊慌，脸红了，但仍毫不客气地说："你放心，我不会尽买些快速消费品回来，只穿那么几次就压入箱底。"

陈佩琪听出话里的讽刺，十分委屈地说："我还不是担心你吗？房东早就打过招呼，不管谁来谁走，都要保持屋子原本面貌。"

这个理由我无话可说，当着她的面，将油画、玩偶和花草全部搬进卧室里。反正等待已失去意义，又何必想着侥幸地越过她，去幻想爱情的降临？自己是毫无胜算打败这位情敌的。在他们的世界里，我是泥盆纪时期的蕨类植物，生长在低地，靠自己制造出的爱情水分作为再生循环的一部分。不能从外界吸取养分，起到改变对方或者是自己的作用。

很多事情不由自己改变，我们都在宿命里等成了习惯，多么无奈。

第九章　急婚主义

也不知是看多了电视征婚节目，还是受了谁的刺激。母亲平生初次过问起我的婚事。

母亲的关怀让我极不自在。因为她的爱，并非只是唠叨两句那么简单，而是像小时候给我定目标那样，要求读完博士后必须成婚。

我为母亲突然爆发的"急婚主义"感到奇怪又可笑。还半挖苦、半吓唬地试探她对此事的坚定性。"妈，难道你不怕我嫁人后，没空理你了吗？"我说，"你可是只有我这一个女儿哟。"

母亲的回答无比坚决，理由确凿："不管有多少个，儿女都是要离家的。"并且还扬言寒假回来过春节时，安排我去相亲，目前，她已物色好一个对象。

我就奇怪了，当年我和罗涛咏恋爱，她怎么就没这种"催婚焦虑症"。得知我失恋，她这样安慰我道："不是你的，就别强求了，这鞋子非要找到合脚的才能穿上并且走得远。"

　　大概是母亲一直都不喜欢罗涛咏的缘故吧。而我只觉得鞋子总是新的好穿，磨蹭两三年后就变形变味要相互抛弃了。何况我们是从二十一岁到二十七岁，这马拉松也跑得太久也乏味了。

　　已记不清是在哪日、哪地，是什么原因，我答应罗涛咏的请求做他的女友了。在大学里，他是学生会组织部下的一个小组长，整天夹着策划案去拉企业广告进校园，比身边的同学都提早练就一副商业头脑，用起了翻盖手机，买了摩托车，什么大小活动都有他的身影。

　　在一些向往社会生活的莘莘学子当中，还是有不少人羡慕他，并崇拜他那身太过早熟的铜臭味。记得那次他在为一家妇科医院组织健康讲座，特地来我们宿舍分发DM杂志和邀请函，还厚颜无耻地站在宿舍门口鼓吹妇科常识，几次被女生们嘲笑着轰出去还不罢手。

　　那一天的事情发生得阴错阳差。我从超市购物回来，手提一袋鸡蛋，正打算在宿舍里偷偷用电饭锅煮面。刚到宿舍门口，就有男生上来与我搭话，他身穿天蓝色的运动衫，剪平头，怀里捧着一沓半尺高的杂志，笑容很阳光。

　　虽互不认识，但他同样熟络地与我寒暄，将杂志和邀请函塞进我的怀里，语速快如机关枪："同学，女人满十八岁，每年都要做一次妇科检查，如果你被痛经、月经失调骚扰，那这堂课就必去无疑了，你有性生活吗？假如有，更应该去，以免你意外怀孕了都不知道，而且去了有免费避孕套领……"

我被他说得羞臊至极，觉得他这是在侮辱人。我堂堂一个黄花闺女，守身如玉，还没任何感情际遇，这倒好，他就诅咒我浑身花柳病了。

我想溜走，可他就像瘟神似的拦住我，再塞进一张优惠券，"同学，医院近期有优惠活动，阴道镜免费……"没等他说完，我用手里的鸡蛋砸到他的脸，一下，两下，将整袋鸡蛋都扣到他头上，黏腻的蛋清从他脸上无情地往下流。

"流氓！"我吼了一声，转身仓皇逃跑。

他被打傻了，狼狈地站着不动，尚未从我的突然袭击中明白过来。我还不解气，转回去再将他的杂志和邀请函全部抢过来，当武器往他身上砸去，"变态！"这才解气地走了。

长廊上围观的女生像麻雀站在电线上一般密集，大家都为这壮观的场景鼓掌，嘲笑，拍手叫好，竟齐声喊起了口号，"赶走流氓，还我清白！"

那时候，介意的不是妇科病与清白有何直接联系，只是无法接受有人将结果赤裸裸地告诉你罢了。然而，那个时代的大学，妇科医院的DM杂志真的是一道具有时代标志的风景线。

或许是因为好奇和愧疚，我悄悄地去妇科讲座现场。当你发现容纳200人的教室座无虚席，才恍然大悟，女人真是死要面子的动物。

我特意去找学生会的负责人，一部分原因是道歉，更多的是想表达一下敬佩之情，称赞他干得不错。在后台，我看到他在整理桌上的宣传册，心中有种莫名其妙的滋味。走过去轻轻地"嗨"了一声,他抬头看到我,眉头皱了一下,脸上涌起一种狭路相逢的不快。也没说什么,抱起宣传册若无其事地从我身边擦肩而去。

看到他鼻子上还有鸡蛋砸出的瘀青,我有些内疚。特意向现场的其他学生会同学打听他的底细,得知他叫罗涛咏,是本校化工学院的,还意外收获到他的联系方式。

事后,我主动请他去吃饭。出了餐馆后,他再请我去看电影,吃烧烤摊,在电玩城里厮混到凌晨。从那个周末起,我们成了朋友,后来是同党,帮凶,我和他一起做起了推销员,跑起了业务,组织过几场讲座和商业促销,赚到的钱一起去海南岛看大海,在涛声寂寥的黑夜对天发誓关于婚姻的决定。

刚毕业那会,我们都有破除"毕业等于失恋"的伟大梦想,立誓要结为伉俪,为那些劳燕分飞的情侣们树立正面榜样。

我还在为考研挑灯奋战时,罗涛咏在一家品牌手机代理商家谋到职位,开始了他艰辛的伴读生涯。读研三年,我始终住校,母亲虽见过未来女婿,却对未婚同居非常反感。她再三声明,不许我在外租房,为了便于监督,她甚至有过在学校周边安家置业的歪念。罗涛咏只好周末从城南开摩托车来找我,在市中心逛到十二点,然后乖乖送我回来。

或许是母亲的严加看管让罗涛咏沮丧,在"我读书他工作"的岁月里,我们感情一年不如一年。我读研第二年,两人就开始为一些很小的事相互怄气。主要的问题是罗涛咏变了,发生矛盾后,他再也没回头哄过我一句。不久之后,就有同学上门告状，说罗涛咏交了一个公务员女友。

当时我既生气又哀伤，当即怒气冲冲地打电话给罗涛咏，盘问他是不是真的移情别恋。他不回避，如此对我说："我已经二十七岁了，不想再和一个学生浪费时间。"他那语气就像二百七十岁的老人哀叹光阴稍纵即逝一般。

"你是什么意思？"我并不完全明白他的话意，只觉得非常耻辱。

"刘舒，我现在很幸福，寻找到了完全适合自己的生活。我也相信我并非是你的理想对象。"他冷笑道，"我答应要娶她了，对不起，刘舒，我想除了承诺之外，并没有欠你什么。"

"你无耻！"我对他的理直气壮很愤怒。

他没回话，悄无声息地挂断了电话，六年的感情就这样落下帷幕。于一年后，传来他结婚的消息。

我被罗涛咏抛弃后，母亲不曾对此做出半句评论和惋惜。还以为她这辈子不愿以婚姻的形式送走女儿，当她发来一张男人照片时，我才恍悟，母亲与那些跳广场舞的老太太相比，也没前卫到哪里去。

发照片的次日，母亲在电话里急切地问："怎么样，你感觉他怎么样？"

我故意装傻，"什么怎么样？"

"啊，你还没看我发的邮件吗？"她很吃惊，有点不高兴地说，"你看你，又把妈妈给忘了。快去看邮件，然后给我电话。"

等不到我的意见反馈，她违反规定地提前打来电话。当时我正在等地铁，下班高峰期的地铁站人声鼎沸，个个都似敢死队，争先恐后地奔向回家的车厢。见母亲的来电不期而至，而且是多么的时地不对，我禁不住内心一阵烦躁，刚接通，我就尖着嗓子高喊："喂，妈你干吗？"在喧嚣中，我几乎听不到母亲在说什么，心里就是烦她整天无所事事似的来烦我，干脆地挂断通话。

两分钟后，手机又吵吵闹闹地浮现母亲的号码，我不耐烦地接听，立刻听到母亲的怒火从手机里喷出来，"你这手机是不是该换了，"她抱怨道，"哎呀，什么都听不见，嘈杂杂的就断了。"

我还真满意她这样想，免得发觉自己被女儿讨厌而黯然伤感，也为刚才的粗暴态度而惭愧。我急忙解释："我在地铁里，信号不好。"

"在大城市生活有什么好，坐个地铁都那么碍事……"母亲一如既往地批判上海，然后说正事，"我给你发的邮件到底看了没有？"

"什么邮件？"我装傻，明知她指的就是那个附上艺术写真照的胡臣宁——母亲在老年活动中心认识的一老太太的独生子，正在北京读博士。凭相片判断，人不好看也不难看，有些粗，有些呆，刚年过三十，就开始有安逸生活催化成的脂肪皮层。可母亲在信中这样评价道：

这小伙子读的是金融，有178厘米高，干部家庭，境况不错，模样堂堂正正，比你大两岁。我和你爸也是差两岁，算命的说你们八字挺合，今后在一起不吵不闹……

　　我真服了老人家的侦察力和策划力，就连命数八字这等问题都核算好，现在就等金童玉女这两份主料下锅翻炒了。而今，她正热情洋溢地在我这里寻求结果，假如我会反抗和拒绝，她会不会还用小时候的那种方式将我镇压？

　　母亲满怀期待的样子让我很担忧，特别是我总拿陆竞城与胡臣宁比较，并一次次地败给了灵魂所向时，我宁肯母亲将我锁进她的首饰盒里永生永世，而不是逼我去和这样的男人共处到死。

　　"啊？你都没看我的邮件吗？附带照片的那封，你回去找找。"母亲有些生气了，下死命令道，"看完后，你必须给我回电话，听到没有！"

　　这下我招了，就是不希望她再来打搅，立刻换了一副恍然大悟的口吻说："噢，你指的是那封附带照片的啊，我看过了，我还以为你又发新邮件了呢！"

　　"怎么样，这小伙子还行吧。"母亲自满地说，"他今年一月份寒假也回来，到时候安排你们见面。"

　　"妈，你觉得有必要吗？"我想那相亲的感觉，总觉得怪怪的。

　　"什么有没有必要？"她不理解地说，"难道你真要读成个灭绝师太吗？"

　　连这话她都懂了，看来一定是受那些八卦媒体言论的熏陶不浅。

　　我说："拜托，我的妈妈，你不要再去看电视相亲节目了。要想想你是博士的母亲，不能有这么庸俗的思想和品味。"

"博士怎么啦，你读完博士不还一样要嫁人吗?"

我都快晕过去了，真不知是谁将母亲洗脑，突然间削弱了博士在她心目中的崇高地位。她的这句话真的刺伤了我，虽然她是我最亲的人。

"既然结果都是一样的，"我不满地说，"那你当初何必逼我学这学那的，还非要我科科一百分呢?"我声音暴躁起来。

母亲有些知错，便换话题，"哎呀，不说这种话了，反正呢，放寒假就给我回来，见面感觉好，就把婚事定下了。"

"妈妈，我现在公司上班，哪里还有放寒假的概念?"我感到晕，觉得母亲现在已将小算盘敲得有些无理取闹。

"好了好了，春节总有假期吧。"母亲说，"你也别再拖了，转眼三十岁就被剩下了!"

我感到无语，假如她果真有这份担忧，应该早在我二十岁时安排相亲，不必等到今天。我想，她急的不是我现在的年龄、容貌、学历、地域的问题，而是她赶在我之前，率先喜欢上了那个相片上的胡臣宁。

回到公寓，我第一件事就是打开电脑登录邮箱。再次审视胡臣宁的照片，更加不能理解母亲喜欢，认为她的审美品位正随着年龄的增大而急剧降低。仿佛我已沦为了婚嫁行列中的残次品，非要用相亲这种拙劣的手段来建立我与男人的感情关系，真不知她是怎么想的。

似乎每个成年人都会遭到父母逼婚。真弄不懂，婚姻在他们的眼里又是什么，是生孩子的理由，还是下半生的生活方式?或者说是父母打发儿女踏上人生正轨的王牌?为何我从未听到一种声音，用圣歌般的音色赞美婚姻是爱情的保险杠呢？

　　曾经我以为，婚姻是为了能与另一个人生生世世分分秒秒地爱下去，避免外界的干扰，所以在法律和上帝面前宣誓并签下契书。可在这个人间，不同的人，却用实际行动对我做出了千奇百怪的证明，就连我的母亲都未曾对"婚姻"做出有足够说服力的论述。

　　每当听母亲提起胡臣宁，我就头疼。我的母亲已被社会舆论同化成一个疯狂嫁女的老太太。好几次，我都想对她说明自己的情感状况。情绪冷静后，又觉得千万不能用这种事刺激她，不然，我连在上海读书都会遭到阻拦。

　　我根本没法对一个日渐糊涂的老太太解释，什么是爱情，一个人该如何善对爱情；更不能直接告诉她，我爱上了一个美丽的错误，并不打算用橡皮擦将他抹掉。

　　她爱我，势必不允许我在感情的悲惨世界里做无望的守候，耗掉生命中最末的好时光。

　　对女儿的感情状况一无所知的母亲，整天播报她在老年活动中心的见闻，百分之八十都与胡臣宁有关。

　　这时我才发现，母亲相当有采访天赋，不仅能将时间地点人物事件还原得栩栩如生，还能一字不差地记录下生活中的只言片语。可是，她越对未来女婿狂热，就越会增加我的抵触心理，最终形成一种被迫之下的反抗。

　　没多久，母亲又为我不回复邮件而鸣不平。我对她的抱怨忍无可忍，最后只好摊牌，"妈妈，你记好了，"我说，"只要是关于他的邮件，我一概不看，也不会回复。"

"为什么？"她委屈地哀声问，"他有哪点不好呀？"

"这和他好与坏无关！"

"难道你就一点不相信妈妈的眼光？"

"妈，你不要塞我不想要的东西给我好吗？"我很为难，不知要用什么办法才能打消她对胡臣宁的偏爱。

"你说你不需要？"母亲对我这个反应实在不能接受，"难道我的女儿是不婚主义？我的天啊！"一副备受打击的语调。

我不想伤她的心，假如这时火上浇油地说我不想嫁人，兴许她会又哭又闹地自叹命运不幸。自从父亲走后，她只要有点不顺心，就会往那些方面想。

于是我很为难地说："对他没感觉，这根本不是我喜欢的类型。"

这下母亲舒心了，还安慰我说："你们面都没见，没感觉很正常，今后我多给你介绍他，你考虑久了，自然就有感觉了。就像当初你爸，我也是听媒人说了大半年才见到他的，幸亏当初我一个劲地把他往坏处想，要不然我也接受不了他。"

一听她拿自己做参照就心烦，我干脆告诉她毕业后不想回家乡生活，拼命考博，好不容易走出来，立刻就灰溜溜地打马回朝，这岂不是让人笑话吗？

对于我的观点，母亲可是太有话说了，"不回来？上海有什么好啊，人生地不熟的，什么都要从头再来。你看人家去美国留学，在当地工作几年后还不是又回来了？我就你这么一个闺女，难道非要让分离迫使我们俩各自孤独吗……"

我不能理解母亲所谓的孤独。我以为，倘若能克制欲望，就不在乎是热闹还是孤独。

为了能使母亲平静，我只好表现出顺从，并心怀鬼胎地设法逃避春节相亲。在网上，与我有着共同遭遇的人成千上万。对此我好诧异，究竟是大时代推动了这番壮丽江潮，还是天下的父母都在同一呼声中做出响应，当现实的碾轮将我们赶到这一刻，才发现，在这个揠苗助长的速食社会，至高无上的爱情早从满汉全席变成了薯条汉堡。

我是接受不了的，无论如何都要保全内心那点爱。不管母亲如何摇旗呐喊，就算我和陆竞城没有结果，也不想随便用一场婚姻去搪塞感情，然后在一种貌似甜蜜的生活模式里，整天面对一根无法让自己产生情欲的木头，一寸寸地发觉围城里的孤独和绝望。

婚姻绝不是人生的必经之路。假如能与相爱的人步入殿堂，那只算是人生最好的点缀。假如没有爱情的红毯做铺垫，那么，我宁可放下虚荣，今生绝不穿上那件神圣的婚纱。

第十章　废墟上再建摩天楼

就在我整天想着如何敷衍母亲、躲过春节相亲时，隔壁又燃起战火。恩爱的情侣又吵起来，原因不明，并且闹得惊天动地。

那天晚上十点后，他们俩一前一后，在门口吵着进屋，她尖叫着推了他一把，"你走，不要再跟着我！我绝不再跟你回去了。"

"佩琪你别闹，冷静点！"陆竞城抓住她，看到我正站在客厅中央，身穿一套厚棉睡衣，头上裹着毛巾，刚洗澡出来。

三人都怔住了。尴尬中，陈佩琪气呼呼地扯开陆竞城的手。

我假装什么都没看到，急忙跑到卧室里，把空间让给他们。又猎奇心重地耳朵贴在门板上，偷听屋外的声音。

客厅里静了一会儿，又发出撕扯声，大概是陈佩琪想甩开被他抓住的手，自己却不小心推翻了斗柜上面的摆件，发出哗啦啦的巨响。她生气了，"你竟敢打我？"冲上去给了他一个耳光。

陈佩琪嘶吼道："你根本不爱我，你骗了我那么多年，每到关键时刻你只会维护他们而不是我。"她继续对他毫无顾忌地吼，"我再也不相信你的话了，我恨你！"说着拉开房门跑走了。

这时，我紧张起来，生怕出事。猛地拉开房门，看到陆竞城还站在那里，他轻轻地摸了一下被她打过的脸，神情里有种无法名状的落寞。

他看到我，一言不发。

我慌起来，注视他的目光充满怜惜，却不知该说什么安慰的话。他那受伤的眼神映在我的心里，就像血色残阳投在湖面上的晕光，多么令人心痛，仿佛那耳光是打在我脸上。

我轻轻地走近他，像对待一只敏感而惊恐的伤雁，心里又怕又忧，不知如何是好。我想安慰他，傻乎乎地想帮他，完全忘了自己在这三角关系中的立场。只要能减轻他的痛苦，要我做什么都可以。

他并不接受我那哀伤的注视，怜悯对于他来说是多么可耻。他就像丛林里犄角高贵的驯鹿，轻轻地偏了一下脑袋，带着伤口拉门而去。

他似乎还想追回那个女人，就像曾经无数次的争吵之后，他所对她做的。他对她那执拗的宽容，简直是对我的一次体无完肤的伤害。我不明白，是什么原因让他如此在乎她，挨了耳光还穷追不舍，对我，却不曾有过任何一瞥。

过了两个小时，有人开门进屋，是陆竞城，他独自回来。

谢天谢地，他总算平安回来了。我立刻从卧室里跑出来，急切跑去嘘寒问暖道："你总算回来了，一切都好吧？"

陆竞城对我点头示意，在门口俯身换鞋，神色不大好。他那沉闷的样子让我意识到情况不妙，便小心翼翼地问："没找到她吗？"

他没回答这个问题，而是说："这么晚了你怎么还没睡？"

我愣了一下，然后微笑道："没有睡意，就随便翻了翻旧书。"心领神会地不再去过问陈佩琪的事。

他僵硬地微笑了一下，"那我再打搅你半小时，应该不成问题吧？"他看了一下腕表，"十二点半后一定能把东西清理出来。"

我立刻明白他的意思，十分震惊："你要搬走，为什么？就因为你们吵架了吗？"说实话，我自己也很矛盾，说不清他们的决裂，对我是好是坏。

我那卑微的爱情，注定要在别人的废墟上再建起摩天大楼。假如他不舍得竭尽全力地毁灭，那么将不会有容我的缝隙，让爱之种子在阳光雨露中生根发芽，长成参天大树。问题是，假如他们不再往来，我就没法在这个客厅里遇见他，那就等于断掉了细水长流的机会，最终连见面的机会都可能没了。至少，他还不知道面前这个其貌不扬的女子是如何热恋着他，我也不可能此刻就扑上去，向他拥吻示爱。

那一时刻，我非常明确，现在还不到金蝉脱壳的时候。他不能离开我和陈佩琪共有的小世界。

面对我的质问，陆竞城无声地笑，欲言又止，似乎内因很复杂。我安慰他说："不要灰心，两个人从相爱到在一起不容易，而且，陈佩琪的脾气你也清楚，她就是那么的尖酸刻薄，斤斤计较，自私自利。她本质其实不坏，闹一闹就过去了。"

我的话让他很吃惊，瞪着眼睛定定地看我，让人好心慌。

"对不起啊……"我怕了，忧虑地抬头看了他一眼，紧张地用手刮了一下耳边的头发，"我说错话了，你别介意。我的意思是说你们磨合了那么久，或许这是最后一次吵闹呢?"

"其实，都被你看出来了。"他很失落，自尊心受挫一般。

"不，不，"我急忙推诿，就怕他误会，"我什么都不知道，这只是我的一己判断，竞城你——"他已转进陈佩琪的卧室里，把门狠狠地关上，把我的解释打断了。

他像是在生我的气，都怪自己太多嘴，又不善技巧，将安慰变成了剖析。而我却心有不服，凭什么来做他们闹矛盾的调和剂，我只是想挽留他，结果竟成了出气筒。

我也伤心了起来，自觉失败，又悔又恼，自责地双手挠头。所有的分离都有一个我们意识不到的成因，但我不能理解他们为何大打出手，难道相爱的人一定要在争吵中进行交流，怄气打架才能鉴证真情所在? 真见鬼，一切都来得不是时候。

半个小时后，陈佩琪卧室的门开了，陆竞城提一只皮质旅行包走出来，坦然自若中还是透出淡淡的忧伤。果然他放弃了，连我也不加留恋。

我惊愕地从沙发上站起来，手足无措，难以接受上天给予的这个判决。他势必要走，决裂的态度。人一旦把爱架构于理想主义的层面上，就会对幸福绝对忠诚和追寻。理想破灭之后，同样也就会对事件本身的意义做出反证。而此间，不管我说什么，怎么做，如何劝，甚至究竟说了什么，愿望是什么，他兴许都不会听进半个字。

我难过极了，生死离别似的想抱住他大哭，努力隐忍住眼泪。"你以后不会再来这了，是吗？"我傻乎乎地问。

他呆住了，不说话，凝视我的眼睛在转动。

我又急忙扯借口来掩盖自己的感情，"我的意思是，如果你不回来了，今后的费用分摊上，就只有两人分摊了。"话虽这样说，可是我那不争气的眼泪，还是流了下来。"对不起啊，你别误会，我的眼睛进沙子了。"我连忙用手指弹掉眼泪，笑着说。

"刘舒，谢谢你。"他隐忍地说，"这是实在话。"

"何必跟我客气呢。"我手忙脚乱地拭泪，这根本不是我最想听到的话。

他目不转睛地看着我，脸上有一种压抑的神情，眼神变得温情脉脉又忧郁。客厅里只有我的抽泣，固执的男人最终只是说："再见。"

他那干净利落的声音瞬间将我撕碎了。

"再见。"我说，不敢转头面对他不断离去的背影，不愿接受，他竟如此无视我的挽留，昂首阔步地走了。

在他渐去渐远的足音里，我的宇宙全部陷落了。最后那一刻，我拿出了勇气，从卧室拿了那本《不能承受的生命之轻》，开门追出去，冲他的背影喊："你等等！"

他驻足，缓缓转身，他的回眸依旧那么令我迷惑。

我走过去，将书递过去，"这是我一直想送给你的。"

他凝视了片刻，才接过书本，看了看，"这份礼物很好，谢谢你。"他说，嘴角微微上扬，似笑非笑。就这样，在我盈盈泪光和欣慰而苦涩的微笑中，消失于夜的浩瀚黑色里。

他将永远不会听见，我说得太迟也太虚弱的"我爱你"。

陈佩琪于次日傍晚回到公寓，进卧室数分钟便冲出来，花容失色的样子，像是丢了装有巨款的钱包。她无法接受他离去的现实，赶紧拿手机打电话，非常生气地说："陆竞城，你还玩真的是不是？好，要走就走个干净，今后我们一刀两断！"说完把手机砸进沙发里，随即自己也气呼呼地倒进沙发，双手盘在胸前，一副"真是气死我了"的无奈模样。

她确实丢了珍贵的东西，却不曾承认事情的严重性，却报复式地一抓住机会和理由就激烈地挣脱关系，从不担心他也许将一去不复返。

面对他们愈演愈烈的争吵，我高兴不起来。不仅将全部的罪恶都计算到陈佩琪的头上，还对她产生一层阶级式的仇恨，远远超过了对她的人格鄙视。

月底结算费用时，我怀恨在心地说了句风凉话："这下好，大家都清净了。你的负担小了，我也不用再为登记他来还是不来而烦恼。"

陈佩琪只是翻白眼，没说什么。她的心里肯定不是滋味。不过，她的生活并没有呈现出沦丧的惨象，依旧是那种"人生得意须尽欢，莫使金樽空对月"的态度，只是再没其他男人走进公寓的大门。

猜不透他们是否还相爱，或者自相残杀是一项基本游戏，用于调节没有新意的生活。

明知陆竞城不再回来，我却比过去饥渴百倍地想念他。一旦发觉自己并没有再见他的理由，就非常恨陈佩琪，这种可恶的女人，连这样的男人都不珍惜，真该下地狱。

日子一天天过去，公寓里关于他的味道逐渐散尽，我感觉他真的要在怨恨中渐行渐远，永不调头。一天子夜，我听到陈佩琪痛苦而微弱的声音从客厅里传来，她在切切地呼唤我的名字，好像临死前的求救。推开卧室的门，看到陈佩琪正躺在门口的地板上，双手按压腹部，满脸痛苦，可能又犯胃病了。

"刘舒……麻烦你，"她一边呻吟一边说，"到我的床头拿那小瓶药来，我疼得没力气了。"

她把皮包甩给我，信任地让我自己去找卧室门钥匙。进入她的卧室，我的心里怪怪的，在陆竞城昔日活动的房间里，我总是不自觉地想起他，却嗅不到一丝他的气味，就连床头的镜框都空了，想必那里曾放着甜蜜双人照。

把药给陈佩琪，并为她倒水。吃完药后，我将她扶到沙发去坐，并陪在一旁。药物并不能立刻减轻疼痛，陈佩琪无力地躺在沙发上，摁住腹部的手一直不松懈。过了十分钟，见她痛苦依旧，于是我说："要不我叫他来，送你去看急诊。"

陈佩琪有气无力地说："不用了，这点小胃病，没必要麻烦他。"看了我一眼，逞强地笑，"只要吃了药，明天早上就能好。"

"你有这么严重的胃病，为何还要喝酒？"我责备地说，

"酒精会让你加剧衰老的。"

"呵呵……"她苦笑，"有时候是不得不喝，有时是想喝，到现在为止，我也说不清为什么了。"说着她发出沉重的呻吟，"该死的，真是疼死我了……"

"我叫他来吧，万一撑不过怎么办？"我说，"我一个女人又抬不动你。"

"我没事……没事的。"陈佩琪说，"刘舒你去休息吧，我在这里躺着就好，我保证，这次不严重，现在，痛感已减轻了。"

听她这么说，我也不逼她，起身道："我把卧室打开，若你有事就叫我。"纵然有多憎恨她，在此刻，我还是对她特别担心。天生的同情心最易让人丧失理智。

陈佩琪感激地点点头，样子好可怜。她执意不见陆竞城，不仅因她性格的倔强，还说明他们已没了复合的打算。其实，我多希望她点头答应让我通知他来，这样，至少我还能见见那位日思夜想的王子，虽然他不曾为我而来。

次日早上，陈佩琪居然好了，又能生龙活虎地去上班。我却心生一个小计谋，想借此事去找陆竞城，表面是想告诉他陈佩琪胃病复发的消息，其实就想解一下相思之苦。一转念，这个异想天开的小计划就被自己否定了，就怕惹是生非，最终是非不清。

寻不到再见理由的我，最终只能带着无法平复的怨气，像青蛙坐在井底仰望天空，看时间缓慢而迟疑地流逝，毫无把握地等待他的垂怜。唯有的办法就是一遍遍说"我爱你"，在房间里，在路上，在餐厅……在云卷云舒的清晨，在微风轻拂的黄昏，在灯火散落的午夜……希望他能心有感应。

终于，我在一日复一日的失望中信了，我这个凡夫俗子不会遇见奇迹。因为我从未握过他这个风筝的丝线，也成不了能够将风筝追回的人。

爱情是两辆列车碰撞出的焰火，不是一个人孤独的狂想。我那华丽的男主角走了，我的生命舞台，就这样硬生生地被拉黑了布幕。

后来，发生了一件奇事，我将此认定为是上帝的神迹。那天中午，在毫无征兆的情况下，我的手机有一个陌生号码打进。一接听，是非常熟悉的男声，我还以为听错了。他则说："是刘舒吗？是我，陆竞城。"

即便他这么说，我仍旧认为是幻觉。只听到电话里面沙沙的声音，仿佛他的世界正在下雨，城市的楼宇在巨大的浴缸里飘摇。我扭头看到办公室的玻璃窗上荡着水帘，不知何时下起的大雨，不像冬天该有的火爆气势。我还以为自己正躲在漂流瓶里，读着不知何处来的信息。

于是我说："外面下雨了……"感觉这是自己编写的情景剧里的台词。而他仿佛在说"是的"。我再次扭头凝望窗外，周围的景象就像是舞台剧中的布景，又很不确定地问："陆竞城，是你吗？"觉得自己还是没从梦中醒来，时间和空间，好像只是由我们的心灵虚构出的产物而已。

"你怎么了，是我。"他淡淡地笑，"我想问你的地址，把书寄过去给你。"

"书?"我惊讶,"是我给你的,还是你要给我的?"

他迟疑了片刻,"都有。"

"好啊,好啊……"我欢欣地笑了,"等会儿我就给你发信息。"

他说好。我说谢谢。依旧是梦境中亦真亦假的感觉。收线后,再翻出通信记录,重播那个号码,又听到他的声音,"喂,刘舒,还有什么事吗?"我这才不再怀疑,确实是他的来电。为此,我为自己的行径不好意思起来,撒谎道:"啊,没事,不小心拨错了。"

他温和地笑,"我有些忙,空闲后我再给你打过去。"

"不用了,你忙吧,我真没事。"我连忙说,"不打扰了,就这样,再见!"

收线后,我欢喜得要翻天。他居然主动给我电话。Oh,my God!他要给我寄东西!我坐在办公室的椅子上,忍不住双手兴奋地举了数次,那样子仿佛国际足球赛上的疯狂球迷。

我反常的兴奋引来艾薇塔疑惑的一瞥。郑恩姬忍不住拍拍我的椅子扶手,"嘿,嘿,你正常点,到底怎么了?"

我这才收敛些,扭头对她笑。喜悦只可意会,不可言传,因为暂不敢说明我的爱。爱于心间,是甜是苦自己体会,一旦分享出来,那必定是瓜熟蒂落、修成正果的时候。

用手机给陆竞城发信息后,我又渐起疑心。不停地揣测他主动接近我的原因,想得越深越担忧,但愿别像那次吃意大利菜一样令人失望。假如他再用礼尚往来的手段,要与我撇清关系,或者是动机不纯的贿赂,想通过我这里向陈佩琪架桥,为修复那桩已崩盘的关系,那么,最好做好失败的心理准备，以免再为虚伪的幸福拉肚子。

想来想去，我对他的礼物，原本持有的期待逐渐变成了惧怕，默默祈祷他寄来的是爱的表白，而非杀人的炸弹。

平安夜来了，我并没收到关于陆竞城的任何消息。

圣诞节孤独地过去了，他还是没来。

突然有一天，前台文员的声音在办公室门口回荡，"刘舒，有你的快递！"

从文员手中接过包裹，不用拆开，就知道一定是陆竞城送来的书。我把东西扔到柜子里，没有勇气面对现实，生怕收到的是潘多拉的魔鬼盒，一旦打开，就会有无尽的苦难和失望影响我正忙着做销售报表的心情。

而就在这时候，突然又有声音高呼："艾薇塔，公司门外有人找！"没人对此在意。直到艾薇塔以扛的姿态，从外面带回一束巨大到几乎将人掩埋的红玫瑰进来，整个公司的女士们都为此惊叹尖叫。就这样，日常像苔藓一样隐秘而寡淡的艾薇塔，因鲜花引发的话题，以原子弹一般的巨大爆破力，直观而快速地映入人们的眼帘。

艾薇塔将红玫瑰放在身后的椅子上，若无其事地继续工作。红玫瑰仿佛是一堆红艳艳的煤炭在熊熊燃烧，连天花板都映红了。我们的办公室，也成了整个公司备受瞩目的焦点，平均每五分钟就有人进来参观，唏嘘而去。

许多人，包括我都对这代表着感情和强烈欲念，以及包含了赠送者的财力、性格、身份、关系等诸多信息的花朵猜测不已。趁艾薇塔出去的片刻，郑恩姬在位置上抓狂，"活这么大，第一次见那么大的玫瑰花束，无法淡定啊。"

我斜了她一眼，无语叹笑，猜这一定是驾驶银灰色凯迪拉克XTS的主人送的，或许又不是。生活是一部主导意识很强的作家电影，结果往往超出你的预料。就像那包未开封的陆竞城的礼物，谁知道里面装的是爱情，还是炸药，或者是一种决然的离别态度。

想到这，我心头一阵热愤，猛地将包裹从抽屉里拉出来，撕掉封口胶，看到那本我给的《不能承受的生命之轻》，迟疑了。这表示物归原主，真令人沮丧，他就是这种人，死性不改地这样做人，就是不愿与外人沾染荤腥。而叠在下面的却是一本画册——几米的《星空》，皮面已有些磨损，像是私藏的旧书。这让我懵了。"他的意思是？"我在心里自问，轻轻地抚摸书封面，仿佛抚摸到了男子温热的肌肤，想象到他的面庞，他在欣笑，在对我说，一切尽在不言中。

难道，这就是他的心意？"太好了，真是太好了……"我激动地将画册摁在胸口，昂头对天笑。

我趁机给陆竞城打电话。他很快就接了，我刚开口，他也想说，两人同时停了下来，不约而同地等对方先说。接通的电话之间是一片沉默。我显得很紧张，吞吐道："是陆竞城吗？我，我是刘舒……"自己都快喘不过气来，心跳好快，有种幸福降临时的天旋地转。而我们，依旧还是羞于言爱的两个人。

"啊，是。"他的语气有些魂不守舍，"你好，刘舒。"

"你的礼物我收到了，非常喜欢。"我说。

他却说："这么快就到了？昨天下午才寄的，这家同城快递速度真快。"

我不清楚他为何将《不能承受的生命之轻》退回来，但这已不重要了。我鼓起勇气说："下班后你有空吗？我……我请客！"

"跟我别这样，"他笑了，"只是还要参加个会议，或许会晚些。"

"你给个地址，我等你。"我说，不论什么阻碍和委屈都可以忍受，只要能再见到他。

他说："真不好意思，你大约要等到八点后。"

"我不介意，真的。"别说是八点，等到三生三世天荒地老都在所不惜。

"好，我订好位置后给你发信息。"

收线后，我高兴得恨不得蹦起来。感谢上帝，我们的约会来了。我在胸口画十字架，激动得十指紧扣，对天祷告，这将是一个美妙绝伦的夜。

第十一章　模范式约会

上海的第一场雪，在今夜的霓虹光中心虚地下着。

城市里的多数人都对这场雪没预感，气象局的天气预告也是始料未及的态度。起初只是寒流带来降水量极微的纷扬雨，突然变大，逐渐转成雨夹雪。

去往他预订好的餐厅路上，马路边已有被车辙挤堆出的冰泥，行人惶恐，车辆拥堵，红绿灯的红灯太久，公交车不断脱班……整座城就要在这一片雪污中沦陷了，我的裤腿全是泥水，双脚已逐渐丧失知觉，成了仿佛不与身体血肉贯通的义肢。唯有心是热的，不断地激发出勇气和幸福的幻觉，让人忘记身体的冷与痛，竟然有种走红毯的喜悦。

最后一段路程我是走过去的。大约两千米，出地铁站还需要转车，却发现前方路段堵车了。为赶时间，也顾不上薄丝袜细高跟鞋、衣装单薄，我在冰天雪地中匍匐，一心扑向预订的地点。

八点过十分，我冲进餐厅，未等前门服务员上前打招呼，已看到他坐在靠窗的位置，正在和应侍生交谈。大堂里仍然洋溢着新年的气氛，烛光暖暖，惬意温馨。

我用冰冷的手整理自己的仪表，然后面对服务员摆了一个姿势，"你看我感觉如何？"服务员说"很好"。我甜美地说声谢谢，自信地踏进餐厅大堂，直步走到陆竞城面前。他见到我，站了起来，看得有些入神，连忙起身伸手请坐。我说："真不好意思，迟到了。"

"我也是刚到。"他说，"突然下雪了，这对上海的街道来说是一场考验。"

"的确是，"我说，"平时也堵，只是人们的心没那么焦虑。"只觉得浑身冷得要打抖，拿起菜单翻阅，"你来点菜吧，上海菜我不了解。"

他说："我已推荐了几个，看你还有什么特别想吃的。"

我很信任地将菜单交给服务生，非常优雅地说："尽管快点上菜就好，我没其他要求了。"

服务生走后，我从皮包里掏出一本书递给他，"给你，我昨天刚看完的。"

他接过，看了一下书封面，然后微笑着说："看完了我会寄回给你。"

"你是不是讨厌我？"他的客气让我真难受，我口无遮拦地说，"非要与我计算得一分不差，清清楚楚。"

他愣住了，无辜地看着我。

我这才发觉自己说过火了，急忙给他台阶下，"难道这是上海人的传统？"

他的神色放松下来，"一种习惯吧。"

"不亏自己也不欠别人，这样就能安心睡觉，对吗？"我质问道。

"我说不清，总之大家都乐意这样。"他说，"小时候，我的邻居给了我一块糖，事后妈妈就买回一样的糖，并只给了邻居孩子一块。从那以后，我们两家就没再互换过东西，除了父母们会在一起谈天，小孩们会一起玩。"

"那邻居一定是外地人。"我说。

他感慨地笑，有点难为情。

于是我将他送的几米画册从皮包里掏出来，粗鲁地放在桌子上，翻开书后的定价，然后掏出钱包付款，34.5元。陆竞城瞪大眼，感到莫名其妙，连忙说："你这是干吗？"

我说："这书我买了，今晚的饭钱我一个人付。"

"刘舒，你别介意……"他急于解释，尴尬得脸都青了。

我挥手打断他。"我想见见你，所以请你出来。"我说，"由此产生的费用我承担，谢谢你能来见我，我非常开心。"

他怔怔地注视我片刻，然后说："能见到你，我也很开心。"

"那好，"我抓起服务生刚送来的红酒，给彼此倒上，"为相见愉快干杯！"我先喝掉自己的一杯，觉得一阵潮热涌上脸。我想象他眼里的自己，但愿是灼灼其华，面若桃花。假如真是这样，那么，我不后悔这一场冒险。

感情这东西，也只有抛开金钱利益等世俗关联，才能像陈年老酒般温润醉人。进餐过程中，我们有一句没一句地聊天。他突然问："最近，她过得怎么样？"

事到如今他还关心陈佩琪，让我好嫉妒，脸上的喜色被刷去一半。原来之前的担心是对的，他此次应邀，不过是想通过我旁敲侧击打探她的消息。于是我佯装无所谓地反问："你都没与她联系吗？"

"你多少了解她的脾气，打电话只会自取其辱。"

我干笑两声，"那你还关心她？"

"责任。"他的声音很轻快。

这话让我敏感地意识到，自己真的成了他们修复感情的桥墩了，多么可笑而可怜的垫脚石。我不禁心酸起来，放下筷子，捧着酒杯陷入沉思。

陆竞城发现了我的异样，关心地问了一声，我逞强地保持住完好无伤的笑容，"既然放不下，就大胆地回去找她。一个男人，何必为面子而忸怩？"我面无表情地说，"爱情的王国是无情和吝啬的，女人们只肯委身于那些敢作敢为的男子汉，正是这样的男子汉能使她们得到她们所渴望的安全感，使她们能正视生活。"

他惊叹地抬了一下眉毛，像是有所触动。我担心产生误会，便婉转道："这句话出自我刚才送你的书里。"

他讪讪地低头，强颜道："我和她的事有些复杂。"

"你不必对我解释什么。"我怕他多虑，急忙澄清道，"也不要为这场会晤心有负担，好吗？"原本，我就不是他的什么，我也未曾能介入他的世界半步。

"谢谢你。"他沉重地说。

其实，我的心里特别难受，这个男人对生活有着太多无以言说的想法和顾虑。从第一眼开始，我就知道。他并非孑然一身，纯洁如雪地等待我在上面描绘五彩斑斓的历史，而是原本就肩负着太多的繁华，甚至拥挤得容不下我的一丝妄想。

这是我再清楚不过的事实了，失落，源于我又一次承认了自欺。这场没道理的爱恋，向来我都不敢有太多奢望，我对他的要求，从来都没多过一瞥。

这时候，手机铃声打断了我的沉思。是马可乐打来的。我不想离席，当着陆竞城的面，微微低头接听。收线后，我发出沉沉长叹，脸上泛出一种很为难的神色。自觉今夜并不是什么好日子，不仅对深深迷恋的男子绝望，还接到了一个非要赴约的邀请。

陆竞城紧紧地凝视我，好像有话说，有些自责地问："是不是我让你不快了？"

"怎么会？"我苦笑，"我只是在想，如何推托朋友的邀请。他在我的学校办了个画展，明天早上举行开展仪式。"

"那是好事情，应当去道贺祝福。"他声调激昂地说。

我冷笑，提不起精神。心想，还是要找借口推辞，好不容易才等到一个周末，怎么能让马可乐这家伙抢占去？除非，面前这个男人陪我去。

陆竞城见我怏怏不乐，便安慰道："既然不想参加，那就不要勉强自己了。"他温柔的模样真迷人，惋惜的是，他并不属于我，至少，我不是令他想主动攻击的对象。今夜相聚是我亲手制造的，满足了一时的思念欲后，余下的只不过是满地残红的失望。他就像深海中的水兽，看得越清楚，就越让人自知地离开。

可是我依旧迷恋他，深深地，以全力以赴的力量，追寻着这不属于我的光影。也许过了今夜，就没有明天。假如他是一触即谢的昙花，那么，我情愿一辈子这样默默看着他，守护这卑微的感情，做一生的红颜至交也甘愿。只要我还能这样看着他，看到彼此白头，参加他的葬礼，或者是我在临终前与他道别。

爱情，不管以什么形式存在，我都会尊重它，被它禁锢一生。

我们一起离开餐厅，户外的雪下得更大了。陆竞城主动提出开车送我回家。

回家的路上，我们并排而坐，没有对话。漆黑而寂静的车厢里，只有路灯一道道地光临，忽明忽暗，我悄悄地扭头望他的侧脸，雕塑般的线条，眼神专注，如海沉默。我看得入神，感到满足而幸福，虽然只能这样默默地遥望着。然而，他的车速好快，深夜的街道畅通无阻，只会加剧离别的速度。每越过一个十字路口，我都希望在下一个路口堵车，堵到天荒地老，让此刻变成永恒。

他发觉了我的凝视，扭头瞟了一眼，没说什么。

我自觉羞臊，低下头，没多久，视线又悄悄地转移到他身上。"就做朋友吧，一生一世的朋友不比情人差。"我默默发誓道。就让我这样不动声色地爱他，关心他，在乎他，至少还能这样傻傻地看他。

快到小区了，陆竞城突然问我想在哪里下车。我觉得他这个问题暗含多层意思。于是我说："你觉得哪里安全，就在哪里停车。"真的有些厌了，随便他怀什么企图，我都不想去在乎。一个只能成为朋友的男人，我何必为他失落太多？

而他却笑了笑，直接把车开进小区，直到我住的公寓楼下才停住，把我吓得心跳加剧。他想干什么，难道不怕被陈佩琪发现吗？他们已闹翻，发现了又会怎么样，我多少总找到理由。即使这么想，我还是无法做到淡定。

车停稳了，我的心情更矛盾，他想跟我上楼吗？然后趁机会见已成仇人的恋人？陆竞城坐在驾驶室里不动，没下车的意思，但我不保证他对此没想法，楼上就是他昔日的爱巢，曾遗留下无数旧梦的地方，他绝对不会没有过纠结的欲念。

"不如上去坐坐吧？"我试探地问。

他宛然一笑，果断地摇头。

我紧张的心顿时松了，客气地说："谢谢你送我回来。"转身伸手去拉车门。将要钻出去时，他却叫住我，探出头来问："能告诉我你朋友的画展的地址吗？"这让我很讶异。他辩解道："你不知道我很喜欢绘画吧，虽是不知名的画家，我也不想错过这画展。主要是明天我有空。"

我从皮包里掏出记事本和笔，给他写地址。纸片递给他时，神色充满疑惑，真不可思议啊。他扫视纸条上的字，非常坦率地问："有没有空与我同行？"

我惊呆了，愣了数秒，才连连应答："当然有空，当然了。"仿佛做梦一般。

"那好，"他微笑着说，"明天早上九点见。"

"好，好的。"我吞吞吐吐地答，不敢相信。

下了车，他把车窗摇下来，对我说："晚上好梦，明天

131

见!"

"路上小心,晚安。"我挥挥手,不舍地看车窗慢慢缩回去,吞灭了他的面容。站在雪花飘零的风里,我默默注视他的车开走,直到车灯暗淡于视野。我面向他消失的地方,久久不肯离去,就像不敢相信,明天我们还能团聚,况且这是他主动提出的约会。

这该不是梦吧?我的脑海里不断回放他说过的话,幻想着明天的再聚,心花怒放,飘飘欲仙,认为这是他对我的一种表示。心情冷静下来后,又很不自信地隐隐担忧,残酷的现实不过是一场跌宕起伏的欺骗。可是,他的眼神却如此真诚,今夜,他始终是真诚的。

周六清早六点,我迷糊醒来,立刻像弹簧一般腾起。陈佩琪昨夜回来得不算晚,我必须在她醒来之前离开,绝不能让她看到我精心装扮的样子,免得起波折。

我如履薄冰般地穿过客厅,偷偷摸摸地洗漱,仿佛进行一场危险的游戏。蹑手蹑脚溜出门时,有种顺利冲关的英雄之悦。我刻意选了距离小区门口一千米外的餐馆吃早餐,并将此定成会合点,在餐馆里等陆竞城到来。

我们俩会面时,陆竞城特意摇下车窗看了看餐馆门牌,问我这里有什么特色小吃,还以为我是个吃货,为满足味蕾而舍近求远。

我一直不清楚,陆竞城是如何看待我们三者之间的关系的。他似乎不曾刻意回避陈佩琪,也不想把我藏起来,难道他在拿我当示威的武器吗?作为对陈佩琪的报复。

情人之间这种低级的小把戏，我还是深有体会的。在大学里，我的同学和她的男友就以这种方式伤害彼此，为了出气和报复，相互地与对方的朋友谈恋爱，最终四个人大闹了一场，险些打架。

我的心事重重被陆竞城觉察了，他很直接地问我在想什么，把我吓到了。赶紧以笑虚掩，觉得还不是对他说明一切的时候，假装揉了揉喉咙，"今天早上的空气真呛人，我想我该戴口罩出门。咳咳……"我故意大咳了几声。

"今天早上有些雾霾，中午出太阳后就好了。"他一边开车一边答，在路口遇红灯时，他又继续说，"上海越来越不适合人居住了，都市的繁华只适合创造GDP。但是我不知道除了上海还能去哪里生活。"

"你在这里出生？"

"不，我五岁时来上海。"他看了我一眼，"大学也在这里读，交大毕业的。"

"你们是在大学里认识的？"我意识到自己很犯贱地说错话了，赶紧澄清，"抱歉，我想我们不该谈论这些，你别介意，我们换个话题。"我自我介绍道："我在昆明出生并一直到今年才离开，我觉得除了昆明，全天下都是我向往的地方。"

"这么说，昆明已让你产生城市恐惧症了。"

"或许吧。"

这时，路口对岸的红灯由黄变绿，我们的谈话也中断了，将在下个路口接上。就这样断断续续地，我们聊了很多东西，唯独不聊陈佩琪。我是没资格问，他是不愿交付，她是隔在彼此之间的醒目的柏林墙。

我不能强迫他，也不必显得太刻薄。人都会有一些相同的原则，遗憾的是，唯独在处理感情的方式上，总是你前我后，态度各异。在没将"我爱你"说出口之前，我们还没理由执行道德纪律。

马可乐的画展办得非常小众，是在复旦邯郸路校区内的一间展厅里，除了他请来的嘉宾，多数是本校的学生。他悄悄告诉我，展厅是教授向学校申请的，免费用，为期半个月。画展预期效果是他的美术班学员将会在短期内递增。至于画作的销售等问题，他则指望今后能在莫干山举办一场展出。

给陆竞城介绍时，我特意端出挂在家中的高仿油画来扯关系，非常郑重地说："他就是《星夜》的临摹者，马可乐先生。"

马可乐热情地高呼："久仰大名，刘舒常对我提起你！"与陆竞城激动握手。

他那出乎意料的热情，真是太够意思了，让我在一旁尴尬得脸红。真想不起何时对马可乐提起陆竞城了，似乎没有过这回事，他们这可是初次会面呀。

刚好陆竞城的手机响起，他转到安静的角落去接听。我赶紧拉住马可乐盘问道："我何时跟你提过他了？"

"呵呵，不用问就知道你们什么关系，"他贼笑，"我不这么说，哪能帮到你呢，是不是？"

我刮目相看地推了他一把，"你行，混社会有一套啊！"

"收敛点，"他飞快地斜眼，"你的神来了。"

我立刻拘谨，保持好淑女形象，转向陆竞城，看他一步步朝我走近。

没错，他是我的太阳神，掌管着我的天地生灵，喜怒哀乐，昌盛或灭亡。我的灵与肉虔诚向他膜拜。

看完画展，我陪陆竞城逛复旦校园。他对这老校区不陌生，轻车熟路，就像进了自家后花园。虽没说明往事的纹路，我亦能理解他对上海就像我对昆明，很早就在父母的口谕中知道你将在那座中学、大学里终结。每到周末，没事就骑车到每一所大学去瞎逛。

我们路过相辉堂，陆竞城变得兴奋起来，绕着礼堂四处看，像生物学家研究时间对自然界造成的变化一样。"大二的时候，我代表交大的思想尖锐分子，来这里参加过辩论会，"他指着一排桂树说，"当时是八月，桂花正浓。"

"你学的是什么专业？"我问他，心情愉快地跳上绿化带的水泥栅栏上，跟着他平行向前，绷紧的双臂微微两侧展开，以保持身体平衡。

"别提了。"他说，"大一时我学视觉设计，一年后我改学经济管理。"

"改专业？"我很吃惊，"为什么？"

"父亲的强烈要求，"他淡淡地笑着说，"其实，我觉得学什么都一样，等到工作后才会发现社会与学业，永远是风马牛不相及的两个世界。"

"这个时代，能学有所用是一种幸运。"我边走边说，"没福气的就像我们，充当社会劳工，用时间和精力兑换金钱。不过，我更觉得求学就是一条挤满了人的阳关道，工作之后才是各自的独木桥。"

我的身体突然失衡地晃了一下。他眼疾手快地伸手，将我扶住。我则大胆地抓住他的手不放，彼此不觉异样，十分默契。就这样，我们手拉手缓慢而有步调地走了好长一段路，那种并肩前行的感觉，平静而甜蜜，只见雨过天晴后的瓦蓝天空，云朵像棉花糖一般富有童趣，地面落叶婆娑，松柏苍翠依旧，我们是人间幸福的布谷鸟，我在心中情不自禁地唱着《You Belong To Me》："When a dream appears，You belong to me……"那时刻，来自他掌心的暖流，把甜蜜塞满我的身体，让我学会用暖暖的色调讲述眼前的世界，突然架空了我那曾历尽枯寂而沉甸甸的人生。

我们手牵手若无其事地到处逛，不怕旁人眼光，也不说明感情。逛到学生宿舍区周围，是一排小店。其中有间门面小而漆黑的店子，门槛边挂了一块写有"阿智的陶"的木匾招牌。我先闯进去看，是一间陶吧，别有洞天的一间大房子，亮着200W的大灯泡。墙壁发灰。周围一排金属木板混合架子，上面摆满形形色色的陶制品，有的扭曲怪异，有的上面写着粗拙文字，或者画有象征意义的图案。

"那些都是顾客自制的作品，委托烧出来的。"坐在中央一台转盘边的男人说，大约是老板。他多看我们，正双手扶住不断旋转的陶罐泥坯，寒冷的天气已将他的手冻得发红。

我问他这里哪儿还有地方做陶器，想尝试一下。老板头也不抬地说："等半分钟就好了。"

为此，我回头望了一眼身后的陆竞城，征求他的意见。他耸了一下肩膀，"只要你乐意，我会陪你。"

他这句话若是当成一句感情的表达，我想我的快乐会延续生生世世的。

老板找来一套围裙、袖套给我换上，之后很快扯掉之前的泥坯，换上新的底板，将一团湿漉漉的陶土放入转盘中央，预先做成碗状，然后起身让出位置。我仓皇起来，一手将陶泥往上扶，一手从中间掏，想做成水罐状。刚渐渐有了水罐的形状时失败了，陶泥倒在转盘上，还有不少泥浆飞出去。

"呀，完了！"我惊叫道，探头过去上下检查陆竞城那身昂贵的西服，"真不好意思，你的身上没溅到泥星子吧！"

"我没事。"他也忍不住低头检阅自己。

我走过去帮他找，每个细节都不放过，突然凑到他的脸上，四目相对时，我们都怔住了。他的眼睛一动不动，我看到瞳孔上的自己，大家都怔住了，无人敢进一步。那一刻，我完全被他的气息迷醉了，就像遇见飘荡着塞壬美妙诱人歌声的海洋，奋不顾身地纵身跳入，体验那种安慰自己又欺骗自己的美丽过程，潜进他迷幻而凶险的岛屿，亲吻他高贵的唇，做快乐的奴隶，哪怕最终化作白骨一堆。

突然，我清醒过来，后退几步，目光躲开他，像潜水太久胸腔缺氧一般深深喘气。"对不起……"我说。回到转盘面前，坐下来，筋疲力尽地用手腕搓酸胀的额头，庆幸自己没做错事。然而，爱上他真的错了吗？错误也许恰恰是不知他是否会爱我。

"我去为你倒一杯水吧。"他说，像是借此回避尴尬。

我望着他的背影，用手臂压住扑扑乱跳的心脏，发现自己既不懂索爱，也不敢去爱。这是不被宠爱的孩子所常犯的后遗症。

苦心奋战了一个多小时，我今生第一件陶器作品诞生了。在老板的帮助下，泥坯被端下转盘，放在工作桌上修整。陆竞城也参与进来，戴上一次性手套，用刮刀抹平陶器的肚子，我则手拿挤泥器做出泥条，在上面装饰，偶尔问他："这样好看吗？"他会给我建议，绝不是命令的口吻。这个男人温柔而宽容，极富耐心，与他工作真是种享受，那感觉，就如我们当初在厨房里做菜一样。

作品完成，我们决定将这件共同制作的作品烧出来。老板要求先付费，并且在陶器上面留下标记，或者是写上名字，便于认领。

陆竞城抢先掏钱包，"多少钱？"我没阻拦，有种说不出的滋味，在这座城市里，我感觉这样的场面很尴尬。

"两百元。"老板一边开收据单，一边说，写了写又问，"是什么名字？"

陆竞城抢先道："让我来吧。"他接过老板的收据单，在上面签字。

老板转身从工具筒里拿出一把针刀，"麻烦在陶器上写名字或者标记。"

我将针刀让给陆竞城，"还是你来吧，当是送我的礼物。"

他笑着眨了一下眼，接过我手里的工具，在陶器背对我的地方，蹲下来，认真地在刻着，没让我看他究竟刻了什么标记。而我，一心沉浸于又能收获礼物的欢喜里，没想到，这个男人还会对我拿出少年的浪漫。

两人做完泥浆工，在陶吧简陋的洗手池里洗手。我惦记着那只有可能破解爱情谜语的陶罐，渴望提前获得答案，或者是暗示，于是有些等不及地问："刚才你在陶罐上写了谁的名字？"

他正在水流中仔细地洗手，笑着说："别急，等烧出来就见分晓。"

我故作沮丧地叹道："你不给我提示，提货的时候万一我拿错了呢？"

"怎么会？"他笑得很开心。

"算我求你了，好吧？"我乖张地撒娇道，"是两个字的还是三个字？"

他笑着摇头，抖了抖手上的水，"单子在我这，到时候我们一起来取，不会弄错的。"他说，从纸巾盒里抽纸递给我。无可奈何，我只好接受他的好意，内心甜蜜蜜的，像棕熊偷吃蜂蜜一般，并希望从这一刻开始，他将给我永不断的惊喜。

这时，我发现他的发丝间有泥星子，立即严肃地说："别动，低头。"

他有些疑惑，仍旧照做了，微微地把脑袋低下来。我踮起脚，扶住他的肩膀，拿纸巾去擦发丝上的泥星子。第一次如此接近他，男人身上散发出的木质香气让人心碎，非常激动，又有点怕，手都颤抖了。

我的爱，他兴许感觉到了，伸手扶住我的腰。这让我好疑惑，与他静静地对视。没人开口，各自犹豫在胆怯和担忧里。

我忧伤起来，不管我们之间有多少禁忌，不管结果是美满还是虚无，我再也不想在暧昧中自欺欺人了，总觉得他将要离我而去，或许，过了今天，我们又将是两间房里两个世界里无法联系的两个人。

"你真的让我好喜欢。"我哀伤地说，"我爱你……"说完顿时感觉自己被掏空了。

"我感觉到了。"他说，默默地注视着我。

我笑了，眼睛飘出泪花。历经多少等待与盼望，不就是为亲口说出"我爱你"的这一刻吗？言语仅一秒，我却像一个舞者为惊艳的瞬间，不知下了多少苦功夫，等了多少千万年。而今，爱摊牌于彼此间，情势破土萌芽，我们不可能再做普通朋友。而他，他愿意放弃陈佩琪的情感森林，重新来与我建设一座爱情花园吗？

想到这，我惭愧地拭泪，急忙弥补过失，"对不起，我想我太自作多情了。你别往心里去。"羞赧地拿起外套匆匆离开，跑出小店，为做错了这件事而自恨，不停地骂自己是笨蛋。怎么就控制不住情绪呢，怎么就如此轻易地把那句话说出口，如果绝口不提，我不就能够一直为那个遥不可及的终点，执念一辈子吗？

而现在，就在还没弄清他与陈佩琪的关系状态之前，将一切捅破，逼双方做决定性的选择。假如他放弃，我也没什么可说的。假如我不放弃，只好在见不到他的孤独里永远自责，没有希望。

这时，我的手机响了，是陆竞城的电话。听到他焦急的声音，"刘舒，你现在哪里？"我欣慰得泪如泉涌，他找我来了，他能这样就足够了，真的，不需要他为我以身相许，至少他还关心我，这样在乎我。

"竞城，你别管我了，"我努力平复情绪，哽咽着对他说，"是我不好，我很清楚，你不要为我的感情有什么心理负担，我真的不需要你特意为我做什么，我是一厢情愿的。"

"可我真的很想为你做点什么。"他真诚地说，"这是心里话。"

眼泪啊，泪如珍珠的我感动得说不出话。此刻，发觉在身后有人走近，传来窸窸窣窣的足音，扭头一看，是陆竞城，他站在距离我十米处的地方。白茫茫的雪地，将那身穿深灰色毛呢大衣的男人映衬得显眼而突兀，让人来不及逃，想躲也躲不掉。

他大步朝我走来，非常果断。我心情忐忑地看他逼近，紧张得攥紧拳头。不知他想对我做什么，而我能想好的退路就是，找一个理由掩饰真实的感情，继续与他做朋友。

其实，我对他的唯一的奢求，就是能一辈子想见就见。

陆竞城走到跟前，默默地注视我，我也昂头大胆地注视他。他真美，没有瑕疵可挑剔。能这样默默无声地凝望，也是幸福的。

这时，他轻轻地牵起我的双手，在手背上轻吻，"其实，我是循着爱的气息来的。"

我羞涩地笑，"假如你不曾发觉，那就是我爱得不够深沉。"

他猛然把我搂进怀里，非常用力，心里似乎有一阵激动。那是他的选择，没错。我淹没在男人的体温里，感慨万千地紧抱住他，仿佛抱住了稍纵即逝的幻觉，不舍他松开。

那一夜，是我生命中最美的光阴。我们紧握的手，不曾松开过，不论是在路上，还是吃饭。两人并肩走路，面对来来往往的行人和车辆，你一句我一句地聊着投缘的话题，在雪后的寒风中甜蜜地欢笑。我感到多么荣幸，获得他爱的表示，与他携手走过上海的街道。我们去酒吧听歌，在舞池里跳舞，在慢摇的音乐中相互轻搂，他的下巴抵在我的额头上，多么温情，多么不舍。我们仿佛极寒酷雪中两只企鹅的依偎，幸福让大家都忘了彼此并非孤男寡女，能够在绝对的自由中平静地相爱。

我们就像不知疲倦的孩子，在酒吧玩到了子夜一点才离开。他送我回公寓，快到小区门口时，我焦虑起来，主动要求道："你在门口就把我放下吧，太晚了，你早点回去休息。"

"没事的，我送你到楼下，"他说，"雪还没完全化，路太滑了。"

我想了想，担忧地说："我就在小区门口下车，好吗？"

他没再推辞，完全明白我的心思，把车停下了。"又到忧伤的时刻了。"他说。

"我也不想离开你，"我会心地笑，留恋地在他额头上轻吻，"你回到家，记得给我信息报平安。"

"我会的。"他微笑着说。

我舒心地与他拥抱，热烈地亲吻，用于安慰离别时的痛苦。心有提防的我却忘了，这个时段通常是陈佩琪回公寓的时间。

果真是怕什么，就撞见什么，就在我们忘乎所以地吻别时，前面来了一辆绿色的的士车，有个身穿貂皮大衣的华贵妇人从车里出来。她看到了自己再熟悉不过的轿车，高兴地跑去。突然她愣住了，站在原地怔怔地看着，穿着透明丝袜的腿单薄伶仃，高跟鞋陷入冰冻的泥雪里。

她就站在轿车前方五米处，看到我从车里面带欢笑地钻出来，并热切地与车里的人挥手道别。当我也发现她时，她就像一根插在雪地里的华丽的木桩，神情呆滞，嘴巴张着不说话。而我，完全是与她同样的表情。

没人料到会是这样的结局。惊愕的陆竞城变得有些无措，却不回避地从车里缓缓地钻出来，怔怔地看着陈佩琪。我们三人对峙，天空几乎要塌下来。我非常羞愧，不知如何面对她，真是做了亏心事了。

我们都以为陈佩琪会当场发怒，大喊大叫，就像平时他们吵架一样。

奇怪的是，她始终是一言不发，看了看我，再看看他，脸上飘过一丝冷笑，笃定无言地转身走进小区。她反常的淡定多么可怕。

我吓坏了，不敢再回公寓，觉得丢人。确确实实我背着她，做了不光彩、不人道的事。特别是看到陆竞城心虚的神情，我就更加没有理直气壮的勇气。

等她走远后，我跑到陆竞城面前，问他怎么办，就想知道他对此事的看法。不管他倾向哪一边，我都会支持他的，并且采取一些必要的措施。

陆竞城却将我拉进怀里，两人紧紧拥抱。他轻拍我的后背，故作镇定地安慰道："刘舒，你不要慌。这道坎，必然是要跨过去的。只是现在，被动地要你承担一些压力了。"

我感觉他很沉重，深知他的艰难。而在这种时候他没临阵脱逃，还能给出抚慰，这已算是仁义了。

"我倒不是怕，就是担心你，"我主动承担责任，"早知如此，我们就该早点回来，或者是我自己打车回来。"心情无比懊悔。

"不说这些了。"他双手扶出我的肩膀，在我额头上留下轻吻，"今夜好梦，要梦见我。"刮了一下我的小鼻子，哄我听他的话。

我内心一阵蜜意，忍不住笑了，他这是在顶着压力哄我开心呢，多善良的男人。我能听出来，他连说话都有气无力的，十分疲惫，像负重走路的人，心里灌满了铅石。

为了减轻他的压力，我和昨夜一样，在他的脖子上留下轻吻，然后说："我爱你，路上小心。"

两人在冷风中依依不舍地深深拥抱，彼此在无言中相互勉励，世界宁静无风，仿佛暴风雨来临之前的黎明。

送走陆竞城后，我茫然了，心里还是怕。即使两岸亮着路灯，还是觉得面前这条路漆黑无底，暗藏着太多未知，所以让我举步维艰，步步惊心。

他的感情不愠不火，虽然也给了我尽可能给的爱和安慰，之前发生过的拥抱亲吻都不假，但并未足够让我单独面对陈佩琪。就算我们有一天要重新整理关系，与她说明此事的应该是陆竞城，而不是我。可是，在我们成为情敌之前，我们是朋友的朋友，是仅一墙之隔的舍友，今夜，理所当然我要面对她……想到这，我更羞臊恐慌，没勇气进小区，拐进附近的旅馆躲了一夜。

恐惧就像爱情一样，有时候是说不清原因的。

清晨，在旅馆的床上醒来，意念里立刻闪现陆竞城的脸。翻看手机，没有他给我报平安的信息，心里很担心，立马拨他的号码。

电话很快接通了，却一直没有声音，我的心头顿时升起一种不祥的预感，忧虑地问："一起床就想到你了，竞城，你还好吗？"

"你现在哪里？"他的声音很冷。

我很吃惊，他怎么会对我在哪里质疑，难道他知道我一夜未归？于是我反问他："你现在干什么？"

"佩琪她出了点事，"他很诚实，"我现在你们的公寓里。你呢？"

这个消息对于我来说，简直是晴天霹雳。听到陆竞城担忧的"喂喂"我才死气沉沉地说："我在旅馆，你忙吧。"

匆匆收线，感觉自己正坠入万丈深渊，碎尸万段。我遗憾地用拳头狠敲自己的脑袋，憎恨命运不公，怨自己昨夜下不了狠心，死皮赖脸地住在公寓里，也不至于发生了什么都不知道。如今，说什么都没用了，一觉醒来，世界全变了，曾经的甜蜜都随风飘散，如流萤幻灭。陈佩琪当然有办法玩转这个男人，不仅有本事与他吵，为在二人世界里争取到更多利益，同样也有能耐扯住男人的领带，让他乖乖地跟她走。

真是个聪明绝顶的女人，做到了我想都不敢想的事。

看来，我毫无胜算，虽不曾怀疑陆竞城的爱，却分明看到了他的弱点。既然他做出了这样的选择，已没什么可说的了，拱手祝福的应该是我，欠身而去的，也是我。

我不过是他生命中注定消逝的流星，仅此而已。

第十二章　忧伤并非空穴来风

我躲在旅馆里，不愿回公寓。赖了几天，觉得这不是好办法，决定回去面对现实，即使要搬家，也有必要当面说清楚。

下班回到公寓，客厅里昏黑一片，没有人声。我打开电灯开关，看到一切如初，好像未曾有人动过似的，唯有空气中流淌一种浓郁的各种化妆品混合的香气。

也说不清，那天晚上在这里发生了什么事，陈佩琪又用什么卑劣的手段，再将陆竞城拉到身旁。或许，他们之间的关系，未到分崩离析的程度，小吵小闹小误会，一把鼻涕一把泪，说和好就和好了。

而陆竞城，他不过是偶尔出轨的列车，我是一个与他有缘的搭车人。

"看来我真的要搬家了。"我抚拭屋里的一物一件，心里溢出不舍之情，说不清是我太过留恋居住于这里的舒适，还是怀念那个背弃自己而去的男人。想到要别离，眼睛就湿了。我的喉咙里始终苦涩，像含着一枚苦果，就算过去许多天，我还是不能对这个事实保持淡定。

可我必须走，再多的眼泪都要吞进肚子里，不让陆竞城为难，也免得三人难堪。敞开卧室的门，收拾行李，把原来从皮箱里搬出来的东西，再一件件地收回去。但愿能恢复到原来的我，坐看云起空山，闲听庭院雨落蕉叶，岁月静好，不再想他。

在公寓里等了几天还不见陈佩琪，不知她去了哪里。我只好主动联系，问她晚上何时回公寓。

在电话那头，陈佩琪只字不提那晚的尴尬事，好像我们之间不曾发生过什么，还用疑惑的语调问我有什么事。我直说："没什么，只是想跟你聊聊。"她说还有应酬，需要到十点后。

我想我愿意等。这样的等待不是第一次，但愿是最后的。

通完电话后，我把行李停到客厅里，表示我将去远行，不再回来。但是，不管去到哪里，过去多少年，我想我都不能淡忘这间公寓。在这里，我遇见终生难忘的男人，与他经历过千回百转的爱情，辛酸过，甜蜜过，这样就足以到老的时候，拿出来告慰寂寞了。

至于结果，并非所有难忘的爱情，都会有美满的结局。

陈佩琪回来得还算早，晚十点半进门。没喝醉，大脑清醒，穿得妖艳动人，浑身散发出酒精和香水混合的气味。

见到我，她的神情和往常一样友好，没丝毫波澜。很自然地坐在沙发上，懒洋洋地展开双臂，跷起二郎腿，很放松的样子。看到放在门口的行李，她有点吃惊，声音很轻地说："怎么，你要出差？"

我难堪得要哭了，不知如何启齿。她不可能对那晚的事无所谓，只是在装，不愿与我当面撕破脸皮罢了。不明白这是出于为人处世的原则问题，还是她在玩花招，逼我老实招供。

看她那不以为意的作态，我再也忍不住了，将准备好的结算清单递给她，用一种哀伤的声音说："我要搬走了，费用我已按离开的那天结算好，你过目。也不知还需要什么手续，那就请你指教了。"陈佩琪惊讶地抬了一下眉毛，动作迅速地接走我递来的单据，难以置信地看了看，鄙视似的噘了一下嘴。我趁机致歉，"佩琪，我感到万分抱歉。不再打搅你们。"

"这可是你自己说的哦，"她白了我一眼，漫不经心地说，"走，也是你自己先提出的，我可没伤害你，也没逼你，别到时候忘了又去找人哭诉。"

我有些懵了，不明白她为何要这样说，再次澄清道："没错，一切都是我决定的。"

她挺直腰，坐端正了，酸溜溜地叹道："刘舒，我看你就别走了，这房子不错，你就好好在这儿住吧。"

"不，我走。"我很坚决地说，却不敢抬头正视她。

"你最好还是留下，"她说，"因为我要走，搬离这套房子。"

我惊骇，抬头看她，难以置信。她竟然提早做出这样的决定。"为什么？"凭我对她的了解，这个女人才不会心怀善意地为别人着想，她要搬走，必定有其他原因，有可能这是陆竞城的意思，他要去到另一个我找不到的地方去，远远地躲着我，遗忘我。

"因为我要回家了，刘舒，"她狐媚地笑，"你以为你在和谁暧昧呢，那不是别人，是我的丈夫。"

我非常震惊，眼睛都瞪圆了，有种想说话却不知该说什么的愕然。

"我们早就结婚了，是在四年前的秋天。"她说，"只是一直没有公开消息，没有举办婚礼也没戴钻戒。不过，这种生活并不美好，我们决定重新开始，给彼此戴上婚戒。"她伸出左手，"你看，昨天他为我戴上的。"

她无名指上的钻石闪烁出的光芒，就像刀子割伤了我的心，让我的惭愧更加剧烈，懊悔更加惨白。

在陈佩琪幸福的笑容面前，我全傻了，不能面对这样的事实。这对夫妇居然在世人面前，完美演绎了一场逼真的非婚生活，把我这个整天与他们同住屋檐下的在读博士都蒙晕了眼，仿佛一个稀里糊涂的盲人，不曾把一些疑点看在眼里。原来，陈佩琪不在公寓住的时候，就是回他们的爱巢，她所谓的回家几天，不是回娘家。可是，他们为何要对世人隐瞒婚姻的身份，难道暧昧的关系才适合保持爱情的新鲜和长久吗？

而陆竞城，他究竟是什么意思，难道他对我张开怀抱只是逢场作戏，难道他的亲吻是一种情欲的冲动，难道，他是个厌烦了婚姻的烟火味，逃出围城去走一走的孩子？

我的心全乱了，事实完全与我想象的背道而驰，之前那些"为了他"的高尚情怀，被陈佩琪这三言两语打击得灰头土脸的，反过来，只能嘲讽自己是个大傻帽。

这下，我更觉得对不起陈佩琪了，神情讪讪地说："佩琪，说一句老实话，你到底恨不恨我？"

"恨，"她干脆利落地说，"连这种事都不恨，那就不是女人了。"

这话让我难受极了，像被泼粪一般，浑身龌龊，连自己都嫌臭。可我不明白，她怎么会突然变得这么宽容，通情达理。"既然恨，"我起疑地问，"那你为何进门的时候不骂我，或者是生气地跟我打一架？"我真的希望她别对我假装若无其事，而是凶神恶煞地嘲讽我，羞辱，诅咒，威胁……怎么样都好，而不是像现在这样，摆出一副菩萨面，佛祖心，假惺惺地让我羞愧，自己折磨自己。

可陈佩琪却哧笑，"我哪里敢呀！"

"怎么不敢？"我都被她的笑声弄糊涂了，"你也知道，我是最不擅长吵架的。"

"不行，不行，为了社会和谐着想。"她隐晦地说，然后把话题一转，"时间也不早了，我还要赶回家，我大概两天后来搬东西，到时候提前通知你。我走后就会有新的住户来，我希望你能替我帮房东把这房子维护好。"说着她站起来，舒心地呼了一口气，山河一片大好的感觉，用无比温馨的声音对我说："我走了，刘舒，你是个好人，我清楚，也希望你能好人当到底，给大家安宁。"

她的意思是希望我忘掉陆竞城，不要再去破坏他们的婚姻生活。

那晚，陈佩琪走后，我就像被雷电击傻的呆子，僵住了。不知是该悔恨地恸哭，还是该疯癫地笑，麻木不觉地坐在沙发上，整整一夜。

也不知是哪个时刻，我突然歇斯底里地哭起来。窗外狂风呼啸，冷意袭人，月亮都知人间事，早早地为我黯然而去。宁静的世界，其实是如此错乱。触手可及的爱，其实真假难辨。原来我多么傻，以为只要有爱就有明天，而此刻，我只想抱着绝望投海自尽，获得来自天堂的上帝的抚慰。

两天后的周六，下着绵绵冻雨，不是个好天气。陈佩琪坚持搬家，因为有住户下午搬进来，耽搁一天也不行。

那天早上，我闷在卧室里不吃不喝，失魂落魄地背对着房门坐在地板上，窃听外面的声音，从中去联想那些无言以对的情景。

他终究还是来了，客厅里满是他的声音，总听到他说："来，这个让我来……你别管，由我处理……你拿那些小东西跟上来就行了。"

温柔的男人，也给过我疼爱，在夜里亲吻过我，刮着我的小鼻子好声哄："今夜好梦，要梦见我。"

是的，我拥有过，而今还奢望什么？世间万家灯火，有人哭也有人笑，这就是生态平衡。就好比狮子吃掉斑马幼儿，角马踩死同伴过河，黑熊偷吃蜂蜜越冬，他人的幸福，总要建立在某一种痛苦之上，皆大欢喜都是骗人的。

虽然明白人间事理，我还是割舍不下他，含泪趴在窗台前，偷偷观察楼下的情况。见黑色轿车停在楼下，男人冒雨将巨大的行李箱放进车后备厢里。女人撑伞跑来替他遮雨，然后两人再回到楼道里，几分钟后再重复类似的动作。

躲在窗台边的我泣不成声，眼前又浮现第一次见到他的情景，他的面庞，他的眼神，回想起我们在厨房里做菜，他捧着烹饪书伴我左右。想起我们站在《星夜》面前谈论凡·高在几个世纪前作画时的情形。以及我们在复旦校园里阳光下的牵手，共同制作的陶器，在雪水满地的街头的紧紧相拥……还有在酒吧里听乐队唱歌，我跑上舞台对驻唱说："麻烦你唱一首《约定》行吗？因为今天是我和我的恋人的定情日，当是送给我们的祝福。"在极富爵士风的歌声里，我们相拥入舞池，他的下巴抵在我的额头上，他的体温燃烧了我……而结果呢，却剩我躲在遥远的窗台上，悄悄目送他撑伞护送陈佩琪上车，然后自己再回驾驶室。

难道这些就是他的爱吗？我不知道。博爱的男子，并不确定爱的对象，他就像持续燃烧的太阳，尽可能地把光芒赐予每一颗能感受到他的行星。

我曾被他照亮过，无论如何，也只能咬牙说知足了。他曾给过多少欢乐，此刻就要用多少眼泪回赠。就仿佛三生石畔上的绛珠草，对神瑛侍者所做的那样。

"永别了，我的爱。"泪如断珠，簌簌迅疾，所有的感受都是头疼欲裂。

汽车开走了，我的梦也醒了。

往好处想吧，他们的选择，不过是一种妥协，和平共处就为将生活的荒谬更好地过下去。

而我终于向现实投降，承认自己一直活在荒谬里。从一开始，爱情就从荒谬的关系中诞生。与一个"一毛不拔以利永恒"的女人同屋檐，莫名其妙地爱上她的男人，并决定像西西弗搬石头那样，将荒谬进行到底。

这回，我算是信了加缪的话，这个世界并不像存在主义者说的那样，一切都是有可能的。可我，已不能再用大脑里的知识体系，去强迫自己在这冰冷而又燃烧着的现世中，淡定地活着，将蹉跎走成自然，从彻骨的悲痛中，再找寻一丝幸福。

他们走后的当天下午，新住户就搬进来了。又是一对小情侣，两人年纪相仿，一脸的稚气。他们本科即将毕业，为找工作而选择住在这片租金不算便宜的住宅区。凭气质和扮相判断，都不是家境贫寒的孩子，多少还有些金钱同时光一起挥霍。

小情侣很闹，除了我的卧室，将家中的一切都当成他们所有，时常在客厅里嬉戏，在厨房里拌嘴，在卧室里模仿反恐精英游戏，玩的还是带塑料颗粒子弹的仿真冲锋枪。

当客厅到处都是橘红色的塑料子弹时，我找机会质问那男生："小李，我们找个时间签一下《住宿律法》，你看如何？"这时我才真正理解陈佩琪费尽心思建立这套律法的好处，人性本是丑恶，天生极具破坏性，唯有法制约束行为，才能符合人类群居中所需的良性一面。

男生惊了一下，鼓起腮帮吹气，有些紧张地问："什么律法，是不是陈姐要求签的那份？"

他呼叫女伴把合同拿出来，翻出一沓厚厚的打印件给我。

我看了一下，确实是《住宿律法》，上面签的是陈佩琪的名字，可见她对我的性格了如指掌。我有些难堪，将打印件递还他，"没错，是这份。"并严肃地说："既然签了字，麻烦你们按上面的条例严格执行。"

小情侣都有点怕我。因为从他们入住的第一刻起，总是见我一副苦大仇深的神情，刻板，严肃，沉默，从不主动与他们交流，见面也懒得打招呼，看人的眼睛似乎随时都要流下眼泪来，仿佛世界欠了我千亿元。

曾偶然听到小情侣在背后议论我。女生说："刘姐到底怎么了，永远都是一副闷闷不乐的样子，好像我们欺负她似的。"

男生则安慰她说："欧巴桑没生活，没人爱，基本都这样。"

他们哪里知道这套房子里曾发生的爱恨与纠缠，美丽与哀愁。

陈佩琪搬走后，我总感觉被头顶一朵吸水棉花般的乌云深深地笼罩，不管外面的天气是怎样的风和日丽，都有种被雨雪浇得周身不适的感觉。

于是我沉默，尽量少说话，就怕说着说着就突然失声痛哭起来。我冷漠，回避所有人关怀式的询问，以免我又会想起那些原因，在沮丧中更加沮丧。

不知为何，我突然在艾薇塔身上找到了相似的形态。

不同的是，她似乎一直都如此，活像一盆不开花的荫生绿植，悄然无声地活在办公室的角落，坚持用一种表情面对这繁杂世界，只用一种心情应付生活，一种态度看待人生。即使一大捧惹眼的玫瑰也撬不动她固有的漠然，始终无惊无喜，无苦无悲，像尼姑庵里的素面菩萨，以一种令人讶异的静默泅渡芸芸世界，依旧工作严谨，业绩突出。仿佛，她才是茫茫众生之中的似锦繁花。

我暗暗向艾薇塔学习，淡漠人间爱恨，安心工作，闷头把时间一天天度过。都说时间是治愈伤口的特效药，轮到自己才知道，那煎熬的时光都是抹在伤口上的一把盐。

偶尔还会想起他，每一次都忍不住热泪满眶。

也有想他想到发疯的时候，情绪激动，要死要活。一次次地拿起手机，想听听他的声音，哪怕只是愤怒地质问他，到底是为什么，结果竟是这样？

有一天晚上，我实在控制不住自己，拿手机翻出他的号码，勇敢地摁了拨通键。听到嘟的一声，我又慌起来，赶紧挂断，连连给自己掌嘴，骂一声："犯贱！"

我没有可以分享痛苦的人，大学里的闺密们都正在丈夫的怀抱中沉沉入睡。就算她们有空听我倾诉，听完也一定会尖声大吼："神经病啊你！"

我痛苦地克制自己，要始终对他保持沉默。绝对不问他前因后果。沉默是对他的宽容理解，也是对我颜面和尊严的维护。陈佩琪把话说得再明白不过了，他若有话狡辩，必定会主动找我。

他不来，这便是胜过千言万语的最好的证明。

失恋的日子太过煎熬，我开始读《圣经》，重新理解人类的苦难。正因人生的无望和迷茫，更积极探求于一种类似上帝的关怀。

而就在这时候，马可乐却主动邀我吃饭，说是有件重要的事商谈。

在熙熙攘攘的速食餐厅里，马可乐给我浏览他带来的画作，总共八十一幅，以漫画的形式呈现了一个男人的生活琐碎，深思，惊愕，无聊，疯癫，快乐，忧愁，孤独……生活中能想到的场景都融入进去了，充满奇思妙想。可马可乐却只想反映一个主题——思念。

“我想请你给这些漫画添文字，出版成册，”他说，“然后送给我的女友。”

我感叹，他来得真巧，正当是我忧愁无解，急于寻找出口的时候。“你希望我写成什么样子？”我问。

“散文，诗歌，都可以。”他说，“我想这些你都擅长。”

我冷笑一声，懒洋洋地靠在椅子上，沉默不语，并怪模怪样地微微噘嘴。

马可乐也不好意思再强迫，硬装无所谓地用吸管喝雪碧。

思考了一会儿，我昂扬起来，坐直了。“好吧，我接下这份工作。”我说，“但是有一个条件。”

“什么条件，你说。”

“你需要修改，”我说，“再增加一些画面，就女性部分的。”

“你的意思是……”马可乐拿起那沓画作，翻了翻，有些不理解我的想法。

“单相思并不太感人，反而觉得傻，”我说，“假如两个人在同一时间，同时思念、痛苦、无奈，同时沮丧、孤独、悲伤，却不能在一起，又无法解决这一切思念，那么不是更加催人泪下吗?"

"哈，我明白了!"马可乐兴奋地拍手，"其实就是增加女主角的部分。"

"没错，"我说，"最好是女主角在不同的场景，却有着与他共同的思绪和行为。"

"好，好，我知道怎么修改了。"马可乐信心满满地说，双眼放光。

这个其貌不扬的马可乐，真让我佩服，女友已离开快三年，他依旧还能保持那种刚失恋的心态，整天沉浸在思念里，日子越久，思念越浓，仿佛陈年老酒。我倒是十分期待他早日完成女主角那部分的画作，那将是我情感的一个出口，倾诉的介质，也当是送给陆竞城的最体面的最后告白。

我们的爱，开始得艰辛，结束得匆忙，连一个"为什么"都来不及问出。假如有一天，他毫无预感地偶然看到我在画册里写下的思念，但愿他能完全读懂那些并非空穴来风的悲伤。假如他至死也无缘拜读，至少这个世间还有我那关于爱的传说。

第十三章　相亲大运动的羔羊

我给马可乐的画册取名《恋爱时光我们这样走过》。

为画册配文字，给我带来了倾诉的快乐，不自觉地成了排解苦闷的良药。

我决定带着这份工作回昆明过年。闲来无事，就靠这消遣寂寞，阻止我再漫无目的地想起他，并抓狂地渴望他。思念一个不能去爱的人，原本就是玩火自焚。不能让母亲察觉我的惆怅，假如她起疑，我还有理由搪塞她，"我在创作绘本啊，当然要全身心投入了。"

飞抵昆明时，母亲到机场接我。一走出闸门，就看到一个形象全面翻新的时尚老妇人，在人群中对我热情地挥手，"小舒，妈妈在这儿！"她从人群中穿出来，笑吟吟地接过我手里的行李，拍拍我身后被座椅压皱的衣服说："你总算回来了。累不累？"

我说"还行"，揽住妈妈的背，往候车处走去。心里有些酸楚，半年不见，母亲的白发更多了，打扮却年轻许多，穿起与往常不同的红色锦缎棉袄，黑色呢子长裙，带水钻的印花踝靴，是同类中的时尚。这证明她已意识到自己的衰老。

刚上的士车，母亲就开始聒噪不停，向我倾诉前几天去胡家做客的感受。她对胡臣宁大为赞美，其力度胜过金牌推销员，所用的措辞，比电视产品广告还浮夸，看她那眉飞色舞的神情，就像刚逛商场回来后，非常明确告诉我，她就喜欢这个。

母亲越强化胡臣宁的好，我就越抵制，并且在心里祈祷，“拜托，不要再说了，我的耳膜都要爆了！”并干脆望窗外的风景，假装听不见。

为此，母亲生气了，她拧了我的手臂一把，埋怨地说：“你不听我说话，还有谁听啊？”

我疼得弹起来，委屈地斜眼瞪母亲，揉了揉被她掐痛的手臂，埋怨地说：“谁说我没在听的，你不就是让我嫁给胡臣宁吗？”

“你——”母亲想发作，气得脸都红了，无奈地哀声叹个不停。

“好了好了，我刚回来，你能不能给点清净呀，”我噘嘴撒娇，不冷不热地鄙薄道，“妈，我觉得你该去找点有意义的事来做，比如登山，绘画，旅行，什么都好，别再看电视节目了，什么好的都没学到，反而开始喜欢以摆布儿女婚事为乐了！”

“什么叫摆布，”她一板一眼地解释道，“我还不是见你都过婚嫁年龄了还没个主儿着急呀？”

"妈，我说一句心里话，你听不听？"母亲认真地点头，我又卖了一下关子才说，"假如早知道你要我回家过年的目的不是想我，而是相亲，那我宁可在上海将阳春面当年夜饭！"

"你敢？"母亲挥起手做打人状，像孩子一样冲动，"敢不回来过年，我就去抽断你的腿！"

我耸耸肩，求饶道："那就别把兔子逼急了。我要睡觉，麻烦你不要再说，行吧？"

在我示威游行般的激烈抗争下，终于迎来了片刻的宁静，但不代表就此获得民主自由。这可是她和胡家筹谋了好几个月的联姻战略，不会这么轻易地放过我这一道东风。倘若我想往西吹，她肯定会使出浑身解数，为扭转风向而与我抗争到底。

过去在电话里的那些斗嘴皮子，不过是军事演习。真正的大战还在后头，对母亲十分了解的我，已经隐约听到了挑战的号角。

回家什么都好，就是老被唠叨。

母亲非要我给胡臣宁打电话。这个命令真让人晕菜。我忍住委屈和愤怒，好声好气地反抗道："妈，你辛辛苦苦供我吃穿，送我上学，不许我这样那样，好不容易培养成博士，你怎么到了关键时刻就把女儿当大白菜贱卖了呢？"

母亲不屈服，"我没贱卖的意思呀，你说，你不打电话怎么跟人家联络呢？要不我请他来家里吃饭？"她还为突然想到的招数而自满，激动地说："对对，明天就请他来吃饭。"说完笑呵呵地走向座机。

"慢!"我当即厉声阻止,那火气呀,一直往我的脑门上冒,但还是强忍住了,阴阳怪气地说,"那种没见面就敢来岳母家吃饭的男人,我坚决不要,那么草率!"

母亲听了也觉得有理,此计失败,她急得团团转,"哎呀,你这不肯,那不愿的,到底想怎么样嘛?"

我伸出一根指头定住她,厉声说:"睡觉!"然后溜回自己的卧室随手把门反锁。任凭母亲怎么敲,我只回答一声:"我困了,回见!"

我死都不去相亲,哪怕胡臣宁貌若潘安,器宇轩昂,文韬武略,家财万贯,也不想敞开心扉,迎他进门。我有爱,不是灵魂空虚的女人,不必再找人来解决生存问题和心灵安抚。虽然,我很清楚,陆竞城是个美丽的错误。这场思念没道理地开始着,总有一天,也会被现实无理由地取缔。如今,一切都像宿命似的应验了,可爱情是真实存在的。他就在那里,不远不近,就住在我心灵的隔壁。只要一天不能忘掉他,我的心就会自觉地傻等一天,躲在暗处,犹如躲在温暖的被窝里滋养自以为是的爱情。更确切地说,是滋养溃烂的伤口。

忘不了他,就等于我感情世界的悲剧。不管是谁再走进来,不仅无法取代他,结果只会两败俱伤。既然如此,我宁可驻足留守,终日写着向他告白的文字,用诗词美化思念的残酷,不再期望被拯救,也不想从不慎陷入的爱海中逃脱,然后辜负别人,也辜负了爱情。

可母亲不允许我这样做,真让人烦。她不懂我的心是满的，里面住着一个不能相爱的男人。她还将我当成三岁小孩，不停地劝。劝不听就训，再不行就下死命令："今天你必须给我把这个电话打过去！"

我的大脑都被她吵得要炸裂了。可母亲却没一点怜悯式的停歇，反而变本加厉地对我施威，连理智都难以保持，大概是在他们家做客时立下承诺，等女儿回来就与他联系。

那天早上，她的忍耐抵达沸点，一刻也容不得我有丝毫忤逆。一起吃早餐时，她喋喋不休地摆大道理，推心置腹，就是希望我能乖乖就范，接受她安排的男人。

早餐都吃不下了，我怄气回到卧室，反锁门，想写点东西，好让心情冷静下来。可母亲就是不肯放过，用晾衣竿不停地打门板，真是一刻也坐不住。我真的生气了，猛然打开门，用很凶的表情唬她，还真把她吓到了。

母亲的脸一皱，哭了起来，"好了，好了，我不逼你。"委屈地说："你长大了，翅膀硬了，当我是老糊涂，说什么都不听了。"

真受不了母亲的眼泪，一下子就把我的心泡软了。明知哭诉也是她的战术之一，我亦不再抗衡，将计就计地拿起手机，按纸上写的电话号码打过去，当着她的面，非常直接地说："喂，请问是胡臣宁吗？我是刘舒。晚上有空吗，我要见你，地方由你定！"我听了一会儿电话，然后很生硬地说："好，再见。"当即挂断。

母亲被我唬得一愣一愣的，神色慌张地问："啊？你怎么这样说话呀，好歹是个优秀教师家庭培养出来的孩子啊，一点矜持都不懂，你这不是给我丢人吗？"

"怎么了，我说话不好听是吧，"我白了她一眼，故意凶巴巴地说，"你不就是要我跟他见面吗？现在好啦，晚上我们就见，你也该心满意足了吧。"

"成心是气我，就是气我！"母亲溃败下来，哀伤地说，"你爱怎么样就怎么样吧，我再也不管了。人生是你的，反正我也老了，再看不惯也看不了几年了，实在受不了我就寻死去！"

母亲这话真让我揪心，可我怎么能用爱情这件事来哄她欢心？我的爱原本荒唐，她势必理解不了，况且，这桩恋爱发生得浑然天成，没有道理，它看上去永远是一块棘手的璞玉，绝非人见人夸的翡翠。

将要去与胡臣宁见面之前，母亲毫无喜悦之色，满脸是一种提前预知结果的消沉。她没再对我的衣着打扮唠叨，臃肿的黑色羽绒服，牛仔裤，雪地靴，裹上蓝白格子羊绒围巾，头发披散，素颜，只用了一点防脱皮的亮桃色唇膏。

我出门时，母亲故意躲在卧室里，没一声叮嘱，想必是不愿亲眼看我如此糟蹋她辛苦挑选的好亲事。我是无所谓了，既然他们把儿女婚姻当作戏来导演，那我何不迎难而上，唱他个姹紫嫣红，壁断垣残！

我想，我应该是这相亲大潮中，最心术不正的一个。

我故意提前半小时到达约定地点。在餐馆门前，我打胡臣宁的电话，假如他还没来，我就借此发作，回去有话交差了。

然而，我的小聪明比不上他的神机妙算。我听到有个北京腔混合"昆普"的声音，正与我手机里说着同样的语言。扭头一看，有个男人在仿古红木镂空屏风背面对我挥手。他相貌普通，没戴眼镜，身材有些鹤立鸡群，身穿米色的夹克，里面套着一件酱紫色衬衣，表现出刚从北方转战南方的抗冻力。他与陆竞城完全是两种人。

他走出卡座，上前迎接，伸手与我握手，"你好。"

我没接受他的友谊之握，男女授受不亲，况且我来见他的目的就是划清界限，永无往来。

我们双双入座，还没坐稳，我就单刀直入地摊牌，"我不想结婚，这相亲完全是为应付老人家。回头你对你妈和我妈说，你一百个看不上我。吃饭也就算了，昆明不习惯AA制，吃了谁的都不舒服。"

原以为我这出牌不俗的伎俩，能吓倒虔心求偶的男人。没想到，他只是淡淡地笑了一下，如释重负地说："老实交代，我也是奉命而来，为的是过一个宁静的春节。"

我瞪大眼，忍不住扑哧一声，笑大了。"原来是同道中人，幸会，幸会。"有一种同流合污的亲切感。

他讪笑，"这相亲，怎么说还是感觉怪怪的。我最担心的是，万一说好，父母肯定就要逼我们闹洞房了。"

"肯定是，"我深有同感地说，"他们势必要在我们离开之前把契约给定了，否则夜长梦多，睡不着觉。"

胡臣宁为我倒茶，突然问："你这是第几次了？"

"黄花闺女上轿，头一回！"我毫不客气地端杯子喝茶，一副侠女口吻，调侃道，"你呢？"

"别提了，"他很羞愧地说，"我对老妈说过很多次，不想结婚，她就是无法接受。"

"你为何不想？"

"对婚姻不信任。"他说，"如果遇到相爱的人，厮守一辈子自然而然，可，一旦爱情被形式化，我就难以接受了。还有丈母娘那些学区房呀，家用车呀，婚礼呀，聘礼呀……头疼。"

"看来，你这是一朝被蛇咬，十年怕井绳。"我呵呵地笑，"一次后怕否定全部。"

"难道不是吗？"他说，"你看看那些媒体怎么吹的，好像婚姻是钞票糊成的纸盒，女人为钱感动地结婚，也能为钱仇恨地离婚。爱情呢？都到哪里去了？"

"爱情？"我呵呵地笑，"是一个有强大精神力度的人时刻追寻的恒星。渺茫，遥远，但却看得见，并被不少人证实过它的存在。"这话说得我自己内心感慨。

"你说的没错，爱情是虚幻的，是偶然巧合导演出的一部好戏。"他感慨地摇头，看外面夜色已浓，华灯初上，他说，"不如我们点些菜吃，好好地畅谈一番？"

我做了一个"请"的手势，他大呼服务员，这"不以恋爱为目的"的晚餐就这样开始了。吃喝聊天，不亦乐乎。

晚上十点，一进家门，我连鞋子都还没换好，母亲就冲过来叽叽喳喳地问个不停，急得像热锅上的蚂蚁。我直接告诉她，没下一次了，这个男人根本不是我喜欢的对象，我也不是他的菜。

母亲不信，还问："那你为何不赶快回来吃饭？"

我撒谎,"餐馆隔壁有电影院,进去看贺岁片了。"

"你们俩一起看的?"

"你做梦去吧!"

母亲的脸立刻阴了,比包青天的还黑,并且将客厅当成衙门公堂,将我审讯一番,非要我列举出看不上他的原因。

我真的被逼急了,生气地说:"妈,你这就不对了,你干吗非要逼我说人坏话呢,他又没伤害过我。看不上就代表着没感觉,不来电!明白吗?"

母亲无理可辩,就以没内容的咆哮发泄情绪,"我就知道,你根本不会珍惜我的良苦用心!"然后悲愤地冲进卧室,关门声好大。显然,她对这场相亲寄予过高的期望,为此计算过太美好的未来。如今因我一句"看不上"让一切幻想失去了意义,她就像犯了第二次更年期综合征一般,浑身是内分泌失调的症状。

我有点怕,从未见母亲这样情绪激动。她妄想用巨大的怒火将我制服,纠正我的错误想法,像小时候认识对错那样,在她的大道理里变得顺从。

她不曾将我当成一个将届三十岁的成年人,而是一个襁褓里的婴儿。我好失望。

十一点,胡臣宁却主动打来了电话。他问我情况怎样。我无奈地说:"还能怎样,我妈非常生气,并且非常忧伤。你呢,至少比我好些吧?"

"你说呢?"他呵呵地笑,"就算我身经百战,基本也斗不过家里的两位诸葛亮啊。"

"烦透了……"我转进被窝里，懒洋洋地说，"你说，要是我们一辈子不结婚，这些老人家是不是到死都不放过我们呀。"

"我妈是这个态度。"他笑。

"那完了。"我有气无力地说，"我看我妈的思想也不会进步到哪里去了。早知如此，我就不回来过年了，一点都不开心，简直是找罪受，还落下个不孝的骂名。"

胡臣宁在电话那头一直笑，都把我笑得心发毛，责怪道："你笑什么呀，难道我说得不对吗?"他说"是是是"。我无奈地叹道："真希望快点过除夕，大年初一我就订票飞上海。你呢，什么时候回北京?"

"我要晚点，多陪老人几天。"

"唉，我真佩服你，我已快撑不下去了，非走不可。"

他又笑，然后问："明天你打算怎么过?"

"还能怎么过?"我说，"兵来将挡，水来土掩呗。"

"不如明早和我去打羽毛球?"他说，"我加入了一个俱乐部，他们明天有聚会。"

我想了想，还是拒绝了，既然不喜欢，就不必欠下太多的恩情和记忆。虽然蹲在家里听母亲的咒骂和眼泪是一种酷刑，但是我还有一扇窗。每当坐在电脑前为绘本赶稿时，就能感受到由绘画和文字带来的阵阵清风，让我化作一叶轻舟，百鸟朝凤般地飘向爱的地方。

可不知为何，胡臣宁的电话老是打进来。午间，他问我吃饭没有，在干什么，然后流水账似的叙述了他从上午到现在所干的事儿。他那样子，好像丈夫怕妻子牵挂，而主动报告个人情况。

下午，他的电话又打来，非常模式化地询问和报告，最后问我吃饭没有，不如跟他一起参加一个聚会。我精神不济地说："抱歉，我需要陪妈妈吃饭。晚上还有些事要做。"

晚上，他的电话在晚饭后打来，约我去逛花市，认为只要是女性就爱花，还会像老太太那样买一堆折价鲜花回来精心装饰小屋。

后来他说："不如我们去丽江吧！"他以为我们都已熟悉到可以在异乡独自吃年夜饭了。

非常不幸，我全都拒绝了。没用任何借口，不愿意就是不愿意。

即使如此，胡臣宁的电话却没因此消停过，他总是约我去这里去那里，希望我参与他任何喜欢的事，以为这位曾与他聊《国富论》的女子，就会对他爱屋及乌。

突然有一天，母亲接完一个电话后，就气咻咻地来敲我的房门，"小舒，你出来，我问你，到底是怎么回事？"

我从门缝探出头来，不解地问："怎么了？"

母亲气呼呼地说："你这丫头，我苦心教育你几十年，还是撒谎！"她用手指节敲我的脑门，"他明明喜欢你，你却老躲着人家，你老实告诉我，这是为什么？"

"是谁说的？"我莫名其妙，他喜欢我，怎么连我都不知道？

"你别管，"母亲很严厉地盘问道，"你老实告诉我原因。"

我懵了，吞吞吐吐地说："什么原因？他问我有没有空，我说我忙，就这样啊。"

"你忙?"母亲气得浑身发抖，"还有什么事能让你忙到连终身大事都不顾了呀。"

"接了朋友的绘本文案创作，有很多稿件要写呀。"我无辜地说。

"你就是成心气我，"母亲怒气冲天，我都担心她会心脏病发作了，她喘着气说，"你现在就打电话道歉，今晚我不做你的饭了!"

"我不打，"我固执地说，"大不了我自己在外面吃饭。"

"刘舒，你是不是要活活把我气死啊?"母亲真的气疯了，"好好的一段姻缘，你怎么就不珍惜呢，你想拖到什么时候啊，罗涛咏都生孩子了，你还惦念着他干什么?"

"妈，你不明白，"我避开她鹰一般锋利的目光，在对面的沙发上一屁股坐下，真希望她不要拿罗涛咏来扯事，"拒绝一个我不喜欢的人，我有错吗?"非常认真地恳求道。

母亲怔住了，这才稍微冷静下来，拉了把椅子坐到我面前，语重心长地问:"那你说，他哪点不好，哪点就配不上你了?"

"妈——"我不耐烦地说，"不喜欢就是不喜欢，你别问那么多了。"

"头疼，"母亲敲自己的脑袋，失望地转进厨房里，不停地抱怨道，"你们这些年轻人，真让我头疼。你说，罗涛咏哪点好? 你就偏偏跟他，现在有这么好的年轻人追求你，就偏偏不喜欢……"

我实在受不了她了，操起钱包和外套冲出门去，随便她怎么想。从来，她都能用刁蛮的撒娇将我击败，就因为我是女儿，除了逃避，再没其他好办法。令我愤慨的是，胡臣宁竟然出卖了我，说自己是不婚主义者，以此击溃我的警惕后，却在背后对老人们散布谣言。

坐在小区花园的凉亭里，诸多委屈无处申诉，也无人理解。越想越不服气，怒火攻心的我拨通胡臣宁的电话。

他毫无预感，用非常惊喜的声音说："刘舒，怎么是你？"

我尖着嗓门，劈头盖脸地对他吼："你什么意思？说自己不想结婚，却又在父母面前说喜欢我，你非要这世界鸡犬不宁、把我逼上绝路你才安心是吗？我真没想到，你是表里不一的人，嘴上一套，背后一招。你……"我忍住即将脱口的脏话，觉得为这样的人损失自己形象不值得。

他慌了，不停地说："刘舒，你冷静些听我解释……我没有骗你，不想结婚是真的，我喜欢你也是真的……"

"混蛋！"我吼了一句，粗暴地把通话掐断了。非常委屈，感觉自尊心被狠狠地欺负了一把。

那天，我去市中心游荡，不愿回家，以此向母亲抗议。春节期间，城市突然间失去了喧嚣，寂静而忧伤。昔日繁忙的街道，只有公交车偶尔往来。小店都关门了，人们都往故乡赶，城市就像一间正处停产期间的大工厂，城池落寞，高楼大厦在稀稀拉拉的鞭炮声中沉睡，显得极其疲惫。

城市只是人类的工作间，不是温馨舒适的卧室。这里能生产物欲，却造不出美梦。

在市中心所剩无几的热闹里，我在电玩城打发时间，关掉手机，在游戏里狠狠地发泄了一顿。像我这样没有自由的人，也只能用肤浅的欢乐来聊以自慰。

.

我疯到晚上十二点才回家，身上还带着些许酒气。开门进去时，第一眼看到胡臣宁，立刻就怒气填胸，双眼冒火。母亲从沙发里探出头来，脑袋很快缩回去，没太大的反应。胡臣宁却走过来低声责备："你怎么把手机关了？你妈都……"

我不分青红皂白，很不客气地打断他的话："胡臣宁先生，麻烦你今后不要再来我们家，我和你不会有任何的瓜葛，也消受不起你的任何帮助，更不想可怜巴巴地获得你们家的援助，虽然我们只是孤儿寡母。"

这话真是够难听、够锋利的，胡臣宁的脸变暗了。这时，母亲站了起来，一手撑住沙发，一手捂住胸口，怒喝道："刘舒，你怎么能这样说话，立马给我道歉！"

我咬牙不从，除了青春期时为不穿一条她送的裙子，我从未这样与她对抗过。

胡臣宁怕了，急忙安抚我的母亲，"伯母，您别生气了，注意身体，大概是刘舒她误会了。"

"再怎么误会，也不能这样不讲理。"母亲一边咳嗽一边歇斯底里，"他是客人，而且是我请来的，你跑出去那么久都不回来，没一声交代，还关机，害我一个老婆子到处找，胡臣宁他都为我跑了大半个昆明了，你知不知道？"

我咬牙，忍住那些莫名的腾腾怒气，却不曾对他有半点歉意，而是冷嘲热讽地说："你做得很好，但不必为我这样，不值得。明白吗?"胡臣宁的脸都青了,我才不管,就要当着母亲的面,拧断这份感情,"我对你毫无感觉,一点都没有,更谈不上喜欢。你根本就不是我喜欢的那一类型。"

"刘舒,你住口!"母亲气得怒目圆睁,失望地用拳头不停地捶沙发靠背。

胡臣宁怔怔地凝视我,可能是感到被羞辱了。他思考了片刻,最终还是妥协地说:"好吧,我尊重你的意见。再见。"然后大步从我面前走过。

那一刻,我的心是酸的,因为体会到他的感受。假如他真的喜欢我,肯定是我当初站在窗台边,哭着看陆竞城撑伞送陈佩琪上车时的心情。

离别是世上最直白的痛苦,不管是生离还是死别。

而就在此刻,母亲大喊一声"造孽啊",突然晕过去,木桩一般倒在地上,发出咚的一声。

我尖厉的惨叫把刚迈出大门的胡臣宁又唤了回来。在我最惶恐无助的时候,是他抱起我的母亲,开车送她进医院。

在这场对抗中,母亲再次胜出。我就如十六岁时一样,由于忍受不住她的折磨,乖乖地穿上那条曾发誓死也不穿的裙子。当年她用的是暴力,而这一次,她用的是生命。

那天晚上,胡臣宁陪我守夜。我没再驱赶,其实是根本无意去在乎他,心都被母亲的病情给撕碎了。深夜两点,胡臣宁在走廊外给家里打电话,我听到他说:"妈,我今晚不打算回去了……伯母没事,都稳定下来了,刘舒还算好,情绪有点低落……嗯,我知道,你不用担心,我会照顾好她们的……"

通完电话，他走进病房里，坐在我身边默默无言。从家里到医院，他不曾对我说过一句话，或许还在为我对他的羞辱心怀恨意。可是，他这样做算什么啊？他对家里的表态，完全把我当成了女友，假如我们再这样默默无言下去，发展到最后只好被动地低头默认了。

我焦虑不安，走出病房去透气，犹豫了一下又退回来，对胡臣宁说："你出来一下。"

我们俩坐在空无一人的走廊里，惨白的灯光打在身上，像两个在冰天雪地里无法相互取暖的仇人。他把脑袋靠在墙上，闭目养神。我有些犯难，狠话刚才已说尽，再重复，那可真是要树敌了。

我很为难，也疲惫不堪地把脑袋靠在墙壁上，呆滞地仰望天花板，"胡臣宁，你走吧……"我发出幽幽的绝望声，"不要在我身上浪费时间了。"

他沉默。他毫无反应的模样让我心虚。

过了良久，他才问："我真的那么让你讨厌吗？"

"你骗了我。"我反应剧烈，身体腾地挺直，"难道忘了你开始时怎么说的，你不想结婚，可你现在却出尔反尔，而且你还对这些老人家说是我拒绝你，伤害你。你看到了吗，结果就是我妈——"我压低声量，声形并茂地说，"她现在躺在病房里，你让我们连母女都做不成了，难道还不足够我恨你吗？胡先生，行行好，我就这么一个亲人，失去了她那我就叫孤苦伶仃，知道吗？而且，你忍心让一个四十八岁就守寡的老女人再受这样的折腾吗？"

胡臣宁沉重地叹气，低头说："对不起，都算我的错。今天下午，你妈给我电话，说你不见了，非常焦虑，所以我就跑过来替她找。真没想到会发生这些事。"

"呵呵……"我冷笑，"你不了解我妈，她现在把一切的罪过都推到我身上了。她和你妈现在是好朋友，我真不知道你到底是怎么对你妈说我们的事的。"

"可是，我确实喜欢上你了。"胡臣宁傻傻地说。

我难堪死了，坚定地说："这没有用，而且我一开始就声明了，不想结婚。"

他无语，只是喟然长叹。

"你还是回去吧，"我劝他，"现在就走，我自己一个人守夜就够了。"

他没动身，双手插在羽绒服口袋里，低头沉默。我催他走，而他却说："我已答应我妈了，今晚照顾好伯母。"那样子，真是一个听话的好孩子，愚孝。

我没辙了，随便他吧，再驱赶下去，可真是要积怨了。搞不好他又在背后向母亲告状，将我的卑劣态度添油加醋，胡扯一通。之前有过教训，我要防备些，不敢太过得罪他。这个男人现在可是母亲眼中的大红人，还未有半点关系，就将他视同儿子了。

我们沉默地并排坐了一夜。无人退让，都是固执的人。

母亲的病无大碍，次日早上七点醒来，看到我们俩一同冲进来，欣慰地笑了。

她这一病，倒是病得恰到好处。九点后，胡家二老一起提着水果和补品来探望，两家人算是都认识了。

病房里欢声笑语，其乐融融。

胡母是一个气质尚好的老太太，听说还是老年合唱团的领唱，年轻时曾在文工团当过台柱，只可惜儿子没半点接得她的美貌，倒是和父亲仿佛一个模子打出的月饼。

胡家父母对我还算是满意。胡母进病房的第一时间，就把我认出来了，她非常热情地过来与我握手，"是刘舒吧，这闺女长得眉清目秀的，跟母亲一样好看！"

这话真是抬举了，我从未觉得自己很像母亲。倒是母亲比较高兴，乐得都不像个病人，母凭子贵，这下我切实体会到了。

胡父看似也对这桩姻缘满意，他高声安慰我母亲说："妹子，你安心养病吧，等出院了，身体利索了，咱一起聚聚，吃顿团圆饭。"胡父祖籍湖北，在云南住了三十多年还是一口家乡腔调。

看着父母们欢心，胡臣宁宽慰得满面笑容，还悄悄地瞄了我一眼。他的孝顺让我更加担忧和排斥，婆媳关系之所以紧张到难以调和，多半因这种男人而起。

他们越高兴，我就越难受，欢笑声让我头疼得都要炸开了，找借口说出去买早餐，溜了出去。

不一会儿，胡臣宁追出来，说要陪我去。我很凶地瞪了他一眼，总算把他击退了，没跟上来。进电梯时，我有种说不清的哀怨。似乎认可这门亲事的人将越来越多，最后只剩下我一人在反对。难道我就只能束手就擒地随局势陷入婚姻的深潭里，再和一个根本无法爱上的男人，在夫妻关系中做一辈子的敌人？

婚姻是人生的填字游戏，放什么样的人进来，就会有什么样的答案。我无法接受。这种时候，特别地想陆竞城。越是想他，我的反动意识就越强。情绪冷静些后，我的心境又陷入另一种悲观中去，清楚地看到，在这条被他们铺垫好的通往婚姻殿堂的路途上，我一个人的抵抗真是太薄弱了。

原以为，胡臣宁和我是一伙的。这个可恶的家伙，他骗取了我的信任却背叛了我，还在父母面前表现得那么虔诚。而他越是这样，我就越觉得他虚伪，瞧不起他，就算抗争到底，伤痕累累，我也不想屈从，被他收复。

母亲在三天后出院。胡臣宁主动来当孝子，专程到医院接我们回家。那天，母亲有着少见的亢奋，在胡臣宁面前有说有笑，那精力勃发的样子仿佛未曾生过病。

我始终一脸僵冷，不曾对胡臣宁说过一句话。假如他的眼睛追过来，我就敏感地躲开，或者是摆好一张懊恼的面孔，让他的目光不好意思地缩回去。

我发誓永远不给胡臣宁好脸色看，不管他会对我做出多少感天动地的举动，直到他知难而退，对老人家们承认，他不再喜欢我。

回到阔别三日的家，母亲一进客厅就感慨。或许那夜的争吵还历历在目，而今三人同时进屋，她将那些波折当成了虚惊一场。

胡臣宁将行李放下后，就向母亲辞行，"伯母，我还有点事，先走了。您多休息，注意身体。"话一说完转身就走。

"哎，小宁！"母亲慌了，急忙把他拦住，逞强地说："家门都进了，哪能空着肚子回去呀，吃了午饭再走，有再急的事，人也总要吃饭的吧。"她可舍不得就这样放人。

胡臣宁有些为难，想留下又不敢妄为，仍旧推辞道："伯母，我看今天就算了，您刚出院，哪能再劳您辛苦。改天吧。"

母亲就是不肯放过他，算盘上的那点小九九都打好了，她抓着胡臣宁的手，笑眯眯地说："我生病了，今天什么都不做，这午饭呀就让刘舒来煮，她的手艺还不错。"

我瞪大了眼，顿时觉得自己再一次被出卖了。我质疑地扭头对母亲傻笑，但愿她能马上收回成命。可母亲却扭头催促道："你还不快去洗米下锅，人家还要赶路呐！"

我没辙，努力将涌上喉咙的气焰吐下，气哼哼地走进厨房，心里还忍不住怨道："好吧，就让这一辈子望儿无果的老女人好好地意淫一番吧！"

胡臣宁已看出我不悦，又无法拒绝母亲的盛情，或者，他也很想品尝一番喜欢的女人的手艺。切菜的时候，我就在心里矛盾，要不要在饭菜里做手脚，多放几勺盐。这时，母亲竟然走过来检查工作进度，还低声威吓道："你给我认真点，别搞小动作。"

我对她瞪眼，手握菜刀用力剁了一下砧板，以此作为抗议。母亲不示弱，做了一个"敢胡来就抽你"的手势，我察觉胡臣宁正走过来观望，便咳了一声提示她，这下，母女俩才停止了对峙。母亲则拿起一只小碗给我配佐料，假装帮忙。

三菜一汤摆上桌，胡臣宁不禁啧啧赞叹，这够让母亲面上有光，扬扬自得。我高兴不起来，他又不是陆竞城，管他是喜欢还是讨厌，全部与我无关。

吃完饭后，母亲命我送胡臣宁下楼。我没抗拒，憋大半天了，骂人的话都积到脖子根了，恨不得找个机会发泄情绪。

刚出家门，我的怒火就压抑不住地喷出来，语气凛冽地警告他道："下不为例，今后你别来我家了。你对我们做得再多再好也没用。"

他一言不发，仿佛没听见似的，沉默仿佛是对我的藐视。电梯的门开了，他迈步进去，我也跟去，非要他做出表率才肯罢休。从十七楼到一楼，只有我们俩，被迫地困在一个狭小的箱子里，就仿佛我们的缘分，毫无自由可言，我却只有被迫的压抑。

出电梯，只见阳光和一股浓郁的火硝味道从玻璃门禁映进来，给人间增添了几分过年的气氛。我刷卡打开门禁，拉住门请他出去。他看了看我，只是眼睛眨了一下，昂首阔步往前走，根本不把我放在眼里。

原来，他是这么一个霸道而冷酷的男人，不讲理。碰上这种冷暴力的人，真是倒八辈子霉了。我决定将他这种可恶行径告诉母亲，让她好好地瞧瞧，她这老眼昏花的老婆子，究竟给我相了怎样讨厌的男人。

等电梯上楼时，我的手机发出信息提示声，居然是胡臣宁的，那些文字煽情得让人纠结，他说：

我做的一切并非全为你，只是我觉得自己应该这样做。

我不清楚他这话是什么意思，一阵冲动。跑出小楼要去找他理论，在主干道上，我看到他的车正在小区出口处缓缓通过。追逐已没必要，而我又要追问什么呢？该与不该，都由自己说了算。说到底还是我的问题，是我太过于迷恋陆竞城，忘不了那些黏稠如蜜的记忆。我的心被爱情的惆怅塞得满满的，谁也进不来，不管是谁来敲门，我只感到烦。

大年初二去胡家拜年。

一大清早，母亲就唠叨我。一是嫌弃我昨晚睡得太晚，早上九点还赖床，导致因睡眠不足而面色蜡黄，眼睛浮肿。二是逼我穿她买给的红色长款貂毛领呢子大衣，让我感觉自己是个上门招亲的红娘子。

见我还穿那件黑色羽绒服，母亲又开始啰唆了，"不行不行，赶紧给我换，你这样子怎么见人呀。"然后又催我赶快化妆，胡臣宁都在楼下等了。

这下，我生气了，扯下围巾甩在沙发上，懊丧地说："我不去了，你自己去。"

母亲一惊，立刻态度一百八十度大转弯，"你这孩子，这么大了还要脾气，"她好声好气地哄，拿起围巾给我系上，"赶快梳头，别让人家等久了。"

"你对你的女儿这么没有底气，又何必去高攀人家？"我白她一眼，忍无可忍地说，"而且，我已经说过无数遍了。不想嫁给这个男人，你又何必来强迫我，让我难过呢？"

母亲愕然，呆住了。紧要关头，她没敢对我强硬，心痛地闭上了眼，好像咽下了世上最苦的黄连。"好好，我不逼你，"她哀求道，"但是，你今天必须回答我不愿意的原因，也好让我去和人家交差。我不希望你只是赌气。"

我忍住怨怒，深深长叹。想到了陆竞城，几欲要说出内心真实的感情境况，又被各种各样的担忧一次次地推回心里，于是用一种"打死也不说"的顽劣态度对抗她。

这时，母亲的手机发出铃声一串，打破了我们的对立。她背对我去接听电话，浑身愉悦起来，笑呵呵地说："是小宁啊，等久了吧，对不起啊，有可能我们去不了你家了……没事，就是刘舒有些不舒服。"母亲看了我一眼，然后对手机笑，"也没什么大碍，你不用担心，就一点头痛，注意作息就好了……不用不用，我都不好意思了，劳你白跑一趟，改天我再去向你爸妈道歉……"

母亲总算尊重了一次我的意愿，有些受宠若惊，之前那种仇恨的情绪慢慢平复，心静了。

挂断电话，母亲又把矛头对准我，一遍遍地逼问，非要我说出原因。

我没辙，就耍赖道："我觉得他懦弱，愚孝，虚伪，卑鄙，一点都不让我喜欢，行了吧？"

"刘舒啊刘舒，人家哪点对不起你了，你居然给出这样的评价。"母亲恨铁不成钢地说，"你想想自己都对他做了什么，那些话啊，要多难听就有多难听，我都不知为你向小宁道歉了多少次。"

"妈，你少为这事用心良苦了。"我决绝地说，"反正一句话，我不喜欢他。"

"好吧，好吧。"母亲失望地往厨房里走，"捆绑无夫妻，强扭瓜不甜，反正我死了还有你送……"她的哀叹真刺耳，给我寸寸刮心的感受。我拿不出理由劝阻或者是安慰她，只好回卧室避难。这时候，大门外传来客人来访的门铃声。母亲跑去开门，居然是胡臣宁，他神色匆匆，手里提着两只礼品盒。

母亲可高兴了，眉飞色舞地迎他进门，"来来来，小宁快进来，来到这里别客气。"并对里屋大喊，"刘舒，快出来，小宁来了。"

知道是胡臣宁，我赖着不动，假装听不见。母亲又再喊了一声，跑来敲我卧室的门。"刘舒，快出来，"母亲气愤地说，"这么大了还不懂礼貌。"

胡臣宁却过来劝阻，"伯母，别打搅刘舒了，让她休息，我妈让我顺便带点礼物过来，我把东西放了就走。"

面对他的聪明懂事和我的顽劣作态，母亲怒不可遏。胡臣宁走后，她拼命地敲门，大声吼："刘舒，你给我出来!"

我忽然打开门，恼怒至极地冲她咬牙切齿，傲慢地对她翘起下巴不说话。我的样子让母亲惧怕，气焰软了下来，无可奈何地摇头，叹息而去。

这桩"万事俱备，只欠东风"的亲事订不成，伤透了母亲的心，也让我懊丧到谷底。母亲怄气式地冷落我，连吃饭都不愿喊我。我也懒得哄她。很清楚，能化解这一切怨怼的办法只有一个，却是我最不想去做的。

订了大年初四的票，飞回上海。

母亲没去送行，她憎恨我以一种逃的方式解决这件事。还有就是，她无颜去跟胡家交代。曾经，他们将这桩婚事幻想得犹如天仙配，还以为会一拍即合，神速完婚。母亲从未想过，我的反抗如此坚决，比青春期的小孩还要桀骜。

而我，始终认为自己才是这场相亲大运动中无辜的羔羊，是值得同情的受害者。不管伤了多少人的感情，都不是我的错。我不过是尊重爱情，拒绝了不愿意去爱的人而已。

我一直没对母亲说明拒绝胡臣宁的实因，这是她最痛恨的。而这种事叫我如何启齿，不爱无关他是好是坏，只是我不相信能甩掉陆竞城留下的记忆，神速地接受另一个人，再从另一条路走出春暖花开。

记忆是一个永远取不下的紧箍咒，我是蹦不出陆竞城手掌心的小猢狲。

第十四章　沙砾中游泳的鱼

在上海，时光出奇的静。我昏头大睡了整整两天，没有母亲打搅，倍感舒服。

大年初八恰逢西方情人节，按时回公司上班的人甚少。办公区里很冷清，三人的办公室里只有我在电脑前工作，其余的人，大概都在各式各样的幽会里，与恋人制造难忘的浪漫。

情人节，是孤独的人最难熬的时光。今夜是恋人们的狂欢节，城市的每一个角落都有爱的暗示，连霓虹光都变得暧昧，空气都是思念。整个世界都幻化成爱情的王国，满街的红玫瑰和餐厅促销巨幅广告，暧昧得让失恋的人尴尬。看车水马龙里情侣成双成对，我恐慌而逃。

我还想见他，真没志气。风呼呼吹来，我还以为那阵风是因他而起，欣喜地转身，很快变得丧气，唯有铺天盖地的思念和欲望，在大脑里凝结成一些不可能执行的念头。

就算再见到他，我们还能怎么样？与一个有妇之夫私情纠缠，这是我从豆蔻年华起就不屑的事，高中时，听说有同学喜欢上了一个已订婚的男子，都遭到我非常激烈的排斥，就连高考作文都引入此事，成为反映社会风气的题材。谁知许多年后，这种事竟然鬼使神差地发生在自己身上。

撇开婚姻这种身外物，他自始至终完美玲珑令我深爱。可是，婚姻的标签又与爱情有多大关系？爱欲不由自主，爱有时并无确定的对象，如此爱他，也许只是我赋予他太多的想象。我深知这些道理，可还是做不到不在这情人节之夜想他。

思念过盛的夜晚，我努力创作，给画册配文案是排泄为情苦闷的好办法，也是这桩感情最好的寄托。我把想对他说的只言片语都融进去，把对他的期望和祝福，都放进去。我说：

情人夜，不做一事，月亮碎在窗前
在今夜，我空无所有，只是想你

糖果色的思念
是这座城市的滋味
焰火飞升，烧尽了他们的欢笑
氢气球都带走了，天空的眼泪
握住夜，我两手空空
给你的是今生唯一的抒情
留给我年轻时最后的惆怅

在夜的尽头又想起你

这将是末次了

亲爱的

我要把光芒归还给太阳

梦，还是梦的原型

星星请进入睡眠里

然后在梧桐树下写一封寄给愿望的信

为什么

下了一场无情雨

街道上却没有你的倒影

　　悲伤能让凡人变成诗人，我终于信了这句话。一遍又一遍地读自己冒昧写下的行句，默默感动。就在这时候，我的手机突兀地响起，打散了那些郁色浓稠的情绪，还以为母亲自发慈悲，打来的求和电话，没想到竟是胡臣宁。

　　我很快接通，因为寂寞，不觉地有种"有朋自远方来，不亦乐乎"的愉悦感，早就模糊了那些厌恶。还有一个原因就是，我想拜托他一件事，假如他还在昆明的话，麻烦去做做我母亲的思想工作，让她别再为我的作恶多端生气，更别动了将我抛弃的念头。再怎么，我们都是母女，是今生唯一相依为命的人。

　　胡臣宁问我在干什么，声音柔软而有些落寂，仿佛受尽煎熬。我说在工作。他很好奇，又深入地问："工作很忙吗?"

　　我答："接了一些课余职业，玩票而已。"

　　他笑，然后又问："今晚自己一个人吃饭?"

"没错。"我很清楚他这是试探。

于是他的音色突然变得明亮起来，"我给你寄一份礼物，可以吗？"

我感到很突然，本能反应地委婉回绝道："你就别破费了，我不缺什么，真的。"

"礼物不贵，"他急忙说，"是我自己做的，我很想送给你。"

我感觉他这是在巧妙地示爱，不过，又对他所谓的自制礼物十分好奇。他这样的男人，还能做出什么浪漫的东西来？想来想去，我还是打消了这个念头，先办正事。"问你个问题。"我说。

"想问什么？"他一副洗耳恭听的口吻。

"你还在昆明吗？"

"不在了，昨天刚到北京。"这个消息真打击人，我突然没与他聊下去的兴致。他问我怎么了。我说："算了，没用了。"看来只能这样与母亲抗衡下去。思索片刻，我想到了好办法，又和胡臣宁商量道："这样吧，你帮我个忙，然后我接受你的礼物。"

"你说，我在所不辞。"

我窘迫地说："其实很简单啊，你打电话给我妈，就说我们在情人节这天晚上通电话了，还送了礼物。至于你还想为我说什么好话，那就随便吧，总之，就是别让她再生我的气。"母亲这样怄气，我还是挺担心的，她一个人在家，还有高血压。

他笑，我却一脸窘相，听他在电话里笑，一点都不觉得好玩。他说："你放心吧，对此我会全力以赴的。"

我舒坦下来，内疚地说："谢谢啊。"心想母亲现在最听他的话，应该不会有差错了。

"对我别那么客气。"他说，"本来，我就该为这件事承担责任，不该先告诉父母我的感受再对你表白。闹得误会一场，大家尴尬。"

"你自己知道就好，我就不多说了。"他的主动道歉给了我好印象，不过嘴巴就是管不着，还不依不饶地说，"不过，我还有个问题要说明，爱与不爱是你的事，跟我无关，不要以为我接你的电话、礼物，你的好处，就代表我就会喜欢你。"

"好的，我明白了。"

"那你自己再认真地思考，"我说，"这礼物到底还要不要送出去。"

他很果敢地说："你把地址发给我，明天就给快递。"

对于这种人，我是一点办法都没有，特别是母亲还夹在中间，视他为"过了这个村，就没这个店"的终极人物。在这场迂回战里，我感到无比艰难，仿佛游在沙砾中的绿色小鱼，压抑，痛苦，无望，全部缠住我的身体，非要挣扎个遍体鳞伤才罢休。有道是"有有无无都麻烦，劳劳碌碌几时闲？人生曲曲弯弯水，世事重重叠叠山……"，我突然觉得志公禅师的《劝世歌》说的句句是箴言。

三天后，我收到来自北京的快递。拆开长方形的礼物盒，从中抽出一根光洁而扭曲的树根，有雕琢的痕迹，应该是一件根雕作品。幸好里面有一封信，胡臣宁在信中说：

这是由我在颐和园的万寿山上捡到的一条老树根雕成的。当初把这树根捡回来，只因它苍劲得有点意思。突然有一天，我发觉这树根像一个人，而且是女人，有眉目，有表情，有发髻，有思想。于是就将我看到的多余的部分用刀削掉，万万没想到，我会在现实中遇见和这根雕神似的人。那就是你。这个发现，也是在刹那之间，非常神奇。我想，这是不是冥冥之中注定好的呢，或者说，我们的缘分早被万寿山上的树木发现了……

他还附上了照片，从偏侧的角度看去，根雕还真有几分像一个长发披肩的女人，但说像我，就太牵强了。

我觉得胡臣宁有些中邪，所以才编造出这种冥冥之中的迷信说辞来，强词夺理。说来也奇怪，一个经济学博士怎么会如此的唯心主义呢？他真当上帝事先为他造好了一个根雕似的女人。

我从不主动打胡臣宁的电话，即使收到了礼物。倒是母亲的电话又按原来的步骤如期而至，这必定是胡臣宁的功劳。

在电话那头，母亲用一种万事大吉的语气，甜蜜蜜地与我说了些生活琐事，然后乐呵呵地，还有些不好意思地问："他都给你寄了什么东西呀？"我感觉她现在都成了胡臣宁的间谍兼军机大臣，整天关心我的感情进展，为他出谋划策，都快要卖女求荣了。

我搪塞母亲说："什么都没有。"

"不可能！"母亲很坚定，想必他们之前已通气过。

"怎么不可能，"我无奈地说，"就是一根老树根，一文不值。"

"礼轻情意重，你可不能这么说。"母亲教训我道。

我不想跟母亲为这事斗嘴了，她好不容易才从义愤中抽离出来，对我有了些好口气。原本，我们作为儿女，有哪一天不是在父母欲望巨大的期待中成长，做好了这个，还要再去进军那个，永远都没有停歇的时候。他们对自己的孩子从未满意过，总觉得别人家的好。

胡臣宁的固执追求和母亲的逼婚，把我扰得整天心情沉闷。心烦时，就想起陆竞城。时常自问，我对陆竞城是爱恋更盛，还是不甘心多一点。人总在失去时才懂得对方的可贵，那是欲望在作祟。假如，拈手而来，我可否就会成为另一个陈佩琪，像对待胡臣宁一样对待他？

其实，我真的不明白陆竞城，他对她懦弱地不放手，源于何因？他对我呢，难道只是贪恋暧昧的游戏，快乐一把？

我不敢这样去认为。单纯而素净地活在他的城市里，同望一片天，共饮一江水，我做不到不去思念，夜夜无聊，只为他写下对往事的喟叹。不管生活赐予我多少丰盛和喧嚣，我始终是一个爱情天空之下失意的囚徒，内心渴望获得幸福，却注定走不出这间牢笼。

天底下，与我同样处境的人还有艾薇塔。

早晨上班，已超过打卡时间许久，艾薇塔的位置还是空的，十分不正常，她可是个创下三年无请假记录的奇人。

后来隐约听到传闻，说她生病住院了。

我为此困惑，昨天明明还见她在办公室里安然无恙地工作，一夜之间就躺医院了。

郑恩姬却说："有什么奇怪，急性阑尾炎就是说倒就倒的！"

没有人去看望艾薇塔，至少还没听到谁有这个想法。她在公司里没有朋友，似乎全是敌人，新旧员工她都不愿接触，就算与财务部交接工作时，她也是低声短语，偶尔进CEO办公室碰到她，多半是她慵懒地坐在椅子上，听CEO口沫横飞地高谈阔论。

艾薇塔缺勤一天又一天，郑恩姬更加深信不疑地说："肯定是阑尾炎，要手术！"

我去人力资源部打听她的情况。HR把我拉到格子间里悄悄说："你别声张，这种事最好不说，艾薇塔这个人敏感心细，就怕她回来后自尊心受不了。"她在纸片上写下医院地址病房号，递给我，"你们是同个办公室的，去探望她也应该，别扩大影响就好。"

我没叫郑恩姬一起去探望，发觉艾薇塔像是遇到了一件不太光彩的事，有遮掩之羞，不止阑尾炎那么简单。更何况她向来是寡淡冷漠之人，总将生活的全部当成隐私处置。

周六，阳光和煦，明天就是元宵节。

我起了个大早，决定去探望艾薇塔。虽然她不曾正视过我，也没有过一次对话记录。不知为何，总觉得她是这座城市里与我最有同病相怜之感的人。或许，这种亲切都源于我对她的好奇，特别是知道她爱着一个开银灰色凯迪拉克XTS的男人。

来到艾薇塔的病房外，看到护士正在为她量体温和血压。我抱着鲜花在门口等。

她看到我时，眼睛微微睁大，有些讶异。

或许她不曾料到会有公司的同事前来探望。更想不到会是我这个相处不到半年，未曾有过一句对话的人。

我被她有些敌意的注视弄得很尴尬，僵持长达一分钟，我也不知该对她说什么。走过去将鲜花插入空着的花瓶里，然后退到床尾部，双手不自然地对握住，眼睛不安地眨动。"听说你生病了，"我说，"所以来看看，现在你感觉可好？"

"谢谢你。"她淡淡地说，这是我们认识以来她第一次对我说话。

我仔细地观察床头柜上的物件，寡淡得只有一台监护仪和我带来的鲜花。

我问是否已吃过早餐。她说吃过了。"这里有护工，能满足病人的生活所需。"她又补充道。

"这也挺好。"我说，真的好佩服她，一个人面对重病，却无比坚强，在任何时刻都能保持漠然的风度。

"我不喜欢麻烦人，"她说，"但我没想到你会来。除了我的同乡，公司里就你来过。"

这位同乡就是平时与她在办公室交谈的CEO。早就听说是他把她请进公司的。

"来看望你不算麻烦，从我的住所出发，有地铁直达这家医院。"

她哂然而笑，"我记得这似乎是我们的第一次对话。"

"没错，我不知道公司里还有多少人像我这样。"我有些讥讽地说，"或许，我还算是幸运的。"说实话，我真的很讨厌她的冷漠主义。

她收拢住笑容，低眉冥想，有些羞愧，"我只是有些心脏不好而已。回去后，你别将看到的一切传出去，行吗？"

"我会替你保守秘密，如果你不相信我，但应该相信善意。"我说，"没人想害你，也没人想拿你取乐。不过，艾薇塔，有个事实你必须接受，你在公司里很著名，因为你真的是个奇葩。"见她惊愕，把脸侧过去，我知道话说重了，于是道歉，"我没报复你的意思，只是在说明真相，抱歉，我有些弄巧成拙了。"

她无所谓地摇头，"刘舒，我一向敬重你。"

"我也是，艾薇塔。"我深深叹了一口气，"能告诉我你的中文名吗？"

她犹豫了片刻，然后说："周之湄。"

我便联想到《诗经》里的名句，"蒹葭萋萋，白露未晞。所谓伊人，在水之湄。可是这里面的'之湄'？"

她笑，赞叹道："这是外公取的名字，确实是出自《诗经》里。我回中国快六年了，发现这里并非人人都能联想到这首诗。"

"假如是一百年前，"我笑着说，"只要是读书人，大约都能背诵。"转开这个话题，又问："你在哪里出生，我能知道吗？"

"法国，"她说，"一个小镇，Chassignolles，你知道吗？"

这真令人惊讶，可她并没有中法混血的面孔。"听起来真够浪漫的。"我羡慕地说。

"许多人都这么说，不过，在我十岁时就离开了。"她说道，"现在只记得小镇有河流穿过，还有绿色的休眠的火山。"

"那么美的地方，你为何不留下呢？"

"我母亲的原因，"她轻描淡写道，"我随她去了意大利，和一个厨师共同生活。再后来，我还是选择我的父亲作为监护人，回法国完成学业。"

"你真的很传奇。"我惊叹道。

"但愿传奇是褒义的人生。"她微笑，"我觉得不过如此，没什么。"

我坦率地说："我一直在昆明生活，送走了我的父亲，有预感，我不仅要在那座城市里送走我的母亲，还要送走我自己。"

我们都笑了。

"你为什么会来中国？"我问。

"来见见我父亲的家人和母亲的家人。"她说。原来她的父母都是纯正的中国人。

"见到了吗？"我问，"感觉可好？"

"有些糟糕，"她笑，"爷爷奶奶会当着我的面咒骂我的母亲。我的外公，他都不记得自己有个叫'之湄'的孙女了，他患了老年痴呆症。"

"你的母亲呢，还在意大利？"

"我不知道。"她答得很干脆。

"这些年你们都没再联系？"我很惊奇。

"她恨我，非常恨，我想现在也如此。"她停了一下，又继续说，"离开她那年，我们频频发生争吵，那时候她已离开厨师。原因我不清楚。我的母亲是一个曾梦想过演歌剧的女人，结果竟在酒馆打发时间，靠男人谋生。吵架的时候，她对我吼，都是你，都是你，我好不容易争来的角色就这样没了！"说着她低下头来，我默默无声，没打扰，把足够的寂静留给她，过了一会儿，她又说："这些，你不要对任何人讲，也不要认为我刚才说的一切是真的。"

"我会的。"我说，"对不起，我让你想起这些。"

"我从不对人说，包括我的爱人。"她抬眼凝视我，"你是第一个。"

"我会珍惜这份荣幸。"我说，"你是我在上海认识的又一个朋友。"初次交谈，她居然对我坦白这种事，真是难以置信。

她感激地笑了，松懈地望了望天，再看看我，然后说："很高兴认识你。"

那天，我收获了巨大的惊喜，甚至无法相信，艾薇塔竟然对我说了这么多，将不为人知的一面都展示给我。她就像大多数城市刺猬那样，内心里住着一个孤独的幼童，很轻易地相信一个人，为一点善举感动，愿意对别人倾诉，同样，也很容易因失望而受伤。

元宵节的早晨，一醒来就惦记着艾薇塔，我在被窝里给她打电话，"亲爱的，元宵节快乐。"

"你也是。"她笑着说。

我问："你什么时候出院？"

"说不准，也许两天后。"

"哦，真倒霉，你要在医院里吃汤圆了。"我嗟叹，"唉，今天是我们中国古代的情人节，你知道不？你有没有和别人定好元宵晚餐啊？"我在试探艾薇塔的隐私，假如她也是一个人，那么，我就有伴儿了。

"没有，我想也不会有谁来。"

"都被你拒绝了？"我幽默起来，学巫婆的声调说，"噢，他们一定很痛苦，为此喝下有毒的葡萄酒，在孤独的城堡里死去……"

艾薇塔笑不停，"你真是太坏了，刘舒。"笑过之后她又说："不过，你是我见过的最有爱心的女孩。这是真心话。"

"过奖了。"我急忙转话题，"你想吃什么口味的丸子，我给你带过去。"不敢受领她授予的"好人"奖章，因为我也并非那种遭遇抢劫还不知反抗的良人，称不上特别的好。

艾薇塔只需要我去陪她聊天。这显然是自闭症状的人最易表现出的亢奋。但今天是元宵佳节，不管她有多少人爱，也该献上我的爱。

在甜品店买丸子出来，发现一间小书店，门口的架子上摆满了花花绿绿的画册。进去挑了一本精装童话，书名很陌生——《小天猫人间游记》，说的是世界上住得最高的猫的一家的故事。开篇挺有意思，一只小猫问妈妈：我从哪里来，为什么我叫猫，为什么我只看到白云和小鸟……

在医院里，我对艾薇塔读：

"小猫住的地方，距离天堂还有一段距离，能隐约听到天堂传出的天籁歌声。距离人间也有好长一段距离，能看到无数个塔尖浮在云里。小猫想出去走走，看看世界。猫妈妈就问它，你想了解哪里？小猫又反问妈妈，我能去哪里？猫妈妈说，你迈出家门一步，试试看，自己会在哪里。于是小猫就闭眼迈出去一步，睁开眼睛时，看到的是茫茫无边的房子，有成群的白鸽绕着钟楼飞翔……"

"小猫来到人间了，"艾薇塔微笑着说，"可它会遇到什么呢？"

"快乐和痛苦，敌人和朋友，思念和彷徨。"我说，"无非是这样。"

艾薇塔一副深有感受的样子，失望地闭上眼，"对呀，似乎除此之外，人生就没其他了。真失望……"

这一年的元宵节，两个女人将病房当成聊天室，吃着不健康的零食，说着再健康不过的梦想。我告诉她关于陆竞城的事，艾薇塔也告诉我她谈了一场又一场没有未来的恋爱。我想和深爱的人私奔，艾薇塔想找人一起移民。我们都不喜欢这座城市，却妄想从这里偷走东西。

我答应艾薇塔协助她逃院，带她去逛灯展。

今夜，有灯展传统的豫园可谓是盛况空前，人声鼎沸。去的路上车人拥堵，到了大门口才发现人山人海，水泄不通，九曲桥上建起了喜庆的龙门，桥上挤满了各地来的游客。我们跟随人流往园子里缓慢挪步，可恶的是，母亲却在这时打来电话，在极致的喧嚣中，我对母亲一遍遍地喊："我在看花灯，这儿人实在太多啦，挂了吧……你听到没有，我要挂了。"可母亲却似乎急着要说什么，我听不见，心里又烦又急，只感到脑袋嗡嗡作响。

就在这时，艾薇塔不见了。我到处呼喊，发现她正在距离我五米远的人海中，疯狂地往前挤，凭她那莽撞的势头，非要发生踩踏事件不可。也不知发生了什么，我担心她会出事，连忙紧跟去，不停喊："艾薇塔，你要去哪里？等等我！"

她没回头，也听不见，一心向前，在人群中义无反顾地追她想要的东西，很快就消失在稠密无缝的人海中。任由我嘶声呼喊，没有人回应，身边到处是齐步向前的僵尸，把我推来挤去，那些龙凤呈祥的花灯，在昏黑中散发出迷梦一般的光辉，把眼睛都眩晕了。打她的手机，却是无法接通。

就这样，我们相互失散了。

我在园子里到处寻找，无心看灯，嗓子都喊哑了。这喜气洋洋的喧嚣城池里，似乎都要被我掘地三尺，把瓦砾都翻出来，只为找到那突然甩手而去的艾薇塔，生怕她在什么地方发生不测。

然而，就在我筋疲力尽地打算就这样失望而归时，却收到艾薇塔的一条信息：对不起，刘舒，我已经回医院了。

当时，我就一种反应：发怒对天狮吼。都怪艾薇塔，把这个本该愉悦浪漫的节日搅和得支离破碎的，害我担心，还把脚趾都走出水泡来了。

得知消息，我立刻赶去医院，怀着一肚子的怒气，要好好地审问她到底哪根筋短路了，突然做出如此疯癫的举动。

赶到艾薇塔的病房，却被告知，因患者情绪不佳，心脏病复发，正在急救室里急救。这一消息如晴天霹雳。

艾薇塔抢救期间，我充当她的家属，守在旁边。周一早上，我给办公室主任打电话请假，对方却很不客气地说："你们部门的人请假必须事先征得CEO的同意。哪怕是半小时。"这个邪门的新规真是恼人。

没办法，只好再拨CEO的手机，请假原因如实交代，毕竟他是艾薇塔在公司里，或者是在这座城市里据我所知的，最亲近的人。

艾薇塔的消息让CEO震惊，他安抚我别担心公司的事，他会安排好，并叮嘱我有何异常立马给他电话，他处理完手上的事就会过来看望她。

我希望能有更多人来关心艾薇塔，不管是亲自来探望，还是发来一个无色无味的祝福信息，多少都能冲淡她作茧自缚的孤寂。孤独并不浪漫，在思念陆竞城时，我切身体会到那种真实的焦灼和哀愁。于是，我偷偷拿艾薇塔的手机做文章，凭感觉，挑选了一些在通信记录里反复出现三次以上的几个电话号码，群发出一条同样的信息：

你好，这些天心情可好？我生病了，有时会没法接你的电话，假如有事请发信息。

很快，艾薇塔的手机就收到一条信息，对方名为赵家贺。他问：如何能探望到你？

我急忙回复信息。信息未编辑好就被打进的电话中断了，屏幕上显示"莫蕾"俩字。她的名字在通信录里出现率最高，更多是艾薇塔打给她的。我冒昧地接通了。对方听到声音不对，立刻噤声。我急忙解释道："喂喂，你好，还在吗？我是艾薇塔的朋友。”

她已预感到不测，急着问：“艾薇塔怎么了，她人呢？”

我看了一眼还在昏睡的艾薇塔，走出病房，“她……”我不认识她，犹豫着，不知该不该把实情告诉她。艾薇塔心思细密，就怕她醒来后会责怪我多事。

可莫蕾急了，“麻烦你将手机给她，我想跟她说几句话。”她那焦急的语气，让我确定，她和艾薇塔关系不一般，而且她非常在乎艾薇塔。

“很抱歉，她还没醒来。”我为难地说。

“她到底得了什么病，严重吗？”

“呃……严重，昨夜她刚经历大抢救。”

“病因查不出来了吗？”

“查出来了，是心脏病。”

我力争平静地说出这句话时，能感觉到电话那端的世界在崩塌。

莫蕾赶到医院，距离我们的通话才一个小时。

她冲进病房时，艾薇塔还没醒，我则礼貌地站了起来。只见她神色惶恐，满头是汗，大约四十岁的女人，身材高大肥胖，穿深灰色粗花呢连帽大衣，短鬈发，戴黑边眼镜，脖子上挂有手机耳塞，左手挎一只绛红公文包式手袋，右手拎银灰色电脑包。凭外貌和气质去猜，看似是身处小团体中显要地位的人。

我退出病房，把空间留给她们，在走廊里闲逛。莫蕾却主动找来，只见她手拿纸巾不停地擦鼻子。我们在护士站对面的候诊区里谈话，她对我说："别告诉之湄我来过，行吗？"然后从手袋里拿出一沓红色纸币，"这些钱你拿去给她开医药费，若有什么闪失记得与我联系。"

"谢谢你，"我婉言推辞，"但是我不能替艾薇塔收这个钱。"我想艾薇塔也不会乐意收这种钱。

她没退缩，好声哀求道："帮帮忙好吗？"

"如果你关心她，常来看她就够了。"我说，"这钱，说实话，真的不妥。"

"不，不行，"莫蕾连连摇头，神色忧伤起来，"我们最好不要见面，相见对两个人都不是好事。"

"你们的事我不懂，该怎么做都取决于你。"虽然我不能理解她的行为，仍旧尊重她。

莫蕾微微点头，接受我的建议，变得难堪起来，"你是她的新朋友吗？"她问。

"不。我只是她的同事。"

"难怪，我不曾听之湄提起过你。"

送莫蕾到电梯口，离别时，她感激地与我握手道别，"谢谢你照看她，我走了，如有需要帮忙的，你尽管找我。"说着她低下头来，猛然又抬起，眼中带泪，"谢谢你能理解我，也谢谢你照顾之湄。"电梯门开了，她迈进电梯里，转身对我挥手说再见，莫名地恸哭起来。感觉她将我当成艾薇塔了，正在痛心疾首地做最后的道别，也不知她们曾有什么化解不开的纠葛，才会有如此无奈的压抑情感。只可惜，艾薇塔将不会知道这一切，因为这与眼泪有关，我突然间理解了莫蕾的苦愁。

艾薇塔醒来那天，上海风和日丽。想必豫园的花灯早拆了，可是我们的心仍旧停留在那夜的惊骇里，各有不满和疑惑想质问对方。

我则带着难以驱散的余怨询问她，那天晚上她到底在追什么，"艾薇塔，那晚你肯定是看到了什么，对不对？"

艾薇塔触动了，头低下来，"你猜对了。"

"愿意说出来吗？"见她犹豫，我又说，"说出来也许会好受些。我发誓，我就是一个树洞，绝对不会长出会传播秘密的叶子。"

她忍俊不禁，其实已被我的话逗乐了。我则严肃耸耸肩，做出保证。

"我看到了一个人。"她平静地说，"是我日夜想见的那个人，真走运，她也来看花灯。"

一切都在预料中，她应该就是那开着银灰色凯迪拉克XTS的人。

突然间，我原谅了她的傻和痴，有种天涯沦落人的共鸣，坐到床上与她相拥，相互安慰。"对不起……"我说，为她也是为自己心痛。

艾薇塔说："她是我今生最爱的人，因为长这么大，只有她给过我温暖，给过我爱。"她叹了又叹，声音变得好凄凉，"刘舒，我憎恨她的软弱，她为什么要再婚？没有男人她不是也可以过得很好吗？我再也想不出更好的解决办法。世界上最关心我的那个人，要离我而去了。"

我完全能理解艾薇塔的心情。

"那天晚上你们对话了吗?"我问她。

"是的。"她坦率地说,"结果你应该猜到了。"

"没有希望?"

"她说想结婚,"她愤愤地说,"那臭男人,深深伤害过她,浑身散发猪的臭味,她竟然还想要和他生活,并告诉我,这才是人生,是生活。"

我突然想到了莫蕾,是她吗?我试探性地问艾薇塔,是否还想见见她。

她苦笑,摇摇头。

我也很无奈,于是说:"艾薇塔,你能答应我一件事吗?"

"是什么,你说。"

"以后你难过得喘不过气时,能否告诉我?"

"为什么?"艾薇塔玩世不恭地笑。

"我希望你当我是朋友,有什么我们一起面对。"

艾薇塔那上扬的嘴慢慢收拢,神情变得严肃而哀伤,有种想哭的情绪,最终还是掉下眼泪来。"刘舒,你真厉害,"她忙用手指弹掉眼泪,傲气地说,"很少有人能把我弄哭的。"

这世上,人们的眼泪多数都为生离死别而准备。从那以后,艾薇塔对我十分信任,并将感情无条件交付。原来,她是一个异常缺爱的女子,给了她种种关心和爱护的莫蕾,给予了她最真实的安全。

她讨厌男人,从她的父亲开始,还有那些五花八门的爬上母亲的床的男人。他们在她的眼里,全是偷吃鸟蛋的老鼠,从不为后果负责,即使女人将为他们的欢愉接受一场危险的分娩和半辈子的育儿拖累。

可是，在女人这里，也不见得能让艾薇塔免除磕磕碰碰。就在两年前的一个夜晚，艾薇塔在酒吧里遇到了一个孤独的女人，两人共坐一桌喝酒，说话投机，聊到天亮。后来，她发现自己深深依恋上了这女人。

女人给了艾薇塔从小就缺失的关怀和爱，对于艾薇塔来说，这就是她所一直苦苦寻找的温暖的感觉。她和女人一起照顾女人与前夫生下的儿子。这样做，只为从女人的身上需索到世上最安全的爱，获得灵魂的依靠和托付，以及狗对主人一般的忠诚。可惜，她却不肯陪艾薇塔走到最后，一年后决定再跟男人结婚。艾薇塔心里深深的不舍，甚至有点怨恨女人要离她而去，因为她不知道女人离她而去后，还有谁能给她温暖和爱。

那个人就是莫蕾，开着银灰色凯迪拉克XTS的女人。

第十五章　红玫瑰奏鸣曲

艾薇塔醒来后的第二天，赵家贺来医院看望她。真不凑巧，当时我正去外面买午餐，提着快餐盒，刚走进病区，就听到艾薇塔的吼叫声，不知发生了什么事，只见一个身高至少有一米八五的年轻男人从她的病房里走出来，头微微低垂，脸上有种被羞辱后的怒色和委屈。

他从我身边匆匆走过，我不禁诧异地回头望，那么高挑的男子，长毛寸头发微微侧撇，穿着质地精良的休闲西服，笔直细长的双腿，被黑色牛仔裤包裹得跟筷子似的，那形态有几分神似韩剧里的男主角，可能是家境优越的贵公子。

我走进病房，看到艾薇塔垂头丧气地卧在床头边，头发有点凌乱，心情还沉浸于之前的不愉快里，见我回来也无心打招呼。我想，她可能跟刚才那男人吵架了。

见她气在势头上，我也不好说什么，不动声色地将餐盒放在床头柜上，准备好桌子和餐具，伺候她吃饭。艾薇塔说不想吃。我假装听不见，手上的动作依旧没停止。"既然你不喜欢男人，又何必为他们动气呢？"我一边把饭盒打开一边说，"假如你还为他生气，那就证明你还在乎他。"

艾薇塔被我这一箭双雕的话激怒了，发泄地吼："我才不在乎他，我是觉得莫蕾太过分了，何必塞一个男人给我，她当我是什么啊？"

我对此不好评价，轻拍她的肩，劝她吃饭，希望食物能转移她的注意力，将愤恨遗忘。在背后，我又很想弄清这件事，假如事情真如艾薇塔所说的那样，那我当然会拦住这个对她产生刺激的男人。毕竟，是我通知他来探望她的。

莫蕾接到我的来电时，语气里透出惊慌，还以为我会带来坏消息。我解释道："艾薇塔已转到普通病房，暂无大碍。只是我想向你打听一个人。"她说好。我则说："赵家贺，你认识吗？"

"认识啊，他是我们台长的儿子。"她疑惑道，"怎么了？"

顿时，我对莫蕾有了一种嫌恶感，觉得她这样对艾薇塔实在太不人道。"没什么，"我沉重地说，"我明白了，谢谢你。"

"有什么不妥吗？"她听出了我的语气不对劲。

我深深长喟，觉得不该轻易地便宜了她。"方便的话，你去和赵家贺谈谈，让他别来找周之湄了，最近她心情状态不佳，我不希望她再受刺激。"

"啊，赵家贺也去医院看望之湄了？"莫蕾很吃惊，好像她并不知道他们的事，突然恍然大悟地笑，"我真没想到……"我疑惑，不知道她在笑什么，莫蕾这才说："我带之湄去参加过我们台里的圣诞聚会，记得当晚，赵家贺请她跳过舞。"

原来如此，我急忙解释："真抱歉，大家可能都误会了。"

"赵家贺是不是追求之湄？"她说，"假如是这样，应该是件好事。赵家贺人不错，他刚从国外留学回来，在我们电视台里工作，年前他还和我同一个部门。"

"我也不太清楚他们的事，"我说，"莫蕾，谢谢你。"

"不必和我客气，我们都是为她着想的人。"她的语气突然开朗起来，把我当成了好友，"刘舒，我们保持联系，有什么事尽管找我。"

收线后，我对艾薇塔的一些疑惑总算有了答案，兴许，办公室里的那捧巨大玫瑰花束也是赵家贺所为。突然间，我心生一个邪念，兴许能利用他的玫瑰花扮演一次蜘蛛侠，给艾薇塔带来一片爱的暖阳。

对这个计划，我思考了很久，最终还是决定实施。自从给鲜花快递汇款后，艾薇塔每天都会收到一枝玫瑰花。不论在哪里，鲜花快递都能准确无误地将红玫瑰送到她手中。而我，却在她身旁邪恶地扮演着一个毫不知情者。

她第一次收到玫瑰时，是在医院的病房。手拿鲜花的快递员在门口问："请问周之湄小姐住在这里吗？"

艾薇塔愣住了，我也是。她在发货单上签字时，顺便问快递员是谁下的订单。

对方说："这个我也不大清楚，我只负责派送。"

快递员走后，艾薇塔便将玫瑰花投进垃圾桶里。我则惋惜地将花拾起，插进床头的花瓶里。艾薇塔却口气很冲地说："把它扔了，我不想见到它！"然后动作粗鲁地钻进被窝里睡觉。这下，我担忧起来，发现这"玫瑰计划"不但不能给她带来惊喜，反而是心理负担，看样子，她随时都会因心理抵触，而将自己刺伤。

第二天，红玫瑰按时送到。结果仍旧被直接甩进垃圾桶里。

第三天，我已经回公司上班，下班直接去病房看艾薇塔，竟然有了变化，床头的花瓶里有一枝孤独而凄艳的玫瑰花，在悄无声息地怒放着，仿佛一份没有希望的爱情最后对人间的申诉。可是，能有这样的进步，我已欣慰地笑了。

卧在床上的艾薇塔感到有些不自在，羞涩地说："这花是不是有点丑？"

"不，看上去它开得正好。"我放下手里的东西，在她的床沿边坐下，满怀欣喜地看着花瓶上的一抹红色。艾薇塔察觉到了我的心思，扭身腾起疑惑地问："你到底在笑什么？"

"我有在笑吗？"我故意审视自己，装出一副不解的样子，"不过，我确实有点高兴，至少今天的玫瑰花没被你的怒气糟蹋掉。"

艾薇塔哼地冷笑了一下，有些不好意思起来。

我故意问她："知道是谁送的吗？"

她摇摇头，脸上泛起淡淡的甜蜜，"我不理解，"她说，"他为何还要再送花，我真的不止一次地伤过他的心。"

"他爱你。"我武断地说。

"不可能。"她笑得很腼腆，嘴上犟着不承认，其实她的心早被打动了。

又过了两天，艾薇塔在我上班的时候打来电话，用一种甜蜜而生气的口吻说："今天又有快递上门，真够烦的！除了红玫瑰就没别的了，男人真没想象力！"

我笑，安慰她说："没有想象力的是鲜花快递。"

沉默了一会儿，她主动问我："你说，我该不该给他一个电话？"

"你想对他说什么？"我警惕地问，怕他们一通话就吵架，还把这件事给捅破了。见艾薇塔有质疑，我急忙此地无银三百两地解释道："假如你只是为驱赶他，那就算了。难得男人一片好心，你却是只会伤人心，就像厉鬼一样。而且，我们也不能确定他就是送花人，没证据啊，对吧？"

艾薇塔竟然哈哈大笑起来。她古怪的笑声让我有点慌，怕她记恨我这张刀子嘴。笑过后，她非常郑重地问："你说，我是不是很坏？就像个怪物，只会害人，不会爱人？"

"我没这么想过，"我说，"只是，我觉得你没必要整天把自己扮成刺猬，那样，会让你永远生活在冰窟窿里。每个人都是很怕刺痛的感觉的。"

艾薇塔的心被触动了，低落了下来，"我明白了，刘舒。"她说，"有你真好。"

突然间，我意识到自己的处境很危险，要暗暗阻止艾薇塔与赵家贺联系。曾经我希望这个男人能以爱的名义给她带来安慰，现在，我真的很害怕，让她意识到自己正深陷阴谋之中，然后用一种怀疑而提防的心态，来对待身边的每一个人。这绝不是我的初衷，可见当时我考虑得实在太片面了。

百般懊悔的我忍不住重拨艾薇塔的号码。她一接电话就问："怎么了，有事吗?"在三十秒之前我们刚刚收线的。

我纠结极了，语无伦次地说："没什么，我只是想知道……你有没有给他打电话?"

"还没有。"她很奇怪，"你怎么关心起这个?"

"没打就好，"我说，"还是不要和男人积怨，他爱你是他的事，你不爱他，也是你自己的事。就当你没有收到玫瑰花好了。"

"好吧。"她完全接受我的建议。

这下，我那紧张得要爆炸的心这才缓和下来，她已挂断通话，我还惊魂不定地紧握住手机，额头竟冒出细密的汗水。回过神来时，我立刻给花店打电话，立刻停掉鲜花的赠送，并向上帝忏悔，祈祷艾薇塔尽快忘掉这件事，千万不要给赵家贺打电话。

然而，上帝却不听取我半点的愿望，让事情随心所欲地发展起来。

那天午后，艾薇塔在电话里说今天就出院，晚上赶赴一场约会。我没多问，对她做出承诺，等忙完手上的报表，我就请假去接她出院。

可艾薇塔却连忙推辞道："不必麻烦你了，刘舒，你安心工作吧，赵家贺说要来接我，等一会儿就到。"

"你说什么?"我惊叫，就像突然遇见 UFO 一般站起来。郑恩姬不禁投来奇怪的目光。

　　艾薇塔很疑惑，"你怎么了，像见鬼了似的。"

　　"没什么，"我冷汗津津地对她笑，撒谎道，"我没想到你们那么火速，艾薇塔，你总是让人出其不意。"艾薇塔只是笑。那一刻，我有种焦头烂额之感，情绪低落地说："既然感情好了，就不要提过去的事，千万别问他玫瑰花的事。"听到玫瑰二字，我就有种吞进苍蝇的感觉，拧着眉毛说："不管你曾经是感动还是厌烦，都过去了。一切从头开始，好吗？"

　　"嗯。"艾薇塔完全接受我的叮咛，突然又问："刘舒，你今天过得还好吗？我怎么感觉你今天有点奇怪？"

　　"奇怪吗？其实我很好。"我说，"艾薇塔，我提前祝你幸福，我为你高兴。"觉得自己完全没脸见她了，只要她向赵家贺说起玫瑰花的事，我就必定比露馅的饺子还难看。曾经她如此信任我，把一切都交付于我，哪里会想到我竟然这么无聊，用她的手机瞎联系人，还冒名顶替地拿玫瑰花开玩笑。

　　那天傍晚下班后，我不再搭乘去往医院的地铁。一个人去餐厅吃饭，看到昏黄灯火下情人们在窃窃私语，我就烦躁，手握筷子不停地扎盘里的米饭。今夜是关键的一夜，幸运的话，我会看到艾薇塔幸福的笑容，然后像被春阳普照的植物，在她寂静而冰冷的性格中，生出暖色的花朵来。她会在爱情的滋润中变成一个温婉的女子，整天有说有笑，与人交往。倒霉的就是，她与我反目，指责我"无聊"之后不再理会我。尽管我和她度过了跌宕起伏的十二天时间，共同经历过欢乐和失落，死亡和重生，我曾竭尽全力地想将她改变，为她找来爱和温暖，却自信而夸大地背弃了信誉道义。

但我有种很强烈的预感，我——刘舒苦心经营了将近三十年的声誉，就要在这道坎儿上声名狼藉了。

那天，我没敢再给艾薇塔打电话，尽管非常惦记她出院后的生活。倒是她在次日午间准时给我来电。起初，我的心七上八下的，听到她的声调一如既往，没什么变化，我才稍稍地放下紧张，询问她的心情现状，也不知道她昨夜的约会进展如何。她淡淡地答"一切都好"，有些敷衍。

尽管这样，我的担忧还是变淡了一些，笑着说："那就好……那就好。"

然后我们俩却同时陷入沉默之中，不说话。我显然听出了艾薇塔的忧伤，似乎她想把知道的都说出来，并质问我为什么要这样做。可她始终没有，仿佛在等我说，看我究竟要对她怎么做。

我的心很乱，也不知道是该摊牌，还是继续伪装下去，做亏心事的感觉真不好。突然，艾薇塔发出长叹。她这消极的表现真让人惊惶。我就像一个被捉拿归案的犯人，默默地等待审问，并提前想好供词。可艾薇塔却说："我发现自己真的无法爱上他。刘舒，我好想知道你的他，为什么会那么令你着迷。"

听她这么说，我像是吊在树上抽打的人突然被放下来一样，浑身前所未有的松懈感。原来她关心的是这个。于是我连忙安慰她道："不必强迫自己，不论是谁，能体验到爱和美，就好。"我庆幸地在心里画十字架，感谢上帝。

听艾薇塔说"那好，我明白了"，语调明亮起来。我那高悬的心总算安然落地，云开雾散，心中隐约有种虚惊感，头重脚轻的，仿佛自己刚刚坐完一场惊险过山车。

我决定下班后去找艾薇塔，一起吃饭。

艾薇塔非常欢迎我的到来，特意到楼下的超市购置食材。在她的公寓里，我展示了半桶水的厨艺，做了两道家乡小菜和一个西式凉拌，却惹来了艾薇塔的拍手叫好。她又蹦又跳，看上去活像一个穿着大圆裙的小女孩。

此后，我们决定搭伙吃饭，天天晚上聚餐。饭后的我们不是在网上看电影，就是喝红酒聊天。点着烛光，两人边喝边聊，不问时间，醒来时发现自己趴在沙发上，艾薇塔还在卧室里呼呼熟睡。

我们也曾打扮性感地去逛夜店。艾薇塔和黑得发亮的纯种非洲人跳舞，我则一直坐在小圆桌上吃爆米花和可乐。

还有一个周末，我们一起去了崇明，在水仙花田里欢闹嬉戏，人手一台相机，相互拍照，尽可能捕捉对方最美和最丑的瞬间。

最后，我们发展到双进双出，形影不离，一起去逛书店，泡咖啡厅，逛街，去马可乐的画室交流谈笑。在附近的酒馆买醉后，两人搀扶着回家，倒在床上，还有一句没一句地说着未来，迷迷糊糊地没了意识。

艾薇塔确实给过我无限的欢乐和慰藉，让我逐渐淡忘了爱情的忧伤，至少不会再数着时间拷问自己，陆竞城在哪里、我们还会不会再见等问题。可是，这些看似平常的幸福背后，却隐藏着太多的隐忍和谦让，难以长久持续。那天晚上，当我醉酒中乐不思蜀地昏昏欲睡时，艾薇塔对感情的尊重与坦白，将所有的东西都打破了。

一切实在来得太突然，我毫无征兆。那天晚上，我们仍旧和往常一样喝酒聊天，都喝到沉醉的状态，沙发上的我东倒西歪，她则仰在地板上丑态百出，彼此间的对话渐渐少了。我已醉得四肢麻木，大脑里浮现我与陆竞城在雪地里漫步的画面。艾薇塔却爬过来，钻进我的怀里，蜷缩着，紧紧地搂住我，身体瑟瑟颤抖。"我要离开你了，"她的声音里有哭腔，"刘舒，我知道，你也会结婚离开我的，我只能选择提前离开……"

那夜过后，艾薇塔宣布要回意大利，回到她母亲的身边。

起初，我对她这突然之间下的决定毫无质疑。纵然曾有过许多鄙视和腻烦，她们是母女，这是神也割舍不掉的关系。但是，我有些奇怪，艾薇塔选择了母亲，而非父亲。她给我的理由是，母亲身边的男人多。

离别匆匆，上午刚说要走，下午就说要吃告别宴。我也没多想，决定欢送她，在首饰店里给她买了一只西藏天珠当作礼物，祝福她永生永世平安快乐。

在西餐厅进行最后的晚餐，我们相约穿上自己最美艳的衣服。那夜，终生难忘。艾薇塔盘起长发，佩戴炫目的首饰，穿上曳地的黑色晚礼服，坐在烛台面前，被火光映衬得无比璀璨，仿佛万籁俱寂中的金星。

坐在这位盛装女子的面前，我感觉今夜美丽异常，赏心悦目地看艾薇塔优雅地切牛扒，体会着内心的惊喜。这个美得夺目的女子，是我不曾认识的模样，也是她掩藏很深的另一面。突然，她抬眼看我，大惑不解地问："怎么了，我的样子很怪吗？"

"不……"我碎碎摇头，笑得很复杂，凑过去小声问，"你也是穿这身行头去和赵家贺吃饭的吗？"

她笑，"不可能，假如这样，必定会吓着他。"

"那么，你们第一次见面呢？"

"那晚是平安夜，全场舞会唯独我穿正式的礼服。是银色蕾丝边的那件。"她轻笑，"似乎这里的女人没有穿礼服的习惯，什么场合都穿裤装，或者是穿着轻飘飘的吊带裙来上班。"

我低头讪笑，庆幸自己没在她面前穿错衣服。不经意地扭头看，发现人海中突然有个熟悉的背影。"陆竞城？"我霎时震惊，不敢相信那是真的，还以为是自己看错了。

这时艾薇塔在对我说话，我心不在焉地看了她一眼，目光又去追寻他的背影，努力去辨清真假，心里不停地自问："难道真的是他，难道是真的？"

艾薇塔并没发觉我的心思，向我举杯，感慨地说："刘舒，在临走之前，我要对你说谢谢，在上海对我最好的人，当属你。不管去到哪里，不管我们将分别多久，我都不会忘记你。"说着，她的眼睛泪光灼亮，将手里的红酒一饮而尽，然后倾倒杯子向我示意，勉强地微笑着说："这杯酒是敬你的，谢谢你，刘舒。谢谢你的爱。"

　　她这番致谢，让我有种备受恩宠的感觉，谦逊地说："艾薇塔，能与你做朋友是我的荣幸，不要再对我致歉了，其实，我能做到的只是一个朋友该做的。等你回来时一定要告诉我，我去机场接你。"

　　"刘舒，原谅我，我不会再回来……"她不知道该如何自处了，眼泪簌簌落下，"谢谢你的红玫瑰，其实我都知道……"她难过地用手顶住脑门，不敢直视我，一手颤抖着去拿酒，给自己倒上，试图用酒精堵在自己的嘴。

　　我的脸唰地红起来，慌得目光四处蹿动，就好像丑恶的人被揭下了面具。原来，她早就猜到我才是送玫瑰的人，尽管她此刻满怀感激，却不知她冷静之后还会怎么想。

　　这时，我透过落地窗看到陆竞城正往马路对面走。没错，就是他，光线再暗淡，我都能认出他的侧脸。知道机会难得，我紧张地站起来，生怕心爱的人瞬息即去，深感歉意地说："对不起，我要离开一会儿，抱歉……"

　　我抛下艾薇塔冲出餐厅，在微凉的夜风中四处寻找陆竞城的踪影，看到的却是纷乱的街道和沉默的路灯。我不肯罢休，对着黑暗深处大喊他的名字，一次比一次剧烈，却不曾有人回头，唯有我站在马路中央，留下失落的眼泪。或许，是我太思念他了，将幻觉当真。

　　满心失落地往餐厅走，老远就看到落地窗背后的艾薇塔在痛哭。她双臂架在饭桌上，头深深地埋着，哭得脸都扭曲的样子，让我不忍靠近。她那么伤心，那种失去最关心自己的人的苦楚，任何安慰都不起效。

　　我僵硬地站在玻璃窗对面，无可奈何地陪她一起哭，也不愿进去打搅。因为我再也拿不出勇气再去当她的圆桌骑士，给予她生命中缺失的爱与关怀。还有就是，我实在忍受不住被她掀开头盔，真容被曝光于烈日之下的那种羞臊。

美丽无常的夜，我同时失去了生命中两个美好的人。艾薇塔势必要为爱出走。而我，仍然没找回深爱的人，也不再寄望于感情上能有圆满。

第十六章　让爱航行过每个人的生命

过了那一夜，我不再收到艾薇塔任何消息。包括她何时启程，是独自提行李登机还是有人送行，都无从知晓。

办公室里，她的位置空荡荡的。每次看到她曾坐的椅子悄悄地被灰尘覆盖，我的心就痛。每当郑恩姬端水杯绕过我身后去接水，我都错以为是艾薇塔，猛然扭头仔细看，顿时被残酷的现实激醒，双目愕然。郑恩姬被我奇怪的神情吓了一跳，不禁问："刘舒，你怎么这样看着我？"

我这才反应过来，极不好意思地笑，"我还以为你拿了什么好东西呢，你的大红色水杯实在太炫目了。"

"是吗？"郑恩姬得意起来，"这是他给我挑的，我也觉得很好看。"

后来，我独自去过吃告别宴的餐厅。坐在我曾坐过的位置，希望能再与艾薇塔把未来得及说出口的话倾尽。在一排默默燃烧的烛火之下，我优雅地切牛排，对空荡荡的位置喃喃自语："艾薇塔，你在天涯还好吗？我爱的男人不曾来过，那天晚上我抛下你不顾一切地去寻找，也没能把他找到。大概这辈子我都找不回他了。我从未想过自己会把你吸引，也弄不清你的感情。或许，我接近你只是出于天生的怜悯，曾试图让你像我这样，爱上一个男人，让你与他相爱。你那么美，应该可以俘获一个男人的心。像你这样的女子，应该比我更易获得幸福的。可是你却偏偏选择了歧途，是我和一般人不能理解的道路。"我的泪滚了下来，苦苦地抑制住汹涌澎湃的情绪，继续说："其实也没什么不好，只要你感到幸福。并非是和男人携手的生活才美满，只是这样做比较让人容易联想罢了。艾薇塔，我希望你在远方一切都好，假如我们还能再见，我只想说对不起，我不该异想天开地安排快递给你送来玫瑰花……"

半个月后，突然有人将艾薇塔的位置打扫一新，并坐了上去，全面接替她搁置已久的工作。新来的Touch是一个清瘦的男子，戴金丝眼镜，对话时总是含情脉脉地直视别人的眼睛。他的到来，打破了我们办公室"女儿国"的称号，同时，也意味着艾薇塔回归的可能性甚小。

日复一日，转眼过去半年，非常确定，艾薇塔这只候鸟不会再迁回我的草原。

当年五月，我搬出了那套有过太多难忘记忆的公寓，在宝山区顾村镇找了一个单间配套小屋，从此结束合租生活。

两个月后，我和马可乐合作的《恋爱时光我们这样走过》出版，我收到样书，真开心。

八月，我们得到稿费。周末在马可乐画室附近的小酒馆举办庆功宴，一桌人全是他的朋友，我们狂饮到天明。

九月，某报转载了画册里的部分内容。该月中旬，马可乐签下了为某青春杂志配插画一年的合同。莫名其妙地，我竟然也收到了几个出版社编辑的约稿。

十月，我们接受了销售该画册电子版的网站的采访。事后，虚荣心蓬勃的马可乐仍不满意地说："这还不够，我们还要去电视台做节目，多宣传我们的书。"

随着续集的签约，相关的推广更加频繁。全国一线城市签售，接受各种采访，收到各种读书会的邀请，年底还参加各大媒体年度图书评选活动。上海某电台的一档节目还将该画册列入新年十大温馨礼物，在网友投票中荣获第三名。

小小一本画册，给世界带来的骚动，完全超出了我的估量。就连远在北京的胡臣宁也得知了这个消息。在某天夜里，他给我打来电话，惊喜非常地问个不停，他说的最多的话就是"我真没想到"。

这个世间存在了太多的未知，让人意想不到的事仿佛天上的星辰。

我也没想到，马可乐非要我陪他一起去电台做节目，原本就不是什么热门的传播媒体，他竟然表现出饥不择食的热衷来。见我有厌烦，他就哀求道："拜托啊刘舒，在别的城市推广你不参加，情有可原，连本市的也要缺席，那就太不给面子了。"他提醒我道："我们可是和运营商签了合约的哦，上面有你的手印。"

我最恨"签合约"这三个字，发誓今后不再签下那些丧失自由权的约定。见我还不口软，他说："要不到那天，我请八抬轿去接你？"

马可乐真是出风头出上瘾了，非常重视与媒体合作，虚荣心极度膨胀。话说回来，他确实收获不少，华丽转身成了绘本大师，被媒体夸成"大陆几米"。我倒没什么"与有荣焉"之感，出版社编辑们的约稿全推掉了，说到底，我从不是什么创作奇才，而是在绘本中说了心里话。

周五下午，请假去电台做节目。见到马可乐，差点没晕过去。才两个月不见，这家伙形象大变，戴着一顶靛蓝色牛仔鸭舌帽，裤子和卫衣都是统一的向日葵印花面料制成，脚下一双翡翠色帆布鞋，远远看去，就像刚从花田里摔了一跤回来。见我满面惊诧，他扬了一下他被啫喱水裹得刺手的头发，自得地笑，"要的就是这个效果。"

今天的节目DJ也是个奇葩，说话不经大脑，竟然还想驾驭脱口秀。节目一开始，竟然这样说："我们今天邀请到了出产本年度最火爆的'恋爱绘本'的黄金搭档——刘舒和马可乐来到现场，今天这对璧人可真是风格迥异啊，先说刘舒女士吧，非常知性的美女，身穿浅蓝色针织衫，卡其色长裙和平底布鞋，非常有文艺范儿。哦，我这就问问刘舒女士：你是不是喜欢蓝色？"

我还没反应到位，懵了，吞吞吐吐地说："啊？算是吧。"

DJ再用同样的方式，介绍马可乐，这个早做好了成名打算的家伙，非常善于推销自己，还没等DJ提问，就抢先说："观众们好，我是马可乐，喜欢明黄色。"

我忍不住哈哈地笑起来，就他那身油菜花染的衣裤，确实有几分凡·高的癫狂。DJ忙对我做"停止"的手势，插播广告时，他冷冷地提醒道："刚才你的笑声漏出去了，下次注意点。"

我收敛住笑，讪讪点头，瞟了一眼马可乐，他也在笑，大家都忍不住爆笑。

广告过后，DJ问："你们当初是什么原因，想到要合作《恋爱时光我们这样走过》这部绘本的?"

马可乐抢先道："书名是刘舒取的，当时我只是想给女友画一些能够倾诉衷肠的画。"

DJ："哦?那刘舒女士，你是怎么想到这个书名的，当时你正在恋爱吗?"

他这个问题真够白痴的。于是我说："我当时刚失恋，想法和马可乐一样，想对爱人诉说心愿和感情。"

DJ："感觉真好。有网友发来评论，说是为爱过的人准备的心灵鸡汤。我有个疑问，你们的恋人都看过这本书吗?"

我们俩异口同声地答："不知道。"

DJ的鼻子皱了一下，不知他什么意思。我接着说："我的爱人已过了喜欢逛书店的年纪了，他曾送给我一本绘本，却是他许多年前的藏书，书角都起毛了。像这样的人，怎么会有机会发现这极不起眼的绘本呢?"

DJ对我的话做出评价："假如他看了这绘本，想必也会深受感动的。"

马可乐笑着说："应该会的。"

他们在救场，我都没意识到，还大唱反调，"我的前男友是个铁石心肠的人，跪求他，也不见得就能削弱他的固执，更别指望这些文字能使他回心转意了。说句实在话，他若是看这本画册，不惊呼'烂爆了'就足够感谢上帝了。"我的话，让马可乐很扫兴，他抢着说："我想，是刘舒对旧恋人失望透了，才说这番话的。其实，我在不久之前就收到女友的来电了，她说画册棒极了，她十分感动。"

我却讥笑道："那是因为你的女友只看画，不看字，哈哈……"

这下，马可乐丧气地低下头，一副受不了的样子。我却没收敛的意思，继续贬低自己的作品，马可乐颓丧地双手抱头，不愿面对自己想象到的结果，失望透顶。

一下节目，马可乐就在演播室外批评我，一副忍无可忍的口吻，警告我下次别在这种场合口无遮拦，贬低画册的品质。"你要为大家的荣誉着想，要为你我的面子争光，"他摁住我的双肩命令我听话，"这可是你的作品啊，连你自己都说不好，还怎么指望读者为你买单？"

我无力地瞪了马可乐一眼，"当初我只答应你写文案，可没说一定会陪你做节目的。"

"对！"马可乐很激愤地扬起双手，"我们当时都没想到这画册会火，现在的形势变了，难道你就不能再帮帮忙吗？"

我不知道该怎样对他表达心情，只想生气，干脆一声不吭地离开。马可乐自知过火，担心地在身后喊："嘿？刘舒！我这是在就事论事，我们现在是在工作，不是在对理念发牢骚的时候，你不要感情用事。"

我没理他，头也不回地直奔电梯口，粗鲁地摁了一下按键，有种迫切要发泄的委屈。我们就这样不欢而散，表面看似是我的错，可我却认为是两个人的生活理念在作怪，甚至动摇了我与他继续合作的打算。幸好在当天晚上，马可乐发来了道歉信息，此事就此搁浅，不好不坏地横在我的心里。

这件事，让马可乐受教匪浅，他变得有点怕我，待我处处恭敬。参加完一拨媒体活动刚过不久，签售会又接踵而来，希望在圣诞节大搞促销。

在上海市最大的书店办签售那次，我设法对马可乐摆出诸多困难，拒绝这一次与读者零距离接触的机会。原因是我懒得花一个星期的时间去打理形象和练习台风。其次是认为自己必定见光就死，不是个杰出的创作人，既然没继续创作的计划，就没必要大肆宣传。

可举办方非要两位作者同时出场，马可乐也站在举办方那一边，设法将我说服。他三番五次地打来电话，我却总是言辞犀利地对他说："不要强迫我行吗？"

"刘舒，你要搞清楚，"马可乐委屈地说，"不是我强迫你，是我们都被强迫了。"

没错，在世人的理解里，我们是共同体，缺一不可。缺了谁都不可能诞生这本画册，一旦少了一个，就办不成这场读者和商家都拭目以待的签售会。

几天后，马可乐又打来电话，对我预计签售会的盛况。他说地铁口都贴上这部画册的海报了，豆瓣同城上也做了广告，估计现场至少要挤上一万人。而今，我们是骑虎难下，必须联手把这场签售会办好，失败对大家都没好处。而且，他还告诉我，他的前女友会来现场观看，这是他们再见的好机会。

这消息倒是让我一阵惊愕，脱口问："她回心转意了？"

马可乐忍不住笑，"我想是吧。"

我乐了，哧笑道："你行啊！"

他嘿嘿讪笑，不忘央求我，"你帮我这次，我当涌泉相报。"

我当然不稀罕马可乐的回报，只是我依旧记得，当初带陆竞城看画展，他尽到朋友之力，抬举过我。难得世间有情人终成眷属，假如陆竞城也来看我，那么，我有的应该是和马可乐同样的情怀。

十二月二十五日，晴天，是上海难得的好天气。

九点抵达书店，与马可乐会合，他一看到我就失望地拍脑门，欲哭无泪地说："这场签售会非同寻常，刘舒你能不能重视一下啊？"我不明白，疑惑地打量自己，一身长款羽绒服，牛仔裤加跑鞋，脖子上裹着一根咖啡色绵羊毛围巾，仿佛是宅家太久的人，突然决定出来走走。与马可乐那一身红黄蓝绿抽象派运动卫衣相比，简直是一个艺术疯子和村婆子的搭配。

马可乐失望极了，当着我的面打电话，叫朋友火速送来衣服。他的要求很笼统，"要裙子，色彩绚丽的，混搭风格！"

我晕，难道他也要将我变成文学疯子吗？我可是表里如一的内向，绝无闷骚倾向，可不愿被读者认为我也患有"色彩癫狂症"。等马可乐挂完电话，当即拒绝道："你要是这么介意我的打扮，干脆我现在就走。"

他了解我的脾气，不敢强硬，打哈哈地说："给你一点借鉴，不强迫。"话虽这样说，他还是把这件不能容忍的事告诉活动策划人，惹来的麻烦就是，每隔五分钟就有人过来找我沟通服装的事，直到我答应把身上的衣服换掉。

穿上别人带来的"布条装"，和热带鱼一般的马可乐坐在台上，感觉很怪异。我的眼睛，总是习惯性地打量自己，感觉是已走遍天涯海角的吉普赛人，一身褴褛。主持人热场完毕，轮到我们俩分别致辞。上台之前，活动策划已准备好演讲稿，可我却被服装问题扰得头昏脑涨，压根没背下半个字。

如今事到临头，只能即兴发挥，走到话筒面前，非常紧张，"各位亲爱的……读者，"我深呼气，尴尬地笑着，艰难地吐字，"十分感谢你们，来青睐我的，不，是我和马可乐先生共同打造的画册。"说到这，我停了下来，努力回想演讲稿上的内容，却怎么也想不起一句话，面对下面寂静的人群，我艰难地笑，"真不好意思，我不记得该说什么了，本来他们是给了演讲稿的。"下面微微发出众人的哄笑，我撩了一把汗硬着头皮说："还是说点心里话吧，这本画册是我打算送给前男友的，可惜我已没机会送给他了。假如你们觉得也适合送给自己的爱人，那请自便，需要我签名送祝福的话，一定效劳！最后我祝福在场的每个人都能幸福，与相爱的人过圣诞节，别像我这样。最后……再说点冠冕堂皇的吧，希望《恋爱时光我们这样走过》这本书能像满载爱的小船，航行过每个人的生命，谢谢大家。"说完，我都紧张得要晕倒了，赶紧对读者鞠躬，再转身分别对主持人和马可乐鞠躬，希望他们能原谅我又一次的胡说八道，自觉这次即兴感言真是烂透了。

可观众们却给我报以热烈的掌声，马可乐也显得很高兴。

就在这一刻，我看到了陆竞城，他的身影在人群中流动，正从前排往后走。所有人面朝舞台，唯有他，像是在逃避，不断地往书店大门外走。让我都分不清，这究竟是幻觉还是现实，心跳逐渐加快。

顾不了许多，我抛下还在致感言的马可乐，从后台下去找陆竞城。在人来人往的商场门口，根本没有他。我不甘心，走出隔热门帘，站在户外的冷风继续寻找，身上穿着轻飘飘的礼服，始终没发现那个熟悉的背影。

这时，有人在身后呼喊我的名字，我高兴极了，热情洋溢地笑着回头，只看到活动的策划人挥了一下手里的对讲机，我脸上的笑容顿时收敛了，失望地往会场里走。

"那一定是自己的幻觉，就像我不停地做同样的梦一样。他根本不会来，生活不是电影，不会有那么多巧合，能让我们无常地聚聚散散。"当我机器似的给读者签名时，在心里一遍又一遍地对自己说，以不停地安慰失落的心，亦不再期待。

突然，我却听到陆竞城的声音在轻声唤："刘舒。"我猛然抬头，诧异得眼睛瞪圆。怎么可能，他就在面前，正对我微笑，手拿一本画册。我眨眨眼，首先辨清这一幕是不是幻影，或者，不过是因思念而起的梦一场。

见他将画册放桌面上，等待签名。我惊慌失措，还怀疑这是不是错觉，看到那颀长的手指是多么熟悉，又难以确信地抬头看他。他笑，我也笑，内心里涌起阵阵乐极生悲的情绪。拿起笔，翻开画册的扉页，头脑却一片空白，一时想不出该写什么。从未想过我们会这样相遇，而且他还是我的读者，正在大庭广众之下索要签名。

我握笔的手僵滞难动，唯有慨叹万千在内心翻腾。可他却如此镇定，没有太多的柔情，仿佛我们只是陌生人。于是我试探地问："你打算将这本书送给谁？"

"给我自己。"他说。

我以为那是爱的暗示，抬头凝望他，雨过天晴地笑了起来，连忙在扉页空白处写下"我心依旧"和自己的名字。签完字后，激动的我一阵释然，这可是我唯一想送给他的礼物。

陆竞城压抑住喜悦，抽走我手里的钢笔，翻开我的手掌，在上面写："你忙，我等你。"拿起桌上的画册，凝视我数秒钟，沉默不语地转身走了。

我凝望他的背影，有点不敢相信这一切是真的。看看周围，全是等着我签字的陌生人，这才能够确定自己在哪里。难道真是他专程看我来了？再摊开掌心看，钢笔写下的那五个字已被激动的汗水浸化了。我紧握拳，忘乎所以地仰天笑了，不顾场合地站起来举手挥拳，表达胜利之喜。发现那些等签名的读者正用异样的目光打量我，才不好意思地坐下来，笑容却未从脸上退去。还在心里反复念着："他来看我，太好了，他从没忘掉我……"乐得眼睛都湿了。

熬到了午间一点，才完成将近四千人的签名，累得我手指发抖。离去时，还有不少读者缠着要签名，我心里想着陆竞城，很不负责地将他们推给马可乐。临走时又收到了新任务：下午三点还有记者采访。

我才不顾这些，急着跑去找人。马可乐却在身后叫住我："刘舒，你等等。"真够让人烦的。我站住不动，他小跑过来，对我神神秘秘地说："假如你的前男友来跟你提手机阅读的版权，你心里一定要有数。我们不可能跟他合作，至于原因，事后我再跟你解释。"

对于此，我感到无法理解，拧眉苦笑着对马可乐说："到底是谁告诉你这些的？"

马可乐双手插裤袋，无奈地耸耸肩，"我这是为你好，真的。假如你不信我的话，可以去问经纪人，他最清楚。他的公司开发了一种新型阅读器，为这事他来接洽无数次了。"说着，马可乐对远处的读者们挥手致意，笑着大步走去。我呆滞地站在原地，还在苦苦地思考那个原本很明朗的问题：陆竞城今天来参加签售的目的到底是什么？接洽无数次，那就证明，他一直站在我的身后，默默地盯着我。

马可乐这么一提醒，我那阳光明媚的心境突然昏暗下来，身体软绵绵的，提不起精神。管不了这么多，先上楼将身上的破烂换下来再说，我可不愿这样袒胸露背地去吃饭和见记者。至于陆竞城，算了，我不想见到他，以免暗中被利用，还傻傻地替他数钱。对于我来说，爱的糖衣炮弹可是全天下最具杀伤力的武器，既然无法抗拒，就不要给他机会。

刚转进大厅侧面的电梯口，我又撞见了陆竞城。真见鬼，他从转角闪现，手里捧着花束。

"祝贺你，刘舒。"他微笑着走来。我懵了，对这琢磨不清的男人不再心潮澎湃，而是神色提防，默默等待他下一步想做什么，会说什么，究竟抱以何种企图。

他的鲜花举到面前时，我刻意后退几步，与他保持一定距离，语气冰冷地问："你是什么时候来到书店的？"就想弄清他的来意。

他有些吃惊，还以为我在驱逐他，难为情地说："签售仪式我参加了，今天你很漂亮。"

"够呛！"我在心里骂，果然早被他盯上了，并且为自己在台上的即兴感言而汗颜。他刚想说话，我便举手打断，低下头，很难堪地说："竞城，我不知该如何说清此刻的心情。我唯一的感觉就是受够了。"他怔怔地注视我，十分不解。我笑得像哭，摊开手掌说："我就这点能耐，看到了吧，就连一分钟的演讲都能搞砸，根本帮不了你什么。这本绘本的成功都归功于马可乐，所有的合约都是他签的，我只是友情参与，帮他写点无关痛痒的文字。我想你大概都看了，说实话，这本破书根本不是地铁广告里吹的那么美。"

他莫名其妙地说："我没看到什么海报，是开车时，无意收听到你们在电台做的节目。"

我顿时双眼瞪圆，嘴巴张开说不出话，只感到糗大了。那场曾让我懊丧不已的访谈，居然被他听到了。难怪他总是像春日蝴蝶忽隐忽现。我心里慌乱不已，先发制人地说："我从未上台面对过听众，你也知道。我一说话就紧张，有时候都不知自己在讲什么，所以，如果我有得罪的地方，请你不要记恨我。"

他摇头，辩解道："我从没这个意思。"

自以为是的我，可悲地笑，时刻在猜他究竟想来干什么。这时，看见经纪人在人群中闪现，我慌忙对陆竞城说："把花给我吧，谢谢你。"接过他的鲜花，他还跟在身后，我转身拦住他："我得上楼换衣服了，等会还要去见记者。你放心，我今后不会乱说话的，我非常理解你的难处，也尊重你的选择，我不曾恨你，真的。"话到此，我心酸难耐，抱着鲜花跑上楼，到二楼去乘电梯。

悄悄回首，望见他还站在那里，我的眼泪不由流了下来。多么难得的重相见，竟然这样结束了。昨日无法重现，我们都发生了质变了，不再是那套公寓里的住客，纯情男女，相互恋慕。而今，他变成了为挣钱养家不惜欺骗感情的商人，我也歪打正着地出了名，成了一块有利可图的金矿石。

进到更衣室，被忧伤和疲惫折磨得气喘吁吁的我，颓丧地随手将花束扔在办公桌上，却听到有东西掉在地上的声音。我循声去找，发现桌下有一张粉红色贺卡，打开一看，是陆竞城的字：

刘舒：

请原谅我不善言表，导致有许多知心话都来不及说出口。今天来到这里，原以为我能够在台下静静地注视你，然后悄悄离开。可我却如此渴望得到一本由你亲手送出的书。请原谅我的懦弱，因此从来不敢承认我们是相爱的，我甚至故意去淡忘，自己是怎么样迷上你的。刘舒，我曾经用理智去分析爱与幸福的关系，终归失败了。所以，我抱着你送的书，跑去给你买花，当是弥补过去我那些都不太真诚的礼物，这一次，我想认真地对你说，我爱你。我整整思念你一年六个月零三天……

一年六个月零三天之前，正是我们在公寓里不期而遇的日子。他竟然记得那么清楚。

我顾不上更衣，手握贺卡立刻追他而去。但愿他不曾走远，但愿我们还能再见，不要在错过中永远错过。

对于这场亡羊补牢式的追逐，我并无把握，只是尽全力。从书店五层走楼梯而下，一路上撞了不少人，也顾不上道歉，匆匆往下赶，商场里全是我的高跟鞋叩击出的紧张足音。来到一层大堂，只见人来人往，工作人员在搬桌子拆舞台，根本没有他的身影。我不甘心，跑到商场外找，都忘了自己衣裙单薄，严寒逼人，势必要在户外停车场寻找那倒背如流的车牌。那时候，心里越急就越后悔，早知如此，在签收时就该不顾场合地抓住他的手，勇敢地拥抱他。

绝望之时，突然有他的声音从身后传来："刘舒！"猛然回头看，只见他正在商场门口，仿佛是从遥远的时空穿越而来，只为与我相会。

我舒了一口气，笑逐颜开。他也是，脸上都涌起重逢的激动。见他展开双臂，我竟然热泪盈眶，他依旧那么美，让人怦然心动。我笑着快步跑向他，仿佛是深受磨难的孩子奔向幸福的春天，那么决绝，不顾一切地跳进他的怀里。

在熙熙攘攘的商场，我们热烈地亲吻，不顾一切。重逢的惊喜让我都忘了他是别人的丈夫，他曾一声不吭地抛弃过我。在男人的微热的体温里，我就像冰川遇到了洋流，在情欲的海雾中，睁不开眼，感到如自然界中神奇的融化的力量，将我们合成整体。

我拥有了他，他融化了我，只用了烟火迸进夜空的时间。

其实爱真的很简单，曾经感到复杂，只因每个人都在害怕。

第十七章　恋人与朋友之间脆弱的平衡

那个周末，我们一起逃走，十分即兴地进行了一场浪漫的短途旅行。

我们开车到绍兴，先在鲁迅故居走一圈，然后匆匆驾车去安昌古镇，抵达镇上时，已经是晚八点，决定在戏台旁的一家旅馆住下。

古镇给我的感觉尚好，虽然这儿已被开发，相对枫泾、西塘，至少没有游客像成批的鸭子被导游赶来赶去。陆竞城对此地较为熟悉，并深有感情，这儿曾经是他的祖母的出生地。"碧水贯街千万居，彩虹跨河十七桥，写的就是这里。"他说。

安顿下来后，我们在旅馆隔壁的饭馆吃晚饭。恰逢周末，馆子生意兴旺，满堂食客，还有戏子在小舞台上弹唱昆曲，情调别样。

陆竞城轻车熟路地推荐美食，他细心照顾我用餐，端碗递筷，斟酒夹菜，让我受宠若惊，禁不住地笑了又笑，脸蛋都成了三月春花。坐在他对面，我的目光时刻不离开他，容貌俊美的男子，温柔亲切的神态，像画中人物。我贪婪地仔细收集他的每个优雅的动作，在大脑里迅速记录成影像，便于永久性收藏。鉴于曾经的惨痛教训，我心里并不踏实，也不知过了今夜，这样的良辰美景能否还能重来？

陆竞城发现我总在看他，不自在地说："别这样看着我，吃菜！"

我这才回过神来，连忙低头刨米饭，脸一阵燥热，羞死人了。接着又身不由己地悄悄抬起头看他，看得投入时心里泛起一丝惆怅。

他察觉到我的异样，"你究竟在看什么？"他问。

"看你呀。"我直率地说，眼中带笑，"现在再不好好地看，今后就没机会了。"

他有些惊愕，"原来你这么想。"

"这是没办法。"我耸肩叹息，"谁让我这么迷你。"他挺不意思地低头笑，把我弄得好尴尬。我说："这是真话，过去一直没敢告诉你，现在就怕今后又没机会说了。"

"看来，我太让你缺乏安全感了。"他自责道，抓起我的手，深情地说，"你有属于你的独特魅力，我能感知得到。"

"那有什么用？"我自嘲地说，心想魅力再大，也起不了实际作用。

"和你在一起，我感到很轻松，很自然，仿佛这才是真正的我。"他说，"虽然我们相处的时间并不多，但是每次都那么让我难忘。"

他这话让我既然惊喜，又质疑，不确定地问："那么，你愿意明天还和我在一起吗?"

"当然!"他很肯定,"我希望明天的明天都如此。"

我像被树上落下的苹果砸到脑袋似的,有种幸运的眩晕感,整个人灿烂起来。这是多么含蓄的誓言,比南海明珠还珍贵。欢喜之余我又有些担心,生怕这只是一时冲动的愿望罢了。

"我们真的能在一起吗?"我质疑道。

"你不相信我?"

我碎碎摇头,"我不知道你们的事情都进展到哪个程度了。竞城,我想我不是个八卦的人,也不喜欢偷听别人的隐私。但是,我认为这是我现在必须关心的问题。"

"没错,其实这就是我们来旅行的意义。"他潇洒地说,"宁静的夜晚和无人干扰的空间,非常适合进行一场爱情谈判。"

他这话说到我的心坎里了,那种如糖浆般黏稠的幸福,把心都塞满了。他伸手过来抓我的手,凝视含情脉脉,让人害羞起来。我暗自窃喜,不敢在他面前太轻狂,喜悦实在压抑不住了,我扭头面对窗外,释放地无声大笑,只见黑暗中河灯点点,轻盈地随波荡漾,是散落人间的吉利祥光,在静静地等待有心人去采集。

那一夜,我们在旅馆的仿古雕花木床上相拥,兴奋地聊到天色微亮才恍惚睡去。他对我交付了那些过去,谈到了童年时初到上海时的境况,以及读大二时改专业的晦涩时光。他不对我回避感情历程,从十六岁暗恋新来的女教师,到工作后在公司里与陈佩琪邂逅,一路说到后来他们为何总是吵架，为何他不断地让步，直到现在，他已第二次向法庭提出离婚诉讼。

在我看来，陆竞城是善良得有点懦弱。但是，任何一桩有父母参与的婚恋，多半都难以做到洒脱，就好比我和胡臣宁之间。陈佩琪出身富裕，娘家在温州经营服装企业。陆竞城在上海的几所房产都有她的功劳，包括父母住的那套三居室，还是她的娘家先垫资的。在经济上，陆家对她有依赖性。从性格上去衡量，陆竞城善根太厚，基本不是陈佩琪的对手，能为财产分割问题僵持了一年多，就连判官都难以断定是非，可想而知她有多厉害。

不过，这些烦心事都不会影响我对他的爱。只要他能留在我身边，除了生命，什么都可以舍弃。每个人都因理想决定着自己努力的方向，我的理想就是爱他并被他珍爱。

次日中午，用过简单的午饭后，我们前往古镇附近的一个临水小村，我们租了一艘乌篷船，顺着运河往南走，决定晚上在河边过夜看日出。

夜晚，我们的船在远离村庄的地方停靠，远离粉尘和灯火，宁静清幽。两人依偎在甲板上，静静地数星星，清晰可辨北斗七星、仙女星座、狮子星座……能看到世上未被玷污的处女圣地。那仿佛是我们曾一起在公寓里欣赏的《星夜》，几百年前凡·高所看到的人间盛景，再次神奇地复制在我们面前。在璀璨的星空下，我们紧紧相拥，相互取暖，说着零碎的情话，彼此坦白自己的过去和未来。

他还给我讲小时候在外婆家的故事。他说，外婆家在扬州，也是这样一个闭塞而古老的小镇，家门口有水渠路过，妇女在岸边洗衣，孩子在里面游泳。炎热的夏夜，和外婆坐在屋前的石阶上纳凉，很多的老人和孩子。没有蚊香，她就用蒲扇给他赶蚊子，和小朋友玩累了，就趴在她的大腿上睡去……我也给他介绍我的父亲和母亲，以及他们那些不曾相互承认的爱情，不知不觉，我们就在船上度过一夜。醒来时，天色泛蓝，世界像沉入海里，只见东方的树影背后浮现一丝金色，仿佛凡·高画作里的一块纯净的颜料，生硬而明亮地镶嵌在苍穹里，人间寂静，慷慨地只将这盛景赐给了我们俩，两张笑脸被霞光照亮了。

我激动不已，扑进他怀里，紧紧地拥抱住，"我爱你。"我在他耳边轻声说，深知他是上帝送给我的一生最好的礼物。他也听到也在我耳边说："我也是。"

那时刻，我梨花带雨，知道他的珍惜太重，亦愿把我最可赞的青春无偿交付。

回到上海，我们约会纷繁，感情浓如夏日林荫，甚至一天三四个电话，有着说不尽的相思情话。

在爱的春华之中，我非常沉溺，不愿受其他事情干扰，每天睁开眼就想见到他，入睡前需要他的声音催眠，生活单调到只有他，他就像一只鸟笼，笼罩住我生命中的每时每刻。

马可乐对于我这"春宵苦短日高起，从此君王不早朝"似的浸淫相当有看法。其实他是担心我耽误了创作，延误交稿日期，只是不敢对我直言，而是在不恰当的时段，打来电话。

在暖烘烘的被窝里，我一手拿手机，一手搂着我的男人。听到马可乐说"那天的自由酒会你居然缺席，本打算介绍你认识一下媒体名流的"，我就打断他，"得了吧，马先生，"我说，"倘若参加酒会只为认识那些无用的人，我觉得我没什么可遗憾的，反而很庆幸，因为我已得到了我想要的。"

马可乐讶异地问："你又跟前男友和好了？"

这才发现自己因得意忘形而说漏了嘴，狡辩道："你想多了。"望了一眼被窝里的男人，甜蜜蜜地笑，"马可乐，你就不要恨铁不成钢了，我真没当作家的打算，与你合作完《恋爱时光2》就洗手不干了。"怀里的男人翻身过来搂住我的腰，不禁一阵兴奋，急忙收线，"没事我就挂了，谢谢你马可乐。再见！"

我随手把手机扔在床头，与他相拥，玩耍式地亲吻，在情欲中哧哧地笑。这时，又有电话打来，我努力忘掉那可恶的铃声，聚精会神地亲吻他，默默祈祷那声音能自己绝望地停掉。可那无情的机器，却表现出执拗态度来，真不知是谁打来的。

我想到了母亲，火烈的爱欲立刻在我的身体里退去，他也被扰得没了兴致，轻声说："先接电话吧。"

我翻身过去，抓起电话一看，真讨厌，竟是胡臣宁！被恋爱冲昏头脑的我，都忘了他来上海的事了。这时的我既生气又有点担心，溜到床尾接听，尽量避开陆竞城，并低声对电话里的人威胁道："拜托，你不要不讲时段地打来电话好不好？我忙，先这样吧，再见！"

刚要挂机，却听到胡臣宁说："刘舒，我在上海，有东西要带给你。"

"谢谢你，我现在什么都不缺。"

可他却纠缠道："我能见你一面吗？"

"算了吧，我忙着。"

"你要忙到什么时候，我等你。"

我烦透了，用拳头不停地捶床板，"你等吧，有空我再给你回话。"心想，我死也不想理会这个说我像老树根的男人。转念一想，又怕此事被母亲知道，若真如此，她肯定会像上次一样，一天三个电话吵得我鸡犬不宁。胡臣宁是孝子，每天都与家里通电话，只要他的父母得知他在上海遭受冷落，定会传到我母亲耳朵里。

此事不可这么草率处理，得想出万全之策。只要有我母亲在，胡臣宁绝对是不好得罪的。

接完这倒霉的电话，我的心既沉重又混乱。一边是我离开半步都不愿的男人，一边是我最棘手的男人，我该如何平衡？陆竞城看出我有难色，把我搂进怀里，轻吻我的脸蛋，"如果有事，就去忙吧。"

我抱住他，生死离别似的说："不，我不想离开你，今天可是周末！"

"小傻瓜，"他笑着哄我，"我们又不是连体人，总是要分开的。有句话不是说吗，所有的离别只为重逢。回去后我会给你电话，有空我就找你。"

"不行，我们的时间过一秒就少一秒。"我孩子似的要赖，"我不想离开你。"

他用手刮了一下我的鼻子，"好了好了，我也要回去处理一些事，明天还要见律师。"

一想到他和陈佩琪的烦心事，我就蔫了。什么事我都能提出要求，唯独这件事不行。陆竞城的心理压力很大，不说我也能感觉到。无奈下，我只好放开紧搂住他的双手，他离开我时发出的细碎声响让人失落，懒洋洋地起床，换衣服和他出门。

在楼道下，恋恋不舍地道别。我踮脚搂住他，亲了又亲，怎么也不足够。大家说好"这是最后一吻了"，完毕后，又想再来一次。还是男人理智些，以亲吻我的额头告终，他说："你忙完后给我电话。"

我点点头，站在原点等他离开。每次都如此，不愿是自己先离去，而是要目送他直到背影消失。为此，我不知上班迟到了多少次。每一次小别，都依依不舍如末日，仿佛已没多少时间可以沿着他的生命一起走。

甜蜜的周末就这样被各自的私事扰乱了。胡臣宁却凭着我给的邮寄地址，事先找来。就在小区对面的咖啡馆里等。还算懂事，没直接闯进来敲我的房门。

徒步去见胡臣宁的路上，我不断在心里骂，"可恶，可恶，坏了我好事！"让人更可恨的是，胡臣宁要送的东西，居然是一只毫无意义的巨大绒毛熊，他当我还是校园里的白衣蓝布裙少女，会为这种幼稚的东西雀跃欢欣。

在卡座里对坐，我不胜其烦地咬着柚子汁的吸管，不愿看他一眼，恨不得快点结束。尽管他刚打了一场胜仗，正欢欣鼓舞对我描述他在上海公司面试时的全过程。他说:"没有什么闪失的话,这个月底我就来上海了。"

我瞪了他一眼,"北京的学生大老远地跑到上海来,你想干什么啊?"

"工作啊,生活啊!"他很冤枉地说,"这有什么不妥,我喜欢上海。"

"我不可能喜欢你。"我很直接,"别以为你来上海就能改变什么。"

"我来这里可不是为了你,刘舒,你别美了。"他也白了我一眼。

话虽这么说,胡臣宁却在我所住的小区里租下了房子,给出的理由就是:小区外的信息栏上有租房消息,看房间合适就订下了。他还振振有词地说:"我对上海的认识,就从这里开始的,你得理解一个初来乍到的外地人。"

将房间布置整洁后,胡臣宁邀请我到他的新屋做客。房子的格局和我租的类似,家具半新旧,都是房东留下的,在床旁边堆了几箱邮递纸箱,都是他在北京的书。我问他学业怎么办,他却说得很轻巧,"反正不太远,有必要就回去一趟,都快到写毕业论文的时候了,也不会有什么要紧的事。"而他越是这样,我就越内疚,不希望他在我的道路上越走越远,结果在这条死路的尽头堕落。

我摊牌,亲口告诉他我已心有所属,再次强调自己不可能再接受他。"我非常爱他,我们的感情很好。"我毫无保留地说。

　　胡臣宁有些吃惊，似乎已想过这个问题，仍抑制不了心头那一阵失落，同时又天真地抱着侥幸心理。"他也像你爱他这样爱你吗？"他问。

　　"我想是的。"我没把握，但语气很坚定。

　　"祝贺你。"他装笑。

　　"胡臣宁，我很抱歉……你真不该来上海。"他看上去越宽容，我就越难过，惭愧地低下头。

　　"你不必这样想，"他苦中作乐地说，"我来这里，真的不是为了你，上海是一个金融大都市，这里有经济学博士的位置。不管是和谁在一起，只要你开心，我都支持。"

　　他说得我眼睛都湿了。多么宽广的心胸，他这人并不可恶，有时还过度的好，只可惜他注定是要与我擦肩而过的流星，我注定要为陆竞城燃烧，直到陨落天宇。"谢谢你为我做了那么多。"我弹掉眼泪，欣然而笑，"说实话，我对你只有愧疚。"

　　"这是我的选择，你别为此有负荷，好吗？"他安慰我道，"原本我就反感婚姻，这确实是实话。只是遇见了你，我认为，可以尝试一下与喜欢的人结婚。"

　　这让我想到了当初的误会，忍不住笑了，"对不起啊，当初我对你说了那么难听的话，你可别往心里去。"

　　"后来我也觉得自己反悔得不太恰当，主要是爸妈逼得也太急了。我说了实话，没想到会闹出那些风波。"他耸耸肩，很无辜的表情。

　　我笑笑不语，没想到我们能以这样的谈话结束一段感情，没有闹得鸡飞蛋打，却增进了情谊。他说在上海生活有什么不懂的，还需要向我这个过来人请教。我答应他，只要能提供帮助的，都会慷慨相助。其实，从我们相识开始，他给我的感觉就是这样——仿佛故友。能交心，能畅谈，能求助，能生气，能理解……遗憾的是，我早在遇见他之前，把全部的爱，包括灵魂，都给了陆竞城。

虽然彼此已和解，仍旧不愿他来打搅我的生活，最好别被陆竞城发现他的存在，因为我真不知该如何解释我与他的关系。

生活中，我刻意将胡臣宁的痕迹抹掉，他的电话号码存在手机里，未命名，在通信记录里永远以陌生号码出现。我不许他擅自拜访，有事先打电话。即使这样，我还是对那些非正常的敲门声警惕，每次都要隔着门先喊："谁?"

有一次，真把我吓坏了，问话无人应答，唯有敲门声持续不断。我以为是胡臣宁，顿时火冒三丈，猛然拉开门，竟然是我心爱的陆竞城，他疑惑不解地说："你在做什么呢，敲半天都没人应门。"这让我羞愧得无地自容，只好以拥抱道歉，安抚他有些不快的心情。

我专程去配钥匙，避免再有此类事情发生。陆竞城下次再来时，我打开房门，笑得诡异，将一把钥匙举到他眼前，"说你爱我，"我挑逗地笑，"好让我把它送给你。"

他会意地笑，果断地抽走钥匙，扑上来亲吻，在我耳边说："你是我的……"

透过他的肩膀，我看到胡臣宁在楼梯下一闪而过，困窘地想偷偷溜走。我不禁一阵热愤，无心于情人的甜蜜，急着把陆竞城拉进屋。这可恨的胡臣宁却穷追不舍地来敲门，我不想开门，安抚陆竞城说："敲门声是对面的，不是我们这一间。"快步溜进厨房里摆弄咖啡机，假装听不见。

陆竞城却说："好像是找我们的。"没等我来得及阻止，他已走去拉门。

两个男人撞面，把我吓着了，双手抱头在心中说："这下完蛋了。"

胡臣宁怀揣一本书，见到陆竞城时，紧张得说话结巴，"刘舒……她，在吗？"

陆竞城很礼貌地把门敞开，热情迎他进门。躲在厨房里的我又生气又无奈，最担心的问题最终还是撞上了，而这一次胡臣宁是故意的。无知的陆竞城却大呼道："刘舒，有人找！"

这下真躲不过了，我走出去面对他们俩时，尴尬得脸火辣辣地烧，逞强地笑着给他们俩做介绍，"啊，是胡臣宁啊，这位是我的男友，陆竞城。这位是昆明的……老友，刚来上海发展。"其实，不管如何说明胡臣宁的关系，其中都要有一个人受伤。

"是小学老同学。"胡臣宁进一步明确关系，"不好意思打搅你们了，我是来还刘舒的书的。"他把那本《上海指南》举了举，不停地对陆竞城点头笑，眼睛却在偷瞄屋子里的陈设，我不曾邀请他来家里做客，这回，他肯定不想放过饱眼福的机会了。

陆竞城却对他摆起客套，很友好地说："进来坐吧，你来得正好，刘舒刚烧了咖啡，就进来一起品尝吧。"

胡臣宁居然跨进门，没等主人请坐，就大大方方地在沙发上跷腿。我也不好意思驱赶，闷在厨房里准备水果和点心，随他们在客厅里闲聊，只要胡臣宁不捅破我们曾经的事就好。听到他们不仅话题投机，还互赠名片，我就火大，在心里不停地骂："混蛋！混蛋！又被他耍了！"拿水果刀将盘子里的火龙果切个稀巴烂。

这时，客厅传来陆竞城惊奇的询问："刘舒你在干什么啊？"

我应付他道："做果盘！"

胡臣宁要离开，我主动提出送客，就是要好好地修理他。一关房门，我便扯他的袖子快步下楼，到了适合说话的地方，我厉声威胁他道："你到底什么意思，很好玩是吗？我不想骂人，可是你总是让我生气。"

"我又没做见不得人的事，不就是喝了你家的咖啡吗？"他不服气地说，"再说，我要是当时像见鬼一般当场就溜，那才值得怀疑呢！"

"我不是说过吗？"我气得七窍生烟，"来找我先打电话，你倒好，一声不吭地自己跑来了。"

"我打你的手机了，没人接。"他理直气壮地狡辩道，"而且我当时已到楼下了，就三楼，算白跑一趟也无妨。"

我争不过他，自认理亏，"好了好了，没空与你这种人吵，总之不许再有下次。"没等他回话，我毫不留情地调头往回跑，把他扔在黑暗的楼道里，才不管他是否会心情难受，反正我是气炸了。

回到家里，一推开门就看见陆竞城在打电话，听语气，好像对方是女性，非常柔和，在劝也在叹。见我进门，他便有意回避地走进卧室里。我不好进去，坐在客厅的沙发上，悄悄捕捉他的说话声。整套屋子静静的，空气里全是我的猜疑。

我偷听得入神，见陆竞城走出来，我惊慌失态，急忙抓起茶几上的咖啡杯，伸手去扶咖啡壶，假装正要倒咖啡来喝，却被他提醒道："你拿的那只杯子是客人留下的。"

我这才意识自己出丑，看了一下手里的杯子，赶忙放下，像触电一般：心里又对胡臣宁一串咒骂。见陆竞城在洗手池的镜子前整理仪表，像是要出门。我走过去问他："是不是出什么事了？"

他扭头对我笑了一下，伸手揽我走到客厅里，安慰我说："没什么要紧事，只是我有必要出去一趟，还会回到这里，可能会很晚，你就别等我了，先睡吧。"

"就不能告诉我吗？"我眼巴巴地仰视他，恳求他别瞒我，请把我看成自己人。

他捏了一下我的双手，举到嘴边轻吻，"你没必要为这种事心烦，而且我不希望你今夜睡不着觉。"

我猜到了，吃惊地问："是她吗？"

"嗯，"他很坦诚道，"她正在我父亲那里闹。"

我惊呆了，不知说什么才好。

陆竞城泰然自若地笑一下，把我揽入怀，"别想多了，早点睡，不必等我。"

他的温柔，他的善举，将我深深打动了。我紧紧地抱住他，"你要小心，一路平安，要平平安安地回来。"我心里忧虑重重。

"我不会有事的，你放心。"在我头顶留下亲吻，这是他一贯安慰我的方式。

其实，我能看得出他的沉重，表面上那些云淡风轻不过是表演。见他如此受罪，我既惭愧又感动，默默发誓，要用心珍惜他，胜于珍惜生命。

第十八章　雨后彩虹有多短暂

　　那天晚上，陆竞城没有回来，也不知遇到了什么状况。为等他，我不知不觉地写稿到天亮。早晨七点照常洗漱，准备去上班，心里还是放不下他。

　　出门前给他打电话，他正在上班的路上。"实在太晚了，我就在父母家过夜，怕吵醒你，也就没打电话。"他这样解释道，半句不提陈佩琪。我不好意思问，也不想责备他，免得他得知我一夜未眠，不但心疼我还瞎猜。

　　也不知为何，我和陆竞城开始有隔阂了，已没了当初在绍兴旅途上明月鉴人心一般的清透。似乎是爱越深，就越难以坦白，最爱的人，偏偏是最难了解的那个。在爱情盛浓的岁月，我们就这样相互怀揣秘密，让所有谎言都有了善意的借口。

　　离婚案二次开庭的前一周，陆竞城与我商议，"最近事多，我就不过你那里去了，等开庭后再说。"开庭成了比我更重要的事，或许，容易得到的，往往都不会放在首位吧。其实，我觉得要离开一个人轻而易举，就像他当初离开我那样。再难缠的人，再难理清的事，只要有决心，必定能够让另外一个人万念俱灰。因此，我始终不能理解陆竞城，他就像莘莘学子面临高考那样全力以赴，不敢有丝毫怠慢，力争将这场分离做到尽善尽美，大家心服口服。

他不在的日子，思念像荆棘生长，让人坐立不安。打电话是排解苦闷的好办法。早晨一到办公室，第一件事就是给他去电。碰上几次他说将要开会，匆匆收线后，我就不在这个时段打电话了。

午间，是每天必须履行的通话时间。他若空闲，我们能聊半小时以上。心情大好时，我说："今晚我们能否见面，我感觉好久都没见到你了。"

他说："我们才分别了三天，不算长吧？"

"天上一天，地上一年啊。"我谄媚地说，"怎么样，晚上我们一起吃饭？"

只要我提出要求，他总会尽可能地满足我。但是，不排除他也会尽量答应别人的要求。欢聚一夜后，我们又陷入了遥遥无期的分离状态，思念依旧难熬。而我却意气疏懒，不想像玉面狐狸似的整天邀宠献媚，结果不得人心，还有失节操。我相信陆竞城是爱我的，只是爱情尚未伟大到能够战胜人的本性。

每次与陆竞城通话，关心他当天的状况时，他总是一如既往地敷衍道："今天还算好，工作有些忙，心情平静，没出什么大事，一切都好。你呢？"

我同样也是报喜不报忧，尽管刚在下午的会议上与新来的运营总监相持；尽管我多么思念他的气味，没有他的夜晚总是半夜惊醒后怎么也睡不着。甚至有一天晚上，我梦见他走在悬崖边，突然纵身跳入深渊消失不见……我太担心他，太思念，他不在身边的夜晚，简直是一种极刑，这仿佛是对我太过依恋他的惩罚。

可我却忍着，掩口不提，咬牙在他面前表演风和日丽的剧情。在幕后又隐隐担忧，我们俩就在这互不相见、相互敷衍的化装舞会中，无知觉地走进各自的迷宫，渐去渐远，丢失彼此。

一天傍晚，下班回到小区门口的地铁站竟然偶遇胡臣宁，彼此都为这概率千分之一的巧合而惊喜。我们寒暄着一起走回家，他问我有什么圈子可以推荐，周末找些聚会打发时间，比如打网球、羽毛球之类，或者像北京那样，有什么"博士沙龙"。我老实告诉他不了解这些，如果他喜欢社会话题讨论，可以去参加我的导师家每周六举办的聚会。

胡臣宁对此很热心，"这倒是我感兴趣的，不过，是不是需要你引荐？"

我想了想，他的顾虑是对的，毕竟这是私人聚会，他一个陌生人突然闯进去不好。

"这周六我带你去。"我说，"从家里坐车去到那儿大概两小时，我们要在下午五点出发。早点过去，我好给你介绍一些人。"

"好啊，谢啦。"高兴之余，他又不安地问，"周末不用陪你的男友？"

"问那么多干吗?"我的口气很冲,狠狠地斜了他一眼。在我正为这事沮丧的时候,他居然哪壶不开提哪壶。

胡臣宁知趣地举手道歉,不敢再惹我这只突然情绪不佳的母老虎。

已有一个星期不见陆竞城了,这是从绍兴回来后我们最长的分离。迫切需要他的焦灼感被时光冲淡时,我发现一个十分严重的问题——竟然说不出我的爱人在干什么。每天仅十分钟履行公事般地通电话,说的都是一些没用的祝福。况且大家都犯了只报平安的坏毛病,为了取悦对方让对方安心,故意用虚假的欢笑掩盖生活的本质。

我见不到他的磨难,他也不知我的煎熬,我们不约而同地用爱蒙住对方的眼睛,以为这种办法能稳固情感的江山。

带胡臣宁去参加聚会的路上,我一直在思索这个严重的问题,左右为难,要不要与陆竞城讨论这个问题,让他认识到我们克制不见的严重性,但愿他能认同我的观念,对比一份注定要离散的旧情,新感情不更值得花精力去经营吗?

我不知道他怎么想。隐约中,我似乎理解了陈佩琪对他的厌怒,也明白了他的感情路程为何中途出现波折。突然我握紧拳头,下定决心,不能再沉默,否则旧梦逆袭。等下周一,倘若陆竞城还不主动来见我,那么我就不计后果地向他摊牌,不管那些话他爱不爱听。

我一心想着如何化解与陆竞城产生的矛盾,将胡臣宁忘在一旁,回来的路上也如此。末班车里,空荡荡的就几个人。我们俩坐在一排位置上,沉寂得有些尴尬。我一味地望窗外黑漆漆的夜景，默默想心事。突然听到胡臣宁问："刘舒，你快乐吗？"好像是从寂静教堂里传出的神的疑问。

我不知就里地斜了他一眼。只见他木讷地双眼直视正前方，好像那句话不是他说的。见我久无回应，他长长发叹，却没了下文。

其实，我也弄不清这样的生活是苦是乐。周一，陆竞城的案子在早上开庭，与其说是宣判他们婚姻结果的日子，还不如说是我的受难日阶段性结束的时候。问题是我不清楚陆竞城如何看待这场判决，倘若他再次败诉呢，他将会如何处置我们的感情关系？

早上九点到公司，第一件事就是与陆竞城通话，问他在哪里。他很清楚我的心思，抚慰我道："已到法庭外了，你安心工作吧，这次一定会顺利的。"

我才不担心他的审判结果，只是特别想念他，"今天晚上能与我吃饭吗？"我问。

"现在还定不了，下班时我给你电话。"他答。

真令人扫兴，他并没有像我这样受尽思念的折磨，即使分别九天，依旧没将我安排在第一位。我丧气极了，索然无味地提早结束通话。

整个白天，我真实地感觉到自己并不快乐。他这个样子，让人很没激情，就连那些在周末反复彩排了无数次的话，到了此刻，都因无望而自主取消演出，什么都不想说。就让问题继续恶化吧，对他真的无话可说，今夜我还是要学会在孤独中辗转反侧地睡去，习惯在清晨睁开眼，只看到旁边空空的枕头。

傍晚六点，我收拾东西准备下班，手机很准时地响起了，一定是陆竞城。我却心如止水，做好听坏消息的心理准备，声音冷淡地"喂"了一声，等他说。

敏感的男人听出我的异样，小心地问："不方便接电话吗？"

"没有。"我简明扼要地答。

"晚上你有空吗？我们吃个饭。"他说，"想在哪里吃，我听你的。"

也说不清他这么做是在补偿我，还是出了什么事。我惊疑地问："今天开庭的结果怎么样？"

"见面了再说。"他的音色一直平静，"为我做饭好吗？在家里等我。"他那低沉的声音，平静无澜的语气，神秘兮兮的仿佛将要进行最后的道别。

独自在超市购物，我心情忐忑，竟然成一个等待判决的犯人，害怕真相的残酷，同样又为幸福陡然消逝而忧伤。曾经的幸福总是让我感觉是在梦里，因为害怕醒来而患得患失。在厨房里做菜时，我竟伤悲得提前掉下眼泪。

出乎意料的是，陆竞城竟带来红玫瑰和白葡萄酒，见我有哭泣的迹象，体贴地问怎么了。我逞强地假笑，"刚切过洋葱。"用手背揉干眼角的泪。

他赶忙抓住我的手，不许揉，嫌我的手不卫生，伸手抽来纸巾给我擦。相别未满半月，我却感觉漫长得仿佛过去了半个世纪，对他有了陌生感，有些不好意思接受他的温柔和凝视。可是，我曾是多么浓烈地想念他，需要他，因他不在身边而度日如年。

"过了今夜，我们是不是又要分别了？"我仰头看他，没等他做出回应，我就提前绝望，强笑道，"竞城……"我欲言又止，伤心的话不忍出口。

他伸手来想擦去我的眼泪，却被我拒绝了，脸转过去，背对着他。听到他沉沉的一声"对不起"，我更是肝胆俱裂。

我说："我爱你，除此之外我无能为力。"

"我知道，我也爱你。"他很诚恳地说。

我回头望他，笑着流泪。他也笑了，突然抱起我，把我高高地举在空中，"一切正好相反。"他兴高采烈地高呼，"我们赢了！"把我吓得惊慌尖叫。幸福突如其来，我措手不及，撒娇地双手轻拍他的肩膀，埋怨道："讨厌，竟然骗我，讨厌！"两人都欢喜得天旋地转。

他把我放下，慨叹万千地紧紧拥抱。头埋在我的脖子里，不声不响，像是从一场海难中死里逃生之后所有的悲喜。我能体会他的心情，轻轻地上下抚摩他的后背。两人在拥抱中相互勉励，体谅，无须言表，我就能感知到他的孤单心语，他带来的那束红玫瑰正在不远处如火绽放。

我们倾诉了一夜，兴奋得难以入睡，正如在绍兴的那个夜晚一样。陆竞城告诉我他在这场离婚案里的损失，差不多失去了全部财产，有种一无所有的空无感，人生还需重新开始。我安慰他，一个人最重要的是灵魂，其次是自由。每个人必定要为争取自由而付出代价，清空一切，能更好地开始。

他认同我这一说法，感动地亲吻我的脸颊，然后说："现在，我的心好静，这五年来，从未有过的安静。"

　　我怜爱地伸手绕过他的脖子，让他像幼儿一般，枕在充满母性的温暖怀抱里宁静入睡，假如天使也有体恤之情，请在天籁云端轻唱福音曲。

　　我们商定，等法院判决书下来，要好好地为正式的自由庆祝，请来要好的朋友，当众订婚。我们还计划，要过一个温馨的圣诞节，要一起去看元旦的烟花，新年的第一秒要拥吻、相互祝福，春节一起回昆明，见过我的母亲，然后是他的家人……人生如此美好，我们仿佛乘上高速列车，满载欢声笑语驶向传说中的幸福岛。

　　某日，又在小区门口偶遇胡臣宁，我主动打招呼，春风得意地说："我很快乐。"算是给那晚补上迟到的回答。
　　胡臣宁欣慰地笑了，"那就好。想必明天的平安夜都安排好了吧。"我笑着点头。他羡慕地说："看来我最惨，只能参加公司里的Party了。"
　　我说："你应该给自己找个伴儿，两个人吃饭比较香。"
　　"刚来上海时有过这个想法，"他幽默地说，"现在不敢奢望了。我感觉上海女孩真可怕，这里的外地女孩更可怕。"
　　这话，把原本就心舒气爽的我逗乐了，忍不住哈哈大笑。胡臣宁只是轻轻哼了两声，脸上的宁静像是装出来的。沉浸于蜜罐中的我，对此浑然不觉，一心在陆竞城的道路上闷头走路，不问世事，天真地以为，命运无偶然，皆为爱情生老病死。

平安夜的烛光晚餐，我盛装出席，穿起长到脚踝的大衣，里面是一件刚花了半个月薪水买的粉蓝色礼服，长发高高绾起，佩戴熠熠闪亮的铂金耳钉。在餐馆遇见陆竞城，他面上放光，赞赏地在耳边低语："今夜你真美。"我怡悦无比，挽着他的手臂步入烛火融融的厅堂，似乎所有人都注意到我的盛美。

我和他分别坐在餐桌两头，默默地等应侍生上菜。百无聊赖的我双手抵住下巴，贪婪地凝视着烛光对面的男人，一想到他是我的，就激动得喜不自胜。他对我这个癖好感到不可思议，低下头悄悄问我："你要看多久才够？"

"一辈子吧，"我的眼睛朝天上一翻，俏皮地说，"兴许还不够。"

他无可奈何地笑，目光里全是宠爱。这时，一串手机铃声响起，他掏出手机，没马上接听，脸上的悦色一下就退去了，他向我请辞，"抱歉，我去接个电话。"

起初，我没起疑心，任由他去，只是难舍难分地望他在远处接电话的背影，心中飘起一个誓言，便向侍应生借来纸和笔。两分钟后，他回到位置上，轻声解释："抱歉，一个朋友喝多了，借酒兴打来祝福电话。"他的笑容并不自然。

我对此无所谓，把刚才写的东西递给他，娇羞含笑地不敢直视他。

陆竞城看了一眼纸条，把它放进衣服口袋里，非常简单地回答："Me too！"

我们都会心地笑了，两张脸上都泛起淡淡的甜美的悦色。他微笑着给我斟上餐前饮料，我默默地注视着他的一举一动，心有感慨，这可是命运送给我的最好的礼物。他发现我又在盯住他看，无奈地笑着摇头，宠着我这个恶习。我托着下巴注视他，不厌其烦地看着他，人间天堂，莺歌燕舞，莫过于此。然而，美妙的气氛却突兀地被一个手机铃声打破。

这一次，陆竞城操起手机箭步往外走，表现出少见的厌气。他极少这样，也不知接了哪个讨厌鬼的电话。我的目光追他而去，远远地看到，他腰身微弓，一只手在激昂地频繁挥动着，像在谈判一件棘手的事。这次谈话长达十分钟之久。

回到我面前时，他神色黯淡，面部肌肉是紧绷的。我关心地问一声怎么了，他急忙以微笑遮掩，"没什么，同事打来的电话，工作上出了些纰漏，不碍事。"

我觉得他在撒谎，事情并非他说的那么简单。凭我对他的了解，一定是遇到了非常棘手的事，否则他的神色不会有这么剧烈的变化。

这时，应侍生上菜了，香喷喷的黑椒牛排放在面前，美食让人忘记烦恼。侍酒师推来餐车，服务周到地为我们摆上硕大的葡萄酒杯。开始进行开酒仪式了，小提琴手踩着节奏走来，投入地拉起了《All I Ask Of You》的主旋律，让我既惊喜又慨叹，陆竞城使了个眼色，对我举起酒杯，这些都是他为表达自己而精心布置的。

我拿起杯子，只见烛光把彼此的脸暖化了。举杯互道贺词，他说："为我们明天的幸福。"我说："为我们永恒不变的爱情。干杯！"

然而，在我们的欢颜背后，却暗藏着天崩地坼的隐患。进餐过半，陆竞城的手机再次响起，这一次，他没回避我，随手接听，不一会儿，他脸上的笑容瞬息不见，取而代之的是惊惶，转而变成恐惧，直到最后才说话："好的，我知道了，谢谢你。"

我也被吓到了，感觉有噩耗传来，他一挂断我就急迫地问："发生了什么？"他惨白的脸色让我惊愕，"是谁的电话？"

"佩琪她在高速路上出事了。"陆竞城镇定地说，他已经坐不住了，起身拿起外套穿上，急着要走。

我也跟着站起来，惊惑地问："出车祸了？"

"肯定是。"他说，"你也别着急，吃饱了再走。然后打车回家，忙完后我会跟你联系。"

可我却抓住他，隐忍的表情几乎要哭了。"你别去好吗？"我哀声求道。

陆竞城惊愕地回头看我，从未想过我竟会做出阻拦。

我也顾不了这么多，凭着女人的第六感，自作聪明地说："难道你还不了解她吗？这只是她的手段，就像过去酒馆买醉一样，不过是为达到她想要的结果！竞城，你的善良一次次被她利用，你根本不是对手，我敢保证，她确实出车祸了，但并不严重，很可能是她故意的！"陆竞城僵住了，我再以前所未有的可怜语气哀求道："不要去，好吗？这全是她部下的陷阱，和任何一次她再次得到你一样，这全是她故意而为之。"

"刘舒，我很能理解你的心情，但是我必须过去一趟。"他沉重极了，"今晚她的情绪极差，看似不是玩笑。"故作笃定的语气中仍旧透露出焦急。

我这才醒悟，很可能之前的那一连串电话就是陈佩琪打来的。我惶恐起来，不知如何表明那种不好的预感，一直摇头说"别去"，就是不愿他走。

可他却拍拍我的手臂，"好好照顾自己，今晚我欠你的日后一定补上。"说着甩头就走。

"再过几天法院的判决书就下来了，"我对他的背影大声吼，"你可别忘了这件事！"

陆竞城止住脚步，站在那里，僵持着没回头。

我在他身后哀声恳求道："你不要去，不要去！相信我，竞城……这是最关键的时刻，一定要让她死心，别让她反悔。"我的心痛得都要破碎了，"想想你的自由，还有我们的计划……竞城。"

话完，我都僵了，感觉自己是个悲哀的孤胆英雄，在为一个妥协的人争取灵魂的独立。

他定在那里，空气都跟着凝固了。可是维持了数秒，他便头也不回地大步而去，无比决绝，只留给我一个写满忍辱负重的背影。

那一刻，我泪如泉涌，失态地在熙攘的大堂里哭出声来。我输了，多少奉承欢爱，山盟水誓，在他们的旧情面前，居然如此不堪一击。当强烈的情欲降临，我们无可抵抗，只被推动着朝前走。当尘埃落定，理智回归大脑，人则还原了本来的面目。

原来，他就是这样对待我的赤诚之心的。

第十九章　上帝手中的悲喜剧

　　我生病了。说不清是太过悲恸的原因，还是那夜吃杂了东西。平安夜，本该宁静美满的圣诞晚餐，最终却成了我们不可逆转的分手宴。陆竞城走后，我面对满桌的美食悲愤交加，拿食物发泄，吃掉所有的甜点和冰激凌，喝下整瓶的红酒和一份冰沙奶昔，抱着几乎要撑裂的肚子，在的士车上一路哭着回家。

　　我太悲伤了，因为太过用情。一下的士就呕吐不止，又痛哭又咳嗽，记不清自己是怎么回到屋子里的。

　　半夜醒来吐尽苦水，开始胃疼，次日浑身无力，头晕目眩，根本无法站立，只好打电话给领导请病假。我又昏睡了一天，不吃不喝，除了还会流泪，已感觉不到自己的存在，似乎就要化作荧光被风吹走了。大脑里偶尔突然跳出陆竞城在餐馆里决然离去的一幕，眼泪便如断线珠串连续滚落。"我就要死了……"我喃喃道，"如果我死了，你会不顾一切地跑来吗？"

那一刻，我真正明白了，他心里的缪斯女神，从来不是我。

也不知昏睡了多久，在半梦半醒的恍惚之中，我感觉身体被人翻动，朦胧中听见有人喊我的名字，我的脸被拍得啪啪作响，却感觉不到疼，似乎有个声音在说："你不要睡，我们这就去医院，要挺住……"可我却以为在水里，万象流离不定，一片汪洋，越下沉越阴暗，耳边只有咕噜噜的声响，突然一片黑暗，仿佛世界对我关上了门。

在医院躺了一天一夜，我在阳光明媚的早晨醒来，最先看到的是胡臣宁。他对我说的第一句话却是，"三加三加三等于几？"

我白眼瞪他，毫不留情地说："你有病啊？"

他心有余悸地说："你可是高烧40.4℃，烧得昏迷不醒的，我现在最担心的是你脑袋有没有烧糊。"

我吃惊地眨了眨眼，这才意识到自己好久没去上班了，不禁问："今天是几号？只觉得浑身酸痛无力，肚子好饿。"

"还有三天就元旦了。"胡臣宁幽默地说，"你自己算算。"

我羞赧地双手捂住脸庞，真没想到在之前，自己竟为爱情落魄到这种地步，也像艾薇塔那样在死亡线上挣扎过。

问胡臣宁是如何送我来医院的，他说破门而入，我信了。这家伙向来勤快，一旦打电话无人接，就跑上楼来看看。

我的手机不知落到哪里去了，混乱的平安夜，我失去的太多。重换一部手机后，时时刻刻在等，却始终不见陆竞城的号码闪现。

　　有些事想隐瞒，却欲盖弥彰，有些人，你想挽留，却渐行渐远……难道每个人的运气，不过是上帝手中的傀儡戏吗？他就这样一去不回，那些曾发生过的恩爱，他许下的伟大誓言，就这样花自飘零水自流了。

　　我对陆竞城好失望，失望深重到连出口都无力。

　　元旦前夜，我怀着落空的心情，和胡臣宁去外滩看新年的烟花盛会。挤在人群里，胡臣宁雀跃欢喜，像是这个世上最快乐的人。我失魂落魄，心里还在思考陆竞城，审视自己此刻的境况，突然想到一句诗："瘦雪一痕墙角，青子已妆残萼。"我和他曾设想周全的计划啊，全毁于一瞬，他的那些信誓旦旦啊，成了讽刺——锋芒一般针针扎心。如今，春华殆尽，花蒂结青果，可这样的结果未必就是春花之志。佛说因果无异，种因得果，可是我却怎么也想不通，究竟是谁的错，还是宿命的根本就是——他并不爱我。

　　对岸，烟花从陆家嘴的楼群中升起，观众顿时发出轰动之声。胡臣宁拉着我，手指远方的天空，"刘舒，你快看，那烟花出现了元旦快乐四个字的造型！"

　　我无心为烟火愉悦，这样的夜晚，我本该躲在爱人的怀里憩息，而不是和胡臣宁挤在人群中，看新的一年如期来临。

　　曾与陆竞城说好了，要在一起看烟花，要在新年的第一秒拥吻，许下心愿……说好今生要同船共渡的，他现在哪里？想到这，我黯然神伤，眼泪从鼻子里流出来，灰溜溜地低着头走了，不给胡臣宁一声招呼。

他突然从身后追来，拉住我的手臂，"刘舒，你要去哪里？你别这样！"见我表情要哭了似的。他当即作出退让，怜香惜玉地说："要不我们再找个地方坐坐？"

我动作僵滞地摆了一下脑袋。他没辙了，遗憾地说："那我们回去吧。"

胡臣宁希望失恋的女人能尽快从忧伤中走出来，可我却缱绻于《玉漱词》中的伤春意境，举着梅花伞，在眼泪中看往事如烟。也说不清一个人究竟要看尽多少繁华，才能抵挡失恋的空虚，那种失去感，就像孕妇的子宫突然没了胚胎，空空如也。元旦之后又过了一个星期，我确定，这段恋爱已剧终，思念的人不再回头，我完全可以为他焚纸立碑，葬在人生旅程的路口，忘或不忘都成了自己的隐私。

距离春节还有二十天，郑恩姬宣布结婚，纷纷给公司同事们发喜帖，还在公司的群空间上传了他们价值七万元的婚纱照。她无名指上五克拉的钻戒让同事们集体艳羡，其惊呼声高过了当初艾薇塔收到一大捧红玫瑰。

郑恩姬要嫁给一个暴发户，也不知她这次是否能成功晋级。她要嫁的人不是众所周知的某个男友，也不是我曾为他挑皮带、打火机的那个。前不久，她参加电视征婚，与现场男嘉宾手拉手出场后就分道扬镳了。倒是电视播出后，她的娇俏可人打动了一位做中韩贸易的暴发户，他打电话到栏目组获取了她的联系方式。

这回，郑恩姬可真是像中彩票大奖一般得意，逢人就叹："这就叫有缘千里来相会，无缘对面手难牵。命!"

只要是长眼睛的，都能看出她飘飘然的炫耀。不少人看不惯她这种提前炫富，几个嫉妒心强的同事因此疏远她，有的还在背后流传些不入耳的风凉话。一个女人，因为即将步入豪门，便成了公众劲敌被人讨厌，这种现象倒是让我惊讶并费解。

将心比心，我是羡慕她遇到了愿意并能够嫁的人。不像我，失败告终的恋情，连一句交代都没得到。悲愤的心情还影响了创作，以致马可乐打来电话说的第一句就是——"姑奶奶，你是不是又失恋了?"这一次，我在《恋爱时光2》中再说实话，不但没获得喝彩声，还被马可乐当头一棒，"那些文字完全不行，全部要改。"

为了让我振作，胡臣宁费了不少苦心。因为心情糟糕，我拒绝春节回昆明过年，他就帮我说服我的母亲，理由是他也不回昆明，趁春节长假有空去看楼盘。母亲居然为此欢欣鼓舞，还以为我俩感情升温，已到了谈婚论嫁的程度了。电话那头，她万分欣慰地祝福我们，"不想回来就算了，春节好好跟小宁过。"

这真让我哭笑不得，奇怪地问："妈，你到底在想什么，是不是又听到什么假消息了?"

"我能想什么啊，"母亲冤枉地说，"小宁不是要去看房子吗? 你在上海没事就去陪他一起看，你们年轻人经历浅，多一个参考不更好吗?"

　　这下我才清楚胡臣宁在暗箱操作。相比母亲的念叨，还得感激他为我做的掩护，就我这副沮丧样，回到昆明肯定被母亲盘问不休，整天在家开批斗大会。我最烦被没谈过恋爱的老一辈来评判爱情，他们只懂得结婚生育相夫教子，以为婚姻是人生的必经之路，而不是一种生活方式的选择，是对爱情的交代和保护，是缘分的开花结果。

　　除夕夜，我和胡臣宁一起吃年夜饭。这是母亲的旨意，当然我也不想在这原本是合家团圆的时段，独自凄凉地度过。幸好胡臣宁也提出一起搭伙，买来食材，笨手笨脚的家伙能把松花蛋煎煳，没办法，我只好抢过他的菜刀，让他当助手，在我身后晃来晃去。

　　在这充满记忆的厨房里，我总是将他的身影错看成陆竞城，切菜时差点伤到手指，于是生气地说："这没你什么事了，你洗手等吃饭吧！"

　　我宁可辛苦，也不想被回忆刺激。陆竞城一天没消息，我就努力淡忘他一天，直到想起他时，不再有欢喜或忧伤的滋味。可惜，整整过去五十二天零十六小时了，他还像一支威力强劲的起泡酒，只要轻轻一摇，迸发出的水柱就能将我的心脏射穿。

　　我想着他，而他大概已遗忘我了吧。回想起那夜，我相当悔恨，真不该阻拦，让他看到了人性中最恶毒的部分。然而，倘若支持他，结果还不是一样吗？如今，他用毫无感情的沉默作为回答，真让人心寒。

　　这时，胡臣宁察觉我有情绪波动，偷偷站在厨房门观望。我抹掉眼泪，忙着切菜，背对着他逞强地说："别这样看着我，自己找事做。"

饭后，胡臣宁用QQ视频与家人联络。没想到母亲也在胡家过年，电脑里传出她的声音，她在向胡臣宁询问我在干什么，非要见一见我。在视频里，我看到母亲幸福的笑脸，从没这么神采飞扬过，似乎年轻了许多，完全可用"红粉美肌若桃花"来形容。见到我时，她惊喜异常，"是刘舒，快看，他们俩在一起啦。"接着胡家两位老人的脑袋便聚过来，欢欢喜喜地和我打招呼，我也假装高兴地拱手祝福，这时胡臣宁挤了过来，揽住我的背，对他的父母说："爸妈，你们注意身体，等清明我再回去。"

屏幕里的老人个个乐开了花，都说："好啊，好啊，刘舒也一起回来！"我的母亲兴奋地大声说："刘舒，你记好了啊，一定要回来拜祖坟！"

我崩溃了，挺不高兴地说"我洗碗去了"便溜之大吉，留胡臣宁自己在电脑前应付。我越想越气，这家伙得寸进尺，吃了我的年夜饭还拿我作秀，并且趁机吃豆腐。我阴着一张脸对他勾手，唤他到厨房里说话。他不明白我的用意，与父母道别后，面带微笑地跑过来，挽起袖子做准备，"需要我做什么？"整个人的心思还沉浸在刚才的阖家欢乐里。

没想到我却扯着嗓子大吼："你到底想干什么？你给我说清楚，难道你就想让我在我妈面前没法活是不是？我早就警告过你，别耍花招，吃饭就是吃饭，可你却拿我在父母面前摆谱子！"

胡臣宁勃然变色，生气地回答："我没耍你的意思，我希望你能注意自己的言辞！"他第一次对我口气这么冲。

我更是火上浇油，声音高过他，"难道我怪罪你了吗？想想你刚才对我做的，我已跟你说过很多次了，我不会嫁给你，你也别指望乘虚而入。"

"我没想趁火打劫！"他并不示弱，反而火暴起来，转到沙发上拿外套，再回来对我说，"你心情不好，我可以理解，但是，请你不要拿我来发泄，我喜欢你不假，麻烦你不要践踏我对你的感情。"

我更火了，拦住大门不许他走，"你不能就这样走，你要去跟父母解释清楚，你不能让我为此背黑锅。"

他难受地摇了一下高贵的头颅，痛苦地咽下喉咙里的话，把我掰开，拉门离去。

我气疯了，对他消失的方向尖叫，"我再也不要见到你了！"竟不知那些怒火从何而来，也不知道自己为何憎恨他。在任何人眼中，我们都是可以相爱的，他给过我快乐，照顾过我的生活，纵容我的天真无理，努力喜欢我的无病呻吟，想把日光收集起来给我，让我赶快干燥明亮起来。他是我生病时，身边唯一陪伴左右的人。

可是那一刻，我真的非常讨厌他，无法冷静，也不知自己究竟怎么了。

孤身一人的除夕夜，怀抱着因为吵架而引起的伤痛，我躺在沙发上僵直如木地看着天花板，将这两年来的往事仔细回想了一遍，从林泽兰在教室门外把我叫住的那一刻开始回忆，画面无比清晰，仿佛一部温习无数遍的老电影，让我感触纷繁地哭了。那些关于他的、看来微不足道的事，在此刻全是遮天蔽日的痛苦。伤心盛极时，我孩子气般地号哭道："你们都在欺负我，都在欺负我……"

是的，那时的我有着病态的憎恶，认为世界在欺骗我，天下人都欠我的，他们总是这么没道理地把我抛弃，又或多或少地让我体会到爱。我就像个抑郁症患者哭喊了一夜，清晨才在极致的疲惫中睡去。

然而，胡臣宁不曾来探望我。他真的生气了，相识至今，他第一次对我如此冷淡，有种心灰意冷的决绝。

情绪稳定后，我不无后悔。他一贯待我不薄，何必恶语相残，他的愤怒是有凭有据的。他在父母面前的压力，正如我面对母亲那样，都很烦，也好难。可我，却不曾给过他半点"同是天涯沦落人"的同情。

是我错了。如果他也有错，那就是不该对一个不爱自己的人太好。有时候他好得有点窝囊，却恰恰是最难得的品质，有可能母亲早发觉他这种性格了。

大年初二，我在屋子里看了一整天的故事片，没收到胡臣宁的任何消息。

初三，我独自去逛庙会，带回了一只竹制笔筒，倘若遇到胡臣宁，我打算靠这个笼络人心。

初四，他默默无声，不知这几天都干什么去了。于是我打赌，假如他在明天午夜十二点之前来找我，那么我就看在爱的分上，尝试性与他拍拖一天，如果没音讯，那就老死不相往来。

次日早上八点，我被手机铃声闹醒，看到胡臣宁的名字，得意忘形地哈哈大笑，在床上手舞足蹈地庆祝自己的胜利才接电话，假装还没睡醒，迷糊不清地喂了一声，却听到他说："你这几天到底去哪里了，找人拜年都不见。"

这可让我恼了，立刻腾起，很不客气，"到底是谁不见谁了？"见他不哼声了，我忍住气焰，尽量缓和地说："胡臣宁，在责备之前，请你先把道理摆清。"

"我可是跑你家几趟都不见人的。"他辩解道。

"你不会打电话吗？"

"我怕你不接。"他讪笑道。

他这理由倒也让我舒心了，还泛起淡淡的感动，一副小女人的温软语调说："今天你有什么安排，把我带上。"

他说："正要有事找你呢，你陪我去看几处房子，给点建议。"

"你真要买房啊？"我很惊讶，感觉他像个土豪，上海的房子也敢打主意。

他说："我们先去看了再说。我在楼下等你，一起吃早餐去。"

一男一女去看房，应该是很暧昧的事吧？

也不知为何，我总是不断地和胡臣宁扮演情侣，即使有意躲避，仍逃不过几次。在父母的眼中，我们是正在接触中的结婚对象，我母亲最夸张，早早地就与胡家建立了亲家关系，除夕夜都去他们家吃年夜饭了。而我，同样在胡臣宁的狡猾安排之下，成了他们幻想幸福的摆件。

　　可今天不同，曾经一些令人很气愤的事，都莫名地生出蜜味儿，好像糯米被岁月陈酿成甜酒一般。我换了潇洒而不失女性美感的户外装，郑重其事地化了淡妆，春风满面地去见他，两人并肩走，紧相随，一起去吃早餐，在餐厅里聊得火热，那时候我觉得，胡臣宁这个男人可爱得任意是谁，都会爱上他的。

第二十章　远离港湾的船儿总要归航

五月初夏，我参加外语培训班，选修西班牙语。在此之前，我收到艾薇塔的信，信封上有西班牙的邮戳。信中，她这样说：

这封信是在Palma岛上写的。我的身后就是埋葬荷西的墓园。我看到他了，你都不能想象，只有黄土一把，连根木头十字架都没有……我去找管理人理论，他说这墓地很多年没交管理费了。他也好奇怪，近几年总有人来看望他。

刘舒，你能理解我的心情吗？我把身上的钱都给了墓园，希望他们能保护好荷西，给他一块墓碑，至少能让他像样地被人们记得。可我所有的钱远远不够补填欠下的费用。我就说，够几年就算几年吧……假如那个葡萄牙人听说过他和三毛的故事，相信他一定不会讶异我这么做，毕竟，我对中文的认识，就是从读三毛的书开始。我还清楚地记得十一岁的圣诞节写下的愿望：假如有人像荷西那样爱我，我也一定会像三毛这样爱他……

艾薇塔的信，即使反复看过几遍，还是免不了那一阵闷痛。她寻寻觅觅了这么多年，走过世界很多地方，在年华正当好时遇过千万人，始终没寻到年少时的梦想。难道是这个世上痴情懂爱的男人太少，还是我们都不是丘比特眷顾的宠儿？

她决定在西班牙定居，看似轻易获得安定幸福的女子，以流浪为乐。她还在信中说："假如你感到不快乐，就来西班牙，我带你去看荷西，带你去撒哈拉沙漠……"

在我眼里，艾薇塔就像对梦想中毒太深的人，净做些行迹诡异的事。不过，我能理解她的心情，背对着冰冷的墓园，眺望着童年时的感动，她何尝不是三毛一样强烈的倔强女子？这也许全得她母亲的遗传。

国庆节，马可乐大婚，这完全在我预料之外。没想到这个事事高调的马可乐，竟然能将感情藏得这么好，直到请帖到手上我才知晓。

他真的成功地和前女友结婚了。马可乐在婚礼上用麦克风发誓：我会疼爱你一辈子，爱你的全部。话没说完就激动地哭了。

当时，全场欢呼鼓掌，新娘都吓坏了，台下的闪光灯扑扑乱闪，马可乐便将错就错地搂住新娘，摆出造型给人拍照。我一直微笑鼓掌，觉得他好幸福，虽然在外人看来这不是完美无缺的姻缘，未来还有艰险，就如这场出其不意之后的皆大欢喜一样，免不了惊涛骇浪，但总能够巧妙泅渡。而生活，何尝不是这样的呢？

"其实我真为你们遗憾,"敬酒时,马可乐说,"但,我希望你能考虑继续与我合作《恋爱时光3》。"我惊诧地白了他一眼,马可乐神秘地笑着说:"这是实话,你好好考虑值不值得。"说完他就和几个工作室合伙人勾肩搭背地喝酒去了,把我留在那个问题里,食无味,想不通,心好乱。

胡臣宁在上海买下了房子,于圣诞节前夕乔迁新居。

有一段时间,我们不再往来,仅见过两次面,一次是在导师家里的沙龙会上偶遇,看见一个女孩和他一起;一次是我把他送的礼物装箱退回去。我开始怀疑他对我的所谓的爱。

春节前夕,我正准备网上订票时,母亲突然告诉我她要随胡家二老一起来上海过年,顺便来逛逛阔别十五年的淮海路。我觉得她就是想来考察我的生活,然后指指点点地,扰乱我好不容易才平静的心绪。

我极力反对她来上海过年,摆出许多她不该来的理由,结果却被她的高涨情绪全压倒了。我说去年都没回昆明,好想念那里的温暖。母亲却说,前年回来时你不是嫌昆明的天气古怪无常吗?我说我想吃昆明的烧鹅,母亲很爽快地说,给你带一只去。我说我好想念家里宽敞的卧室,母亲烦了,给了我一个无语的想法:那你就自己回昆明吧,反正我已订机票了。

我恼了,不想再与她拐弯抹角,一本正经地说:"妈,你听我一次,别再跟胡家走动了,他们家的儿子根本成不了你的女婿。"

一提到这事母亲就冒火,声音尖厉起来,"你自己不争气，不好好珍惜，这么好的男人，比你爸好千万倍，门当户对，啊？人家还那么瞧得起你，可你倒好，就这么把事搞砸了……”

即使相隔千万里，我仍被母亲的怒火烧得面目全非。这老人家消息真灵通，她早就知道胡臣宁最近不大理我，只是忍住不发飙而已，如今一找到机会，她立刻如火枪扫射过来。我实在招架不住，把手机拉离耳廓，等她中场休息时再好声劝："事已如此，你骂我也没用啊，把自己气坏了，那还不是你难受我遭罪啊？"

"我不管你的事了，"她怒声不减地嚷，"你想在哪里过年都行，总之我要去上海！"她像个撒泼的孩子不讲理。

母亲来上海之前的日子，我们只要通话，说不到三句就拌嘴。就为一个男人，我们居然马拉松式地争执了一个多月，意见分歧到要了断母女关系。我累了，就不再跟她抗衡，只有失望。原来，母亲就是这样疼爱女儿的，完全为满足她那添加了膨大剂的欲望。为办成女儿的婚事，她已不是我所认为的那种哀伤柔软的寡妇，将我视为高于生命的一切。在强大的主观意识里，她突然变得独立，果决，不再是我能制服的弱者。

反过来，我不过是她苦心制造出来的，在年老色衰的年华里用于再次征服世界的武器。

距离父母们来沪还有两天，突然收到胡臣宁的一条信息，希望我能和他一起接机。我没理由反对，至少这样做能让母亲原谅我一些。我打电话过去，与他商定出发时间和集合地点，想起那女孩，我又多疑地问："她不陪你去吗？"

胡臣宁却答非所问地说："我尽量早点出来，到你的公司楼下接你，到时联系。"

其实我想提醒他，如果他们夫妻俩一起过来，我就自己去机场，避免大家尴尬。可惜他的电话挂得太迅速。没办法，我只能见机行事，自知进退，绝不给胡臣宁做电灯泡，因为我很嫉妒。

父母抵沪那天，胡臣宁的电话在中午一点打来，叫我立刻下楼等他。我心有疙瘩地问他是几个人，他却焦急地说："有你的位置，别担心，司机不愿等太久。"他这含糊不清的话让我无法释怀，没办法，只好先去了再说。

跑出写字楼大堂，看到他已站在台阶上等，我们俩一起上车，车厢里只有司机。可是我还是心神不定，就怕什么时候杀出程咬金。没时间犹豫了，我直接问出口："你的女友呢，你不带她来见公婆吗？"

"她为什么要来？"他问道。

我不解，胡臣宁表情无辜地说："我什么时候说过她是我女朋友？"

我愕然，原来是我误会了。现在母亲这么顽固不化地来上海，亲临现场指挥作战来了。看来，我的厄运要降临了。想到此，我的心情沉了下来，不说话，大脑在思索对策，先将说辞编排好。

见我沉闷不言，胡臣宁关怀地问："你怎么了？"

"没什么。"我爱理不理的。

他偷偷观察我的神色，嗫嚅地说："你是不是，还在想着他?"见我沉默不答,他戏谑道:"回头是岸。"

"我没有在想他,臣宁。"我一片坦然,"我希望你能体会到我的心情。"

"我理解。"他体谅地说。

"我觉得你好傻。你应该去找爱你的人,这样才会幸福。"我说完这句话,突然惊悟,这竟是一箭双雕的真理。他傻,我何尝不是?原来我们都是一样的傻傻为真爱拼命的人。

在机场接到父母们,两家人气氛喜洋洋。母亲一见到我就上前拥抱,完全没了电话里的那种仇恨敌视。就像我还小的时候,她偶尔出差回到家,见我的第一句话就是——"想不想妈妈啊?"我无可奈何地唏嘘,很不是滋味地说:"你爱我的时候就想了。"我觉得,这不过是自己做对了一件事而收获到的福报。

省钱的老人们要求坐机场快巴回城,说是这样有益于团圆,还把双人位置让给我和胡臣宁,一群老人坐在身后,仿佛三个监视器。

我们从未被父母们这样盯着,有种无所适从的感觉。我时刻保持警惕,暗暗猜身后的老人们都在干什么,心里怎么想。胡臣宁很快就表现出适应,坦然自若地仰在椅子上闭目养神。悄悄地,他的右手伸过来抓我的左手,我没反抗,竟然有种失而复得的欣喜。他便紧紧地握住,就这么握着我的手,直到抵达目的地。下车时,他装作什么都没发生似的,忙于招呼老人注意安全,全家人有说有笑地往他新买的住宅走去。而我,确实是被这其乐融融的欢声笑语打动了,回想起在大巴车上的紧握，再看他的侧脸，竟然有了一种全新的感觉。说不清是他变了，还是我不再是曾经的自己。

胡臣宁的新房三室两厅，足够容纳两家人。母亲不愿回我那一室一厅的陋室，胡家父母也劝我别回去了，晚上大家一起吃饭聊天多热闹。

我宁死不屈，母亲可是满怀怒火而来的，和她挤一张床入睡，那就等于葬送我整夜的睡眠时光了。胡臣宁也支持我回去，他的理由是床太小了，挤着多不舒服。"饭后我送刘舒回去。"他说。

关键时刻，出手相助，这让我好感激他。

在餐馆为老人们接风洗尘，闹到晚八点才结束。胡臣宁送我走，两人在寒风中并肩走，对感情心照不宣。他主动来握我的手，能感觉到从一个强壮身体传导来的微热体温，就好像他陪我走过的这两年，不惊艳，不浪漫，却是一部引人深思的贺岁片。

一点点回忆他为我做的，还有我对他的出言不逊，多么羞愧，多么感动，真该说"感谢今生有你"。可不知为何，怎么也说不出口，最终化作涓涓暖流在心中涌动。于是我反过来紧握他的手，两个人同时用力，代表相互的肯定，不约而同地露出了欣慰之笑。两人就这样手拉手默默地走着，双眼直视前方，看见了同样的风景，感受到同一阵寒风。

原来，我们是命中注定要共同前行的人。

除夕年夜饭，在胡臣宁家的客厅里进行。正当我们都坐下来准备用餐时，发现胡臣宁的位置是空的，我觉得奇怪，问胡母他去了哪里，刚才还在客厅里呢。我的母亲却抢先道："不急，他一会儿就来。"

这话刚落音，就传来敲门声。胡母喊："来啦！"兴高采烈地跑去开门。首先是玫瑰花束钻进来，然后才是他，胡母满心欢喜地开玩笑道："进来，进来，小伙子。"

他像正在表演的偶人，有点木讷，有点窃喜，好像随时都在想自己的动作，又随时在心中酝酿新台词。看身边的三位老人那么配合，仿佛是他们共同编排好的情景剧，我是刚刚参与进来的观众。

胡臣宁走到我面前，抿嘴微笑，我不禁喷笑，但立刻又凝眉皱脸，用表情表示，"别这样好吗，拜托了。"

可他却像不听指挥的机器人，把花束举到我胸口处，老人们都配合地转到了求婚者身后，直盯我的表情和反应，让人好窘迫。我心想，假如他开口说"请嫁给我吧"那我肯定不接受鲜花，并且有借口说"太俗气，不要"。

于是我挑衅地说："你想说什么，说吧。"

"假如我必须结婚，那么新娘必须是你。"他说，"假如我们都不结婚，那么，我信守承诺，永远照顾好你，全心全意。我觉得过去做得不好，非常希望你能给我一次变得更好的机会。"

身后的群众演员们居然报以热烈掌声。两位老太太激动地挥拳，相互交流道："说得太好了！"

我笑了，笑着笑着就想哭。我们没有华丽的邂逅，却有温暖的片段；没有怦然心动的感受，却有如此动人的表白。

见我站着不动，群众演员就在那边加油、催促，母亲都紧张得不停地向前推手，像赶小鸡一样，她生怕我倔强，在这关键时刻还错过这么美好的人，毁掉她的梦想。

我说："谢谢你。"老人们流露出扫兴的神情，为我们捏把汗。

"胡臣宁，谢谢你给过我的快乐时光。谢谢你容忍我的火暴脾气，给了我这么多的谅解和关爱。"我说，"你曾让我感到失落，或许，正如你为我失落一样，或许，这就是恋爱之中该有的一种情绪吧。"说到这，我低头哽咽，老人们都傻掉了，不知所以地相觑，我控制住情绪对他们含泪而笑，"你们赢了，你们所有人来对付我一个，我想我别无选择，只能深深地喜欢上你了。"

胡臣宁立刻将花束往后甩，欣喜若狂地冲过来拥抱。此时，响起祝福的掌声，老人们的脸都如花般绽放，特别是母亲，她一手抱着花束，一手挥拳助兴，激越得像国家足球队打入世界杯。胡臣宁在我的额头上轻吻，抑制住激动，一遍又一遍地说："我要像珍爱生命一样，珍爱你。"

我怅然地笑，内心是静的，没有杂念。今生今世，我遇到了最爱的人，也得到了最爱我的人，那么，生命就可以这样无所缺憾地老去了。

"竞城，你爱不爱我，似乎已不再重要，因为我开始想学会爱上这个爱我的人。对未来的真正慷慨，是把一切献给现在。"我在心里对他说，心甘情愿地接受胡臣宁的拥抱。

这年春节，满世界欢声笑语，气氛和谐。每个人都浸泡在欢欣鼓舞中，迟暮的老人们比年轻人更勃发，没完没了地谈论我们的婚事，商议婚期和结婚形式，各抒己见，各有所想，有时甚至因意见不合而大声争执起来，真是一群老小孩。仿佛光景越少的人愿望越多。

我觉得吵，就到阳台上看风景。胡臣宁也跟着来，从身后抱住我，抓住我的双手，心疼地捂热，然后问："冷不冷？"

我亲昵地靠在他的怀里，感到心安，他对我真好，他爱我，胜过我爱自己。假如要将下半生放在这个男人手里，我还是愿意的。人的时间不是循环转动的，而是直线前进，从生走向死，没有轮回。生命是初次也是最后一次，既不能拿前世相比，也不能在来生加以修正。人永远都不清楚自己该要什么，但是，我已能够分辨清楚什么才是最重要的。

"你在想什么？"他问，打断了我的思绪。

我开玩笑道："我在想今后怎么欺负你。"

"你敢？"他的手伸进我的腋下，开玩笑地威吓道。

我投降，"好好，我想别的，"我眼睛一转，又自嘲地说："就想着应付那些老人家的结婚计划吧。你听听，娃娃都给你计划上了。"

他笑眯眯的，什么都不说，沉浸在相拥的幸福里。也不知他幸福的概念是否与我相同。

幸福原本就没有指定式的特殊性，幸福只是自己感到满足。此时，我要学会知足，虽然生活并不能完全按我们想的那样去发生，但是，只要努力，生活并不缺什么。我想，庸庸碌碌的安逸状态，会让人放下一些东西，忘掉一些不值得保存的事，懂得清空自我，让脚步变轻盈，路就能走得更远。